U0071776

GAEA

Gaea

太歲 卷五

TAI SUEI

星子teensy ——— 著
葉明軒 ——— 插畫

太歲 卷五

目錄

53 雪山之戰

同一時刻，雪山主營山腰上，也是兩軍對峙的局面。

玉帝和紫微，飛在二郎、雷祖、斗姆等將士後頭，與前方敵軍只相隔不到百公尺。敵軍陣中一個一身紫袍、頭戴金冠的神仙，就是四御之一的勾陳。勾陳身子消瘦、滿臉病容，一對瞳子是滿滿的墨黑。

勾陳左邊站著龍王。龍王高高胖胖，龍頭人身，全身籠罩金氣，長鬚隨著山嵐輕擺，看來極其威武。

勾陳右邊是碧霞奶奶。碧霞奶奶模樣和藹，銀白頭髮上插了小巧可愛的髮飾，穿著白色錦袍，一點也看不出邪化的跡象。

龍王和碧霞奶奶本都是天界大神，位階與七曜相若，此時卻成了勾陳左右手。

三位大神後頭並無鬼卒充數，而是三大神的麾下部將、邪化的天將、邪化的文武官等，加起來大大小小也有百來位。

「許久不見了，你變了許多。」玉帝看著勾陳，半晌說不出話。

紫微開口：「勾陳，三界逢此浩劫，所幸太歲鼎已經完工，浩劫即將度過，你爲何苦苦相逼？等太歲鼎遷鼎完成，吸納四方惡念，大家仍是一家人。」

「誰……跟你一家人？」勾陳咳了幾聲，指著玉帝和紫微嘿嘿大笑起來：「說得眞好聽，大夥兒都在打那太歲鼎的主意，爲的便是操控三界，成爲霸主。西王母不例外，我不例外，你們兩個也不例外，裝什麼聖人？你倆與我同爲四御，別人看不出，你們以爲我勾陳也看不出？」

「哈哈哈哈——」勾陳繼續笑著，接連指過玉帝前頭諸將，冷笑著說：「你這二郎有勇無謀，你也想奪太歲鼎！雷祖電母這夫妻倆，也想奪太歲鼎！還有妳這斗姆，我早知道妳覬覦太歲鼎很久了！還有你、你、你、你、你……」

勾陳笑彎了腰，逐一指著玉帝一行，指著每個都說要奪太歲鼎。

玉帝和紫微相視一眼，都搖了搖頭。

玉帝嘆了口氣，紫微回話：「勾陳，玉帝與你、我，本已是天界權力最高的四御眞神。用你的邏輯來講，已經是霸主，又何必大費周章犧牲無數，多此一舉呢？」

勾陳哼了一聲說：「笑話！你這假惺惺的混帳，我最恨你動輒教訓人，只會窩在玉帝後頭擺尾！四御？我看你卻像玉皇養的一條狗……咳咳……待我宰了玉帝，留你條狗命來當我的狗，看你尾巴搖得如何……咳咳……咳咳！」

勾陳一邊說，一邊大笑，說完了又是一陣咳嗽。

「你……」紫微雙眼大瞪，顯然給勾陳激得怒極。

玉帝嘆了口氣說：「勾陳，你如此態勢，就是沒得說情，只有硬拚了？」

「硬拚？」勾陳哈哈大笑說：「你拿什麼與我拚？你看看你方有多少將士？我足足多你

一倍！我有龍王，有碧霞君！有養兵許久的天將、天神，你拿什麼和我拚？」

玉帝靜默半晌，說：「我有二郎。」

「你有二郎……哈哈哈哈，咳咳……」勾陳哈哈大笑，伸手一指，背後一排部將全搶了上來，個個舉起手上兵器，耀武揚威著。

「你有二郎又怎樣？二郎武勇又怎樣？你有強將，我就沒有嗎？」勾陳大笑著，不時咳著。咳聲未歇，眼前一道銀光急來。

二郎有如脫弦箭，已然竄到了勾陳陣前。離絃亮如流星閃光，在一隻六眼邪神將身上，刺了一個大窟窿，回頭一戟，又打凹一邪神腦袋。

「喝！給我宰了這二郎！」勾陳瞪大了眼睛，讓二郎威勢嚇得退了好遠，身前部將圍住二郎猛攻。

玉帝手一招，斗姆、雷祖也領兵夾攻，截住了攻來的龍王和碧霞奶奶。

斗姆對上了龍王，雷祖大戰碧霞奶奶，雙方大將在雪山山腰半空展開大戰。

只見龍王不斷吹出奇異霧氣，揮動手中寶劍，戰得斗姆連連敗退，還在空中翻了個滾，狼狽不堪。

北斗七星圍了上來，與龍王及眾邪將一陣大殺。

紫微、玉帝在後方督軍，將千里眼、順風耳召到了跟前。

紫微望著千里眼問：「福地情形如何？」

千里眼看了許久，搔了搔頭，答：「報告紫微大人，看不清楚，那兒都是黑雲，黑壓壓的一片，我只看到有些鳳凰往這兒飛。」

紫微欣慰地說：「洞天援軍來得遲了。往雪山飛，表示福地戰局已經穩固。十鼎呢？十鼎那兒情形如何？」

千里眼揉揉眼睛，往十鼎戰局方向看去，又看了許久：「報告……看不清楚……啊呀……好像……這個……嗯嗯？」

「罷了……」紫微手一招，身後文官捻了符令，與兩處地方聯繫。

又有幾名文官瞪著千里眼，揶揄著：「你這大眼！要你何用？」

千里眼性子溫和，讓同僚們糗了，只是憨笑，答不上話。

順風耳脾氣刁鑽，立時回嘴：「那要你何用？你、你、你……還有你，只會內鬥，前頭二郎將軍打得慘烈，你們只出一張嘴！」

「那順風耳你怎不去打？」「你上次還不是與歲星部將鬥嘴！」「還出了個大糗！」

紫微星平時溫和，此時戰局緊繃，見到己方一干神仙卻在吵嘴，也發起火來：「通通給我閉嘴，要是二郎戰死，你等不論文官、醫官，通通給我上場去廝殺！」

大夥兒這才安靜了下來，玉帝按著腰間長劍，專心看著眼前戰局。

前方二郎正以一戰十幾，讓眾邪將圍著猛攻，身上已給打出多處傷痕。

那十幾邪將中，一個高頭大馬黑臉邪將，兩手分別拿了兩支大花槍，虎吼著朝二郎殺去；另一白臉邪將舉著重劍，也殺向二郎。

勾陳大笑著：「咳咳……你以為我不知你有二郎！我也早準備了強將！黑風、白子，別枉我養兵多時，給我宰了二郎——咳咳……咳咳……」

勾陳還沒說完，那叫作「白子」的白臉邪將腦袋已經飛離了身體。

「喝！」勾陳還沒反應過來，那黑風也給二郎一戟劈成兩半。

「昔日同袍啊……」二郎悲吼一聲，一把扯下了身上那破爛銀甲，露出結實胸膛，一條大裂口不停淌出紅血，是讓邪將砍的。

「對不起了！」二郎額上豎眼睜開，虎目含淚。眼前勾陳這班武將，大都是他昔日好友，此時卻得以性命相搏。

「還有沒有強將！」二郎虎吼著，挺著離紘殺進邪將堆裡。

邪將們全力圍殺，眼神中卻已現出了怯意，嘯天犬始終跟在二郎身後，力量雖不及邪將們，身形卻與二郎搭配得天衣無縫，有如左右手般，盡力掩護著二郎。

碧霞奶奶竄進了雷祖陣中，瞇著眼睛笑，一把一把摘下了雷部將士腦袋。

雷祖、電母領著雷部將士，圍住碧霞奶奶前後攻打。只見到碧霞奶奶矮小身子有如泥鰍，抓也抓不著，氣得雷祖連連發電。

勾陳看了大笑：「看看你那樣子，你以爲你是朵雨雲啊？」

「碧霞元君有數千年道行，雷祖不是對手，我去對付她。」紫微吸了口氣，腳下現出紫色雲彩，往碧霞奶奶方向飛去。

「玉帝啊！」勾陳這才目露凶光說：「你那搖尾狗出手了，我去替你教訓教訓他。」

勾陳語畢也動了身，腳下現出的卻是黑雲，往紫微飛去。

紫微駕著紫色雲彩，雙手泛出的金光耀目。碧霞奶奶見紫微飛來，仍瞇眼微笑，一把抓住電母手腕，當作鎚子往雷祖身上打去。

「來得好！」雷祖呼喝一聲，挺起胸膛不避不閃，硬接下了這記。只見到碧霞奶奶這一揮力氣十分巨大，電母砸在雷祖身上，將雷祖砸得噴出了血。

碧霞奶奶卻也笑不出來了。

只見到雷祖全身閃起了雷光，化成三捲金色雷電，從電母捲上了碧霞奶奶身子。

「喝啊！」電母一個翻身，反握住碧霞奶奶手腕：「終於抓著妳了！」

「呀呀！」碧霞奶奶沙啞叫著，電母的手緊扣，看了看雷祖。兩神本讓碧霞奶奶這麼一砸，都傷得不輕，此時卻鼓足了全力，齊心放電。

勾陳大喝一聲，揮出幾股黑霧朝雷祖、電母打去，卻讓紫風吹散，原來是紫微出手來救。

「你不是要教訓我？爲何分神？」紫微放聲高喊，直直朝勾陳竄去。

「你不是我對手！」勾陳吼著，重重又咳了幾聲，揚起的雙手都漸漸泛黑。

兩位大神在空中交會，雙手抓著雙手，竟分不開了。只見到黑風、紫霧在兩神周邊亂捲，勾陳的手指尖銳，如錐子一般刺進了紫微雙手中。

空中紫霧慢慢消退，黑風卻越來越強。

「你說、你說！」勾陳大吼著，怪笑、激烈咳著，咳出了黑色的血漿。「你看，你看……咳咳……墨守成規、不知變通……咳咳……下場是如何？」

「數個月前你我交戰還是勢均力敵……咳咳……現在又如何？南天門一役我要你追隨

我，你偏偏要隨那……咳咳……虛僞……玉帝。虧我一直待你不薄，把你當作好弟弟！」勾陳大喝著，邊咳邊笑。

「你看我現在是不是神力大增，足以稱霸三界呀！」勾陳巨吼著，身邊捲起的黑風更強。「你們都說是惡念使然？哪有什麼惡念？這分明是好念！是霸主念！讓霸主變得更強，淘汰弱者的好念！哈哈哈哈……咳咳！」

一道金光漫來，勾陳鬆開一手擋下那金光，哼了哼說：「你來也一樣。」

原來是玉帝見紫微不敵，趕來幫忙。玉帝抽出長劍，往勾陳手臂砍去。勾陳張掌去接，只聽得叮噹一聲，長劍砍在勾陳掌上，像砍在鐵壁上一般。

勾陳抓住了劍，黑風捲去，籠罩住玉帝。勾陳放出的黑風，比玉帝、紫微的金光、紫霧加起來還要強盛。

「哈哈哈哈，玉帝小兒！」勾陳狂笑著：「有沒有羨慕弟弟我？以前我尊敬你……咳咳……都當你是兄長，南天門要與你分享霸權……咳咳……你偏要護鼎下凡！你自個兒想獨吞太歲鼎，偏偏將咱們打成邪神惡棍，你這壞蛋——」

勾陳咳了幾聲，又尖笑起來，邊說：「我在天上與老師大戰，那老頭倒是善良，不但不怪你棄他而逃……咳咳……反而不斷游擊搗亂，使我一直沒辦法下凡教訓你……咳咳……眞是可惡啊！」

「勾陳！你將老師如何？」紫微聽了，勃然大怒。

「老頭兒？」勾陳大笑說：「還不是讓我擒了，現在給我關在天牢。我三天賞他一頓鞭，五天割他一塊肉，這麼吃呀吃呀，成效就這麼吃出來了！你看——」

勾陳語畢，大吼一聲，黑風狂捲，玉帝和紫微身上全讓這陣風吹出道道血痕。

「你這混帳東西！」紫微巨吼，身子炸出紫光，卻很快讓勾陳的黑風蓋過。

勾陳哈哈大笑說：「放心，我不會那麼快殺老頭兒，他可是我們恩師，我最尊師重道了。我慢慢吃他，吃他一年，我善不善良呀，我身上哪有什麼惡念，哈哈哈哈……」

「你……喪心病狂……」玉帝憤恨地罵。

勾陳大吼：「僞君子、混蛋，閉口，你才喪心病狂！你與我做同樣的事，你高尚，我骯髒，是什麼道理？你看看你現在樣子……拿什麼與我拚？」

「我有鐵手！有銅牆身！有金剛目！有堅石牙齒！」勾陳狂吼：「玉皇！你有什麼？你有什麼？」

「有我二郎——」一道銀光竄來，勾陳一驚，放開了玉帝、紫微，轉身一擋。轟的一聲，離絃插進勾陳那漆黑掌中。

「什麼！」勾陳嚇了一大跳，眼見二郎渾身是血，抽出離絃，又要殺上來。

「等等、等等……」勾陳左右看著，驚慌地喝喊：「我的強將呢？還不阻這二郎？」

勾陳喊了幾聲，只見本來那些圍著二郎猛攻的邪將，一個也不見蹤影了。又看向另一處地方，急急喊著：「龍王？龍王？」

「在這兒……」二郎左手搖了搖。勾陳一看，吃了一驚——二郎手裡提著的，正是龍王腦袋。

只見到龍王腦袋還熱呼呼的，鼻孔冒出了煙，斷頸處還不斷淌著血。

「什麼……」勾陳不敢置信地看著二郎。

二郎已經扔下了龍王腦袋，朝天大吼一聲，直直竄向勾陳。

「喝啊！」勾陳鼓起全力，捲起黑風揮向二郎。

那黑風好大，像一道黑色巨牆，又似大浪。

巨牆上出現了縫，漫出來的是光；裂痕越來越大，光越來越強。

黑風築成的巨牆整個崩裂，光射了過來，是流星。

是離紘。

黑牆猛然一炸，二郎直直竄來，離紘直直刺向勾陳。勾陳閃不過，只好用手去撥，手才碰到離紘，便已爆裂。

「哇哇！」勾陳閃飛老遠，還沒回過神來，二郎已經追上，又一戟掃過，讓勾陳閃開。二郎補上一拳，正中勾陳腹部，將勾陳打得吐出一團團黑血。

「鐵手讓我刺碎，銅牆身讓我打裂……」二郎甩了甩左手，手也傷得不輕，骨頭都穿出肉來了。「四御勾陳大人，接下來是要打落你的堅石牙？還是你的金剛目？」

「咳……咳咳！」勾陳連連後退，氣勢如洩氣皮球般一洩千里。「不可能……你沒理由那麼強……南天門一戰你也沒如此強……我……我計算好了的……五名大將打不倒你……我就安排十名……十名打不倒你……我就安排二十名……」

勾陳越咳越烈，瞪大眼睛說：「沒有理由二十名大將都擋不下你……你、你……更沒理由連龍王都殺了……」

二郎苦笑說：「我是沒那麼厲害，二十邪將，我只殺了一半，另一半是自個兒逃跑的。」

「逃跑？」勾陳如遭雷擊，回頭看看，果然見到不少部將飛得老遠，頭也不回地逃。

「成也惡念，敗也惡念……」紫微哈哈大笑：「你靠惡念成魔……你手下也因惡念棄你！你別怪別人，你怪你自己！」

紫微說話當下，二郎也已無力氣再殺，身子一軟，就要倒下。一旁北斗七星們連忙飛來，扶住了二郎。

勾陳這才轉驚為笑地說：「哈哈……哈哈……原來是強弩之末……原來二郎也會力竭……現在……現在……」

「現在即便是二郎力竭，你也贏不了了。」玉帝抬頭望向天空，沉沉地說。

勾陳這才注意到天色慢慢轉亮，陡然一驚：「太陽！」

「熒惑星有令傳來——」文官們鼓舞了起來。「勝了、勝了！」「抓到太歲了！」「太陽也給斬了！」「福地風伯、雨師棄戰，不知跑哪兒去了！」

勾陳四顧著，覺得天旋地轉了起來。碧霞奶奶也已戰敗，給雷部將士們擒了，手下邪神全作鳥獸散了。勾陳抬頭看看，天空越來越亮，幾聲尖啼，遠處飛來的是幾隻鳳凰，和鳥精大軍。

「啊……啊啊……」勾陳嚎著，轉身就往天上竄去，恨恨地說：「我……我天上還有手下……咳咳……咳咳！」

勾陳身影倏地飛遠，雷祖本要去追，才剛動身就已見不到勾陳，知道追不上了，只得作罷。

□

空中，阿關讓青蜂兒和福生提著，恍神之中，只覺得腦袋嗡嗡作響。見到太歲受縛，太歲鼎崩裂，腦中一片慌亂，急得「咿咿啊啊」叫，卻說不清一個字。

林珊飛到了阿關身旁，輕輕拂著阿關的臉，笑著說：「別擔心，太歲鼎仍然安好，還躺在密室裡，等你去搬呢……」

「什麼……」阿關露出不可思議的表情。

熒惑星飛到了太歲面前，太歲全身給銀繩子捆了起來，暴吼如雷：「你這維淳，腦袋給火燒壞，快放我下來！」

「閉口！」熒惑星脾氣比太歲更躁，一掌劈在太歲腦袋上，幾股咒術全灌進了太歲身子。此時太歲有如方才阿關一般，只能發出陣陣怪吼，一點也無法反抗。

「住手……」阿關手腳亂踢，嚷嚷叫著：「太歲爺沒邪化……他身上沒有惡念！」

「住口！」熒惑星轉頭吼了一聲：「你忘了他是歲星，他能制御惡念，他要讓你看不著惡念，你又如何看得著？」

阿關讓熒惑星一吼，嚇了一跳，說不出話。

林珊在阿關身旁補充說：「有如隱靈咒一般，若眞是太歲爺施法，使你看不著他身上惡念，並非沒有可能……」

青蜂兒等歲星部將都看向林珊，似想反駁，卻不知從何開口。太歲打飛翩翩，又差點電死阿關，跟著要搶鼎，是大家都看見了的。

「維淳……住手！」太白星不顧身上重傷，想往熒惑星飛去，卻又使不上力。梧桐自己也傷得重，只能一面替太白星治傷，一面勉力支撐。

「澄瀾，要不是玉帝念你昔日付出良多，吩咐我別衝動殺了你，我必定一掌劈死你。」熒惑星鬆開手，太歲已經奄奄一息，熒惑星一手拎起了太歲。

林珊則舉起寶塔，將阿關推了進去，一干傷重的部將，你看看我、我看看你，也通通都擠了進去。

太白星在眾將的護衛下，也進了寶塔。林珊將寶塔交給熒惑星手下部將，自個兒也進了寶塔。

熒惑星接管寶塔，大手一招，又往太歲鼎藏身之處飛了回去。

「這是怎麼回事？」阿關讓海馬精一陣推拿，覺得身子恢復了些許力氣。白石寶塔裡哄哄鬧鬧吵成一片。

老爺爺等一干凡人，全給趕下較低的樓層待著。阿關靠在塔頂一棵樹下，一邊聽著大夥兒爭吵，一邊數著獅虎部隊。

算了算，風獅爺竟只剩下風吹、小狂等六隻，虎爺和石獅則剩下阿火、大邪、牙仔、二黑、二黃、鐵頭，其餘全滅。三小貓們由於受傷得早，早進了寶塔躲著，反而得以倖存。

阿關無法言語，只覺得一陣鼻酸。

太白星氣息仍微，臉色露出不悅。「好傢伙，這計眞妙，連我都給蒙在鼓裡……」

樟姑正讓醫官包紮，聽太白星開口，都低下了頭不敢言語。

太白星瞧了樟姑一眼，開了口：「妳也知情？卻沒告訴我？」

松夫子也一臉錯愕，望著樟姑，急急地問：「樟姑，妳知情！怎沒說給我聽？怎沒說給大家聽？」

樟姑抬起了頭，「咿咿啊啊」地想辯駁些什麼，卻不知該如何辯解，只能看向林珊。

林珊趕緊打圓場說：「太白星爺、諸位大將，這計策是小仙想出來的，但卻是主營吩咐，不得張揚……」

太白星強忍怒氣，沉沉地說：「不得張揚……包括我在內？」

林珊點了點頭，有些尷尬地說：「是紫微星大人親自吩咐，也是玉帝與眾大神們一致決議的。」

太白星哼了哼，輕聲埋怨：「好一個眾大神決議，我這小神當然不知了。」

林珊向太白星鞠了個躬：「太白星爺，乞請見諒，這緣由說來話長，等此次任務完成，小仙一定會說個明白。現在熒惑星大人應當已經向主營通報，展開接下來的遷鼎大計了。」

太白星不再說話，默默看著塔外。此時天色已慢慢恢復白晝氣氛，太陽已死，邪術已經消退。歲星諸將們全神色黯然，看著塔外那太歲爺，身子癱軟，讓熒惑星拎著飛。

只飛過不久，熒惑星一行已經回到了太白星據點上空，空中還有幾隻鳳凰盤旋，顯然是另一層防備。

阿關猶自愣著，林珊使了個眼色，黃靈、午伊和一干造鼎工、殘餘的甲子神等，都出了寶塔。

熒惑星施了幾次咒術，那太歲鼎據點結界打開，黃靈、午伊、甲子神們全擁了進去。

不一會兒，隨著兩位備位飛昇出來的浩瀚大鼎，才是眞太歲鼎。

熒惑星一聲令下，手下部將圍在大鼎四周，黃靈、午伊協同殘存的甲子神們，操縱著這眞鼎，在熒惑星一軍和洞天鳳凰的護衛下，再次往福地那方飛去。

□

福地二島上，大夥兒收拾著大符塔周圍殘局，雖是戰勝，卻沒有一絲喜悅。

小猴兒一跛一跛走著，用鐵棒在鬼卒殘骸中亂撥，想找出還沒戰死的同伴。一個也找不出。

塔公領著海精們上了二島，海精也所剩無幾，連水藍兒在內只剩十餘隻。

石敢當則只剩三座，一座背上刻了「魑魅魍魎」，一座像顆正方骰子，一座是那三公尺高的大石敢當頭目。

塔婆塔公會合，一時之間默然無語，只能互相拍拍對方肩頭說：「沒事了、沒事了……」

水琝公拖著滿身是傷的身子，猶自將大符塔周邊的鬼卒殘骸推得遠些，想盡量在大鼎來前，將這空地清得乾淨些。天上有些鳥精守著，大多數鳳凰都領著鳥精去援救主營了。

不知過了多久，才聽得天上幾聲啼聲，鳳凰又回來了。

鳳凰後頭，還跟著熒惑星一行和太歲鼎。

「這邊、這邊！」水琝公嚷嚷著，聲嘶力竭吼著，口中吐出了血。他本不是武將，卻與邪神鬼卒貼身肉搏，此時力氣早已放盡，卻仍然用了全力施術，為的只是揚起大符塔結界。

「水琝公，你歇息、歇息……」「我們來幫你！」塔公和塔婆拖著疲累身子，一齊與水琝公施術。那大符塔越漸明亮，發出一道道光射向四方天際。

大符塔上的符全變成了金色，變成了光塵。光塵飛昇著，在天上旋轉，太歲鼎飛到了那光塵圈中，緩緩落下。

太歲鼎落地那一刻，光塵閃耀亮眼，在福地二島上結成了一個金塔結界，籠罩住整個二島。

水琝公等見到了熒惑星手上提著的正是太歲，都驚訝得說不出話。

熒惑星哼了哼，落了下來，從腰間掏出了一條紅色鎖鍊，甩了甩鍊子。那紅鎖像是活的一般，纏上了太歲身子，密密麻麻地將太歲整個捲了起來，看來像繭一般。

歲星部將們看了此情形，不由得都心中難受，但是熒惑星親手捆綁，大夥兒也只能苦嘆。翩翩胳臂上那讓太陽砍出的傷勢嚴重，此時已裹上厚厚紗布，與若雨彼此攙扶，落下二島土地。

阿關騎著石火輪跳下太歲鼎，晃晃白石寶塔，阿泰跳了出來，精怪、虎爺都跳了出來。

「阿嬤！」「小猴兒！」「蛙蛙！蛙蛙！呱呱！」「阿泰啊！」大夥兒一陣騷動，忙找著親密夥伴，都難掩激動情緒。

大傻回到了葉元身後，葉元看到阿關安然無恙，這才拍了拍大傻說：「好孩子，保護太歲有功勞啊……」

六婆見到此次戰役慘烈，早已提心吊膽，但看著白石寶塔裡只跳出了這麼少的獅子、老虎，心已涼了一截。

「全死光啦……」六婆一聲哀鳴，蒼老身子已支持不住，昏厥過去。

「阿嬤！」「六婆！」阿泰和阿關連忙上前扶住六婆，趕緊交給跳出寶塔的醫官。

「小猴兒！」「其他夥伴呢？」老樹精和綠眼狐狸，見到小猴兒滿臉鼻涕蹦了過來，趕緊攔下他，急急問著：「其他……」

「沒了、沒了……只剩我一個了……剩我一個了……」小猴兒放聲慟哭。

「啊啊……」老樹精和綠眼狐狸相視一眼，先是難以置信，跟著見到遠處那堆積成山的鬼卒屍骸，知道這兒發生過死戰，都默然無語。

「蛙蛙！蛙蛙……」癩蝦蟆呱呱叫著，見到小海蛙羞澀地站在水藍兒身後，高興地撲了上去。

小海蛙感激地看著水藍兒，原來水藍兒見小海蛙年幼，也不擅作戰，將她推進了一間房中，不讓她出來，這才讓小海蛙保住了一條小命。

「蛙蛙！」「蟆蟆！」癩蝦蟆抱起了小海蛙，轉著圈子。

白石寶塔一震，太白星和其部將也飛出塔外。

太白星搖搖晃晃，推開了部將攙扶，看著倒在一旁的紅色大繭，知道裡頭綁著的是太歲，神情一片戚然。

「主營傳來符令，說是打退勾陳了——」

「太陰得知勾陳戰敗，已經放棄與鎮星爺對陣，領著兵逃了。」

「主營正回營養傷。」

「二郎傷重，玉帝、紫微也受了不輕的傷！」

熒惑星部將一一稟報戰情。

太白星對這些戰情並無太大興趣，只是對林珊招了招手，緩緩地說：「來吧，秋草仙、維淳老兄，將你們設計的絕妙計策，說給我這小神聽吧。」

大夥兒見太白星不悅，都感到氣氛尷尬。林珊歉然笑著，在水琝公帶領下，往二島上較大的房舍內走去。

歲星部將們本來傷重，但也亟欲知道究竟是什麼情形，也跟了過去。阿關、熒惑星也都跟著林珊一行走去，進了那大三合院屋子。

54 血腥牢房

天際流雲快速捲過身邊，幾個身影不斷朝天頂飛昇，越飛越高，身影閃耀起柔和光芒，一個個消失在極高的天上。

四面八方全是雲朵，腳踏了踏，雲朵散開，是米白樸素的石板地。

「我回來啦。」辰星啓垣威風凜凜站在遼闊雲地上，身後跟著的是鉞鎔、五部、月霜、文回等十來個辰星部將。

眾神眼前是一片遼闊雲地，有許多座大宮。有些大宮漆黑坍垮，像是經過惡戰，讓烈火燒過一般；有些大宮像是特意裝飾過，漆上了各色金漆，華麗亮眼到了詭異可笑的地步。

「哈哈！那勾陳品味眞是不凡！」辰星哈哈笑著。

他身後一座巨大牌樓，有凡間好幾層樓那麼高大，上頭一塊匾額，三個金漆大字——南天門。

五部深深吸了口氣，他好久沒嗅到天庭的氣息了——卻是濃濃的血腥味。

五部咳了幾聲，碎碎抱怨著，隨著辰星往前走。

一行神將經過幾處大宮，全都殘破毀壞。辰星領著大夥兒，小心翼翼進了前頭那座華麗亮眼大宮。

正殿裡空空蕩蕩，什麼也沒有。辰星一聲令下，部將們四處搜著，搜了半晌，仍然什麼也沒有。

部將從這宮裡搜到了宮外，辰星仍在宮中四面環顧，腳下是一塊長長的金紅毯子，一路鋪到了正殿那頭的大椅上。大椅是新打造的，華麗耀眼得近乎俗氣。

辰星踏著金紅毯子走，走上了那大椅高台，坐了上去，拍了拍兩邊龍頭扶手，冷笑幾聲。陡然站起，轉身拔出長劍一劈，將這大椅劈成了兩截。

辰星吐了口口水，神情極端不屑地說：「勾陳手下無巧手工匠，一張椅子也做得這樣難看，可笑！」

「辰星爺——」五部跑進宮，大聲嚷著：「有了發現，你快來看！」

辰星和五部出了這大宮，五部指著遠處另一座塗成褐色的大宮說：「是大牢，大牢裡傳出了聲音！」

「還不快上！」辰星一聲令下，四處巡視的部將全聚了過來，隨著辰星往大牢宮殿飛去。

褐色大宮牆上斑駁花亂，大夥兒愕然不已。他們猶然記得，這座大宮是白色的，現在的褐色——是血。

「他們瘋了！」鉞鎔忍不住吼叫著。

「別吵，進去。」辰星臉色一沉，大步跨向前。

那大門顏色鮮紅，上頭的血像是新塗上去一般。

血門高聳厚實，瀰漫著鬼魅殺氣。

辰星抽出長劍，一劍劈在那巨門上，轟擊聲響徹天庭。

巨門爆裂垮下，砸在雲地上，砸出片片雲霧煙塵。

辰星大步跨進，部將也趕緊跟上。宮裡大廳陰暗暗的，血腥味更濃重了。鉞鎔低頭一看，腳下是一團黏稠血漿，氣得趕緊抽回了腳，不停蹭著。

角落堆放著像是刑具一般的木台、器具，幾條通道都傳出低吼哀鳴的聲音。

幾聲吶喊，兩個率先進入通道察看的辰星部將，已經飛了出來，嚷嚷著：「找著了、找著了……全在裡頭，勾陳手段太殘忍了，將他們折騰得好慘！」

「上！」辰星手一招，領著部將往那瀰漫著血味的通道飛進。

通道兩旁是一間間的鐵牢，這兒本來明亮乾淨，用來囚禁那些自魔界侵入凡間的群魔凶獸；那時神仙們也只是囚著牠們，並沒有私加酷刑。但這些時日經過勾陳殘酷統治，本來單純的大牢，此時竟如同煉獄一般。

前頭幾間鐵牢都是空的，裡頭血跡斑斑，一些術法鎖鍊還懸掛著。

又經過了幾條彎道，裡頭有些凶猛惡獸，有些是三頭虎、有些是多角巨牛，大都是千百年來入侵凡間的妖魔坐騎。

遠遠一間牢房不斷發出低鳴，辰星飛竄過去。只見那間牢房一邊鎖著一個赤裸著上身的孩童，另一端鎖著一頭凶獸，凶獸頭上長了一顆牛頭和一顆人頭。那人頭不停伸長了頸子，張大了嘴巴，向前蹭著。

孩童四肢都給鎖住，大腿一側正好貼著凶獸人頭嘴巴，已給咬去了一大塊肉。凶獸仍不停向前掙著，那利齒不停晃動，削著孩童大腿破口。

「虛宿？」月霜見了這孩童，認出了是老子四靈二十八宿中，玄武手下的「虛宿」。

辰星揚了揚手，身後文回已抽出大刀，一刀劈在鐵門上那大鎖。鎖上帶著術法，文回連劈數刀，才將大鎖劈出了道裂口。

「我來。」辰星捏著那大鎖，唸了咒語，手上幾股流水滲入了大鎖孔縫，轟的一聲，那大鎖四裂碎散。

牢門開了，裡頭卻有機關，隨著牢門敞開，鎖著凶獸和虛宿的鍊子都鬆脫了。那凶獸一下子解開了禁錮，暴吼起來，陡然往虛宿身上撲去。

「喝！」辰星一把掐住了那凶獸頸上人頭，將牠扔上了牆。幾道水咒打去，激流化成堅冰，勢如鐵柱，打穿了凶獸身子，將牠牢牢釘在牆上。

大夥兒救出了虛宿，月霜幾道治傷靈咒灌入虛宿腦袋。虛宿這才回了神，惡狠狠地瞪著月霜，但見四周圍了辰星部將，也不敢造次，只能怒瞪著。

「看他眼神，邪是沒邪？」鉞鎔看了那虛宿神情，只覺得厭惡，隨口說著。

辰星一聲令下說：「天庭滿是惡念，不邪也難。總之，一併搶了，帶下凡給那澄瀾玩玩。你們手腳快點，要是勾陳回來，可要發怒了。」

「是！」十餘名部將領命，四處搜索，在各個牢房搜著，又找著了幾個玄武手下星宿。

「辰星爺！找著老君爺爺了！」五部高喊著，辰星喝了一聲，身子暴竄而去。

在一間大牢房中，見到了一個襤褸老頭，手腳被緊緊鎖在牆上，右腿整整一截只剩骨頭。那便是讓勾陳囚禁多時的太上老君，又稱「老子」。

老子閉著眼睛，聽見了辰星暴喝聲音，這才睜開了眼。

幾股激流化成冰柱，霎時撐爆了鐵牢欄杆。辰星已竄進這大牢，怒眼大瞪，化出六手，六劍齊揮。

幾聲尖銳聲響，老頭頸子、雙手、雙足，和腰間的大鍊鎖頭同時碎裂。

「老師！」辰星屈膝叩頭，「不肖啓垣來得太遲！」

辰星部將見辰星如此，也紛紛屈膝低頭。

「好啓垣……不算遲……不算遲……」老子靜靜看著辰星，微微點了頭，露出了笑容。

□

「好一個一石多鳥，計中有計。」太白星喝了口林珊端上來的熱茶，怒氣消退了些。他雖然經醫官治療，但仍然十分虛弱，此時聲音竟有些顫抖。「我倒也想聽聽看。」

林珊點點頭，緩緩說來：「遷鼎大計，事關重大。儘管邪神寄望能夠劫鼎、劫太歲，進而成大業；但若劫不了鼎，卻自然也不願讓正神安然遷鼎，或讓太歲鼎落於其他邪神手中。屆時遷鼎途中，玉石俱焚的攻擊在所難免，太歲鼎如此巨大，咱們再怎麼防，也難防得滴水不漏。」

「九座假鼎同行，為的只是分散眞鼎可能遭受的攻擊，卻難保眞鼎安然無恙。前一座太歲鼎，一條裂口便溢出了禍世惡念。這趟遷鼎大戰，窮凶極惡，無論是太陽或是那太子爺，都有獨力毀鼎的力量，在大鼎上留下幾條裂口，更是易如反掌。若眞如此，就算咱們打贏了勝仗，那一切也前功盡棄了。」

「然則十座都是假鼎，卻將邪神兵力盡數引出，我軍抵擋不住，還能棄假鼎而逃，頂多重新計劃遷鼎；若遷眞鼎，打敗了可沒機會棄鼎逃。」

林珊說到這裡，大夥兒點了點頭，沒有異議。

「聽來倒不錯，只是……」太白星低頭喝著熱茶，說了一半便沒說下去。

「可是……」阿關歪了頭，接下太白星的話說：「我們大軍也全部盡出，只留眞鼎在據點，要是……要是邪神剛好打去那邊……那……」

「可笑！」熒惑星喝了一聲，將阿關嚇得差點跌下椅子。

「你當我熒惑星一軍全是死的？」只見熒惑星瞪大了眼，火紅鬍子飄飄揚揚，氣勢極其威武。

林珊笑著解釋：「熒惑星大人雖負責牽制酆都大帝，卻同時也暗中保護眞鼎吶。」

「我早將戰線拉至眞鼎據點前頭不遠處，爲的便是防止另有邪神來襲眞鼎據點。」熒惑星哼了一聲：「這酆都也是厲害，只領著三路閻王，便與我糾纏許久，知道西王母敗戰，也只好退了。這眞鼎據點情勢，可一直在我掌控之中，你們眞當我讓酆都小兒纏住而動彈不得？那可小覷我熒惑星了！」

林珊繼續補充：「除了熒惑星大人之外，洞天援軍中也有一路鳳凰軍，早在咱們出發後不久，便飛來保護眞鼎據點，與熒惑星大人前後照應。如此安排不敢說萬無一失，卻總比直接遷眞鼎要安全許多。」

「此計是很妙，我卻覺得另有玄機。」太白星靜了許久，此時才開口：「倘若熒惑星、洞天鳳凰，一早便隨十鼎同遷，維淳武勇更勝於我，兩星聯手，又哪怕什麼西王母、太子，甚至是之後的太陽？」

「引出澄瀾，那才是此計本意。」太白星又喝了口茶。

林珊笑了笑，沒有回答。

「方才不是說了，這是一石多鳥，計中有計。」熒惑星哼了幾聲說。

林珊跟著補充：「主營本也擔心太歲爺會前來劫鼎，太歲爺在假鼎上的能耐，大家也看到了，那是如魚得水，沒人能擋得下他。而假若辰星也與太歲爺一同前來，那時單靠兩星協力、洞天援軍，要守下勾陳、西王母、辰星與太歲爺聯軍，幾乎便不可能了。十座假鼎引出三方兵馬，對方以全部家當來搏，我方卻得以保留了後路。」

林珊繼續說：「在西王母敗陣後，我便已發出符令，通知熒惑星大人。熒惑星大人便火速趕往我軍支援，一切都在算計中。」

「要是澄瀾沒出現，這計該當如何？」太白星問。

「若太歲爺沒出現，假鼎便遷往福地，當作眞鼎，守上十天半個月。熒惑星大人則在眞鼎據點堅守不出。屆時，邪神們必定以爲眞鼎已遷往福地，太歲爺與辰星有可能上福地劫鼎，勾陳與西王母也有可能再度舉兵攻打福地。」林珊回答，又補充說明：「咱們仗著福地靈氣，布下天羅地網，配合主營援軍。那時即便西王母、勾陳、辰星太歲爺聯手來攻，也未必攻得下這堅實堡壘。」

林珊繼續說：「而阿關大人便可以待在眞鼎處，繼續煉鼎，繼續吸納惡念。太歲鼎完工後，情勢已大不相同，時間拖得越久，有利的是我方。阿關大人只會變得更擅操鼎，惡念也會逐漸被吸入太歲鼎中。」

「如同剛才說的……」林珊笑吟吟說著：「此計不是萬全，卻有百利而無一害。」

太白星靜了半晌，終於開口：「算妳有理，只是熒惑星知道，我卻不知道，這又是爲何？」

林珊尷尬笑了笑，看看熒惑星。

熒惑星哼了一聲，滿臉不屑地說：「天界大家都知道，只有你與澄瀾最是友好，咱們要使計擒澄瀾，怎麼能給你知道？」

「這是不信任我？當我也邪化了？」太白星勃然變色。

「誰曉得？」熒惑星嘿嘿笑了笑。

林珊趕緊接話：「當然不是，太白星爺，咱們起初協議瞞住阿關大人打造假鼎，也是純粹爲了計策效果，並非不信任他。」

太白星愣了愣，一時語塞，這才站了起來，轉身便走，嘴裡還喃喃唸著：「我還是覺得集中力量要遷便遷了，搞一些拉哩拉雜、犧牲了許多夥伴，只爲了擒澄瀾……」

太白星走出門外，熒惑星吹著鬍子追了出去，嚷嚷著：「你怎麼這麼倔強？事實已擺在眼前……鼎都遷回來了……」

老屋裡一片靜默，三星部將大眼瞪小眼。熒惑星部將們有十來位，臉上大都掛著戰勝後的欣喜情緒；太白星部將們卻歷經了花螂戰死、眾將大都傷重，而傷感失落。

翩翩、若雨、福生、飛蜓、青蜂兒等歲星部將，連同阿關在內，則顯得尷尬莫名。太歲爺回來了，卻是給熒惑星抓回來的，像蟲繭一樣給捆在外頭。

阿關嘆了口氣，走出屋外，看著平靜天空，身子已經不痛了，覺得神清氣爽，但想起方才的死戰，還有些恍惚感覺。看著屋外四周，剛才死戰的將士大都在空地上或坐或站，家將團只剩一半，才漸漸熟悉的甲子神們只剩三分之一，獅子、老虎們也死傷慘重。要是按照太白星的說法，熒惑星一早便與十鼎同行，此戰還會不會這麼難打？

阿關漫無目的地走著，走到了太歲鼎周邊。黃靈、午伊已經迫不及待站在太歲鼎上鍊起了鼎，阿關也見到四周有些細微惡念，緩緩流向太歲鼎。

太歲鼎下那一團紅色鎖鍊裡頭裝的正是太歲澄瀾。阿關覺得身子發麻，仍然難以置信。他慢慢走向那紅色鎖鍊，一旁的熒惑星正繞著太白星打轉，試圖說服太白星接受此次安排。

太白星低頭不語，顯然已經無話可說。

阿關走到了那紅色鎖鍊大繭前，伸手摸了摸那大繭，只感到有些發麻。

「小子！你幹嘛？」熒惑星瞥見阿關伸手去摸，發怒吼著：「快縮手！」

阿關還沒反應過來，鎖鍊已經碎了幾條，太歲大手鑽了出來，一把抓住了阿關的手。

一剎那間，阿關覺得太歲那手冰冷僵硬，像是枯木一般。

阿關正愣然著，熒惑星和太白星已經一前一後竄來。

熒惑星化出火龍大刀，一刀將太歲那掌齊腕斬下。

「好傢伙，竟能鑽破我的紅鍊子！」熒惑星一掌按在紅色鍊子捆成的大繭上頭，手冒出了火。紅色大繭火球似地燃了起來，艷紅火焰在大繭四周打轉。

「啊啊……」阿關還緊握著太歲那冰冷斷手，見著眼前烈焰，大叫了起來：「沒……沒……沒有啊，太歲爺身上沒有惡念啊！」

後頭跟來的林珊連忙出聲：「熒惑星大人，主營吩咐要活捉太歲爺，你不能下殺手！」

熒惑星哼了哼，轉身便走，顯然無意救火，任其紅鍊子大繭繼續燃燒。

林珊著急喊著：「快救火！」身後歲星部將已經竄出。飛蜓吹出風術，不料那紅火卻越吹越旺；若雨揮舞大鐮刀，想捲走鎖鍊上的火焰，也捲不走。

「我這火術可非一般火術，豈是一干小輩要滅便滅？」只見到熒惑星正洋洋得意。「你們擔心什麼？澄瀾那傢伙可沒這麼簡單便死，讓這火燒上一個時辰，將他燒得半殘，再讓我帶去主營，交付玉帝審問。邪化的老兒，這可是他咎由自取……」

熒惑星還沒說完，幾股五色流光已經漫上紅色鎖鍊大繭，是千年不滅。

翩翩拿著歲月燭，千年不滅火像水流一般，慢慢捲上整個大繭。只見那紅沉火光慢慢褪去，只剩下五色的千年不滅還在繭上流轉。

「這火眞妙！」熒惑星瞪大了眼睛，十分詫異：「能滅我紅龍焰？倒比我陣中所有大將的火術還要厲害……」

熒惑星還沒講完，身後部將已經按捺不住，紛紛喊起：「歲星部將！熒惑星大人要燒邪神，你等如何插手？」「翩翩，妳好大膽子！」

「讓我三辣破這火術！」一個束髮青年跳了出來，對著大鬮一揮，幾道紫色火焰像鞭子一樣往大鬮打去。

這邊若雨揮動火鐮刀，紅色火光也化成幾道火鞭，纏上那叫作「三辣」發出的紫色火鞭。一下子紅紫火鞭僵持不下，互相拉扯。

若雨喊著：「要逮去主營審就快去！這樣折磨人是什麼意思？」

「哪輪得到妳說話！」熒惑星身後又一部將蹦出，名叫綠言。綠言拿著一只大鐵牌，鐵牌上刻著奇異獸紋，只聽見綠言唸了咒語，鐵牌上便蹦出幾隻冒著綠色火焰的怪獸，似獅似虎，跳上了紅色大鬮。

只見幾道旋風吹來，打在那些綠火怪獸身上，將怪獸打飛。飛蜓惡狠狠地瞪著綠言，吼叫：「你算老幾？輪不到我們說話，又輪得到你說話？」

「歲星部將想造反？」又一名熒惑星部將跳出，揮動著一雙令牌，揮出巨大火海，襲向捆著太歲的鎖鍊大鬮。

火海眼見就要打上大鬮，突然另一邊幾顆火球竄來，打在火海上，將火海打穿，散了開來。

大夥兒朝火球射來方向看去，竟是太白星部將中的螢子。

「是太白星帳下螢火蟲仙！」「妳這小丫頭以為我們在玩火，也想湊一腳？」「太白星部將也幫著歲星？」「小丫頭，關妳什麼事！」

螢子頓時成了眾矢之的，一下子手足無措，傻愣愣地看著太白星。原來是太白星使眼色偷打暗號，要也善使火的螢子幫忙。此時太白星卻摸著白鬍子，望著地上，一副事不關己的模樣。

當下鎖鍊四周一團混亂，各色火焰亂燒狂捲。只見那綠焰獸炸出幾片青色火灘，若雨和三辣的紫紅色火鞭猶自僵持不下，鎖鍊大繭上也滿是火光。

那綠言大叫，又揮動鐵牌，正想再揮出綠火怪獸，一個東西飛竄而來，打在鐵牌上。綠言大叫一聲，鐵牌落地。

那物事還停在空中，閃著黑雷，卻是鬼哭劍。原來阿關看不下去，也插了手。

阿關腦中一片混亂，激動喊著：「誰再亂放火，我就刺他！」

翩翩又揮動歲月燭，大片千年不滅蓋上鎖鍊大繭四周，一下子什麼火海、火鞭、火獸，全都讓千年不滅火給滅了。

「好大膽子！」「歲星部將想幹什麼！」「你們才想幹什麼！」「要打架來啊！」

太歲鼎下吵成一團，神仙們聽了騷動都趕過來，見到是兩星部將僵持不下，都不知所措，不知該幫誰。

黃靈和午伊攀在大鼎邊緣，瞪大了眼看著底下騷動，似乎慶幸自己還在鼎上，沒下去蹚這渾水。

「好了！」熒惑星手一招，大吼一聲，這才將吵鬧壓下。熒惑星摸摸鬍子，看著翩翩手上的歲月燭說：「好丫頭、好法寶、好火術！我以為我帳下大將能使數十種火焰，能燒一切東西，沒想到妳小娃兒手上幽幽一燭火，卻能滅千百種火，連我的紅龍焰都滅了，這是什麼法寶？」

翩翩朝熒惑星點了點頭，回答：「熒惑星大人……這是歲月燭，是洞天白鯉精姊姊給我的寶貝。歲月燭上頭的燭火叫『千年不滅』，不燙人，卻能滅所有火。」

「好一個歲月燭，千年不滅火！」熒惑星朗聲大笑：「好個忠肝義膽！本來我對這澄瀾、啓垣邪化，耿耿於懷，恨不得親手揍死這兩個混蛋傢伙。此時見你們這干歲星部將忠心護主，不知怎麼，我沒那麼氣了，我不再折磨澄瀾就是了。」

「走了！」熒惑星說完，一把拎起了那紅色鎖鍊大繭，又施下幾道咒術，捆上大繭，領著部將起飛。「我現在就將澄瀾送至主營候審，你們好自為之！」

大夥兒見熒惑星一軍飛走，呼了口氣。眾神又靜默下來，一絲勝戰氣氛也無。阿關還愣愣看著手上，太歲斷手又枯又乾，血還從斷處淌著。

太白星緩緩走來，接過那斷手，招來了醫官，吩咐著：「以靈藥法術收藏澄瀾這手，太歲鼎完工了，澄瀾或許有救，這手好好留著，以後說不定還能給他接上。」

太白星繼續吩咐塔公、塔婆：「準備法術大牢，白石塔裡還有幾個凶惡傢伙，寒單、太子，還有那七海小仙都要小心守著，逃了哪個都很麻煩。」

塔公、塔婆領了號令，又忙了起來。

天色漸漸暗去，此時海邊風景宜人，一點也不像發生過大戰。大部分洞天援軍已經退走，只剩三隻鳳凰還在福地上空盤旋，幫忙正神協防一陣子。

阿關在沙灘上走著，神情有些呆滯，看看天空，看看自己的手掌。

阿泰一手拿著啤酒、一手拿著一串烤肉，走向阿關。

「你在幹嘛？那是什麼？」阿泰拍了拍阿關肩頭。阿關連忙握起拳頭，將手插進了口袋。

「我有點累……心情不是很好……」阿關搖搖頭問：「六婆現在怎樣？」

阿泰喝了幾口啤酒，踢著沙說：「阿嬤醒來了，吃點東西，又睡著了。阿火他們都在屋裡陪阿嬤……」

「唉唉……」阿泰呼了口氣，踢了踢沙子。「幹，這樣也算快結束了……」

「猴子泰，你該換藥了！」宜蓁拿著一只藥箱，跑到了阿泰身旁說：「你手上還有被妖怪砍的刀傷，怎麼可以喝酒？」

「關妳屁事？」阿泰還沒說完，宜蓁就一把搶下了阿泰手上酒罐，遠遠一扔。阿泰口裡髒話還沒罵出，宜蓁又扯下了阿泰手上裹著的紗布。

「哇幹！好痛——」阿泰怪叫著：「妳發瘋啦？」

「我是護士，幫你傷口消毒啊。」宜蓁拿著一罐雙氧水，瞪著阿泰說：「你怕痛啊？」

阿泰哼了一聲說：「誰怕痛啊。但是醫官幫我治傷就好了，妳幹嘛多事啊，妳比得上醫官嗎？」

「你以爲我想幫你治療啊?」宜蓁白了阿泰一眼說:「就是醫官要我來幫你換藥的,他說治傷靈藥寶貴,你的傷不嚴重,讓我來就行了。」

阿泰愕然,又哇哇叫了起來,原來宜蓁已經將藥水塗上了阿泰手臂傷口。宜蓁一邊替阿泰清洗傷口,一邊看著阿關,問:「你呢?要不要我幫你換藥?」

「不用、不用……」阿關退了幾步,嘿嘿笑著說:「我有海馬精幫我治傷,妳以後就負責幫阿泰治傷吧……」

「幹!」阿泰愕然大罵:「你們都讓神仙治療,爲什麼只有我讓這凡人臭娘們治療?」

阿關看著宜蓁和阿泰打鬧起來,趕緊逃離戰圈。

林珊端著飯菜走來:「累了一天,吃點東西吧……」

阿關只吃了幾口,便推說沒有胃口,坐在一角陪著大家聊了兩句,就說要洗澡睡覺了。

窗外還有些火光,是神仙們生起的火,外頭還烤著肉,傳來陣陣肉香。

阿關躺在床上發愣,從口袋掏出一道黑黑的符令,是太歲抓住他手那一瞬間,塞進他手裡的。

阿關將斷手交給太白星,卻留下了這小小黑符。

黑符比白焰符小些,上頭寫了些許符文。阿關一點也看不懂,摸著腦袋,卻不知該找誰商量。

阿關握著黑符,在床上翻覆許久,外頭的聲音漸漸靜了。

阿關恍恍惚惚間,覺得手上暖呼呼的,還作了些夢。

□

早晨的海風吹來，癩蝦蟆和小海蛙正撿著貝殼，水藍兒仍孤單倚在礁石上，看著遠方。

阿關這天起得早，或者因爲昨夜睡睡醒醒。

林珊早已等在外頭，見到阿關神色有異，連忙上前問著：「你怎麼了？」

「我又作了噩夢，一夜沒睡好……」阿關苦笑說。

「噩夢？是什麼樣子的噩夢？」林珊有些詫異。

阿關搖搖頭說：「沒有，我也忘了，記不清楚，總之……是令人不太舒服的夢。」

林珊領著阿關上了三合院外，神將們早已聚在長桌前聊著。只見到青蜂兒忙進忙出，顯然是在準備著大夥兒的伙食，九芎、紫萁、含羞等也跟在後頭幫忙。

「翩翩跟若雨怎麼不見了？」阿關注意到長桌一角的兩副碗筷，卻沒見到翩翩和若雨，也沒見到她們在幫忙青蜂兒。

福生朝遠處一間屋喊了幾聲，若雨這才出來，神情有些不自在。

「翩翩姊身子不太舒服，想休息一下。」若雨說完，自顧自地吃起了早飯，也沒注意到太白星都還沒動筷子。

青蜂兒領著三花姊妹上了一道一道菜，大夥兒吃得熱烈。

福生高聲叫好：「這早餐比晚宴還豐富，青蜂兒果然有一套！」

菜雖然美味，但阿關心不在焉，也管不了好不好吃，扒了兩碗稀飯，吃了幾口菜，便跑去練鼎了。

黃靈、午伊似乎等待許久，早在大鼎上練著。

阿關接近那大鼎，藉由太歲力量飛上了鼎。只見到黃靈、午伊神情疲憊，卻還是使勁練著，一把把去抓惡念。

「你們……沒休息過？」阿關有些愕然。

黃靈點點頭說：「主營吩咐，遷鼎之後，就要盡量抓取惡念。天上惡念不斷落下，咱們要在凡人深受感染之前，將惡念抓盡。」

阿關這才想起了自己還身負這項大任，見到幾近虛脫的兩位備位，不禁有些愧疚，搔了搔頭，對黃靈和午伊說著：「對不起，我這就好好地練……」

黃靈笑了笑說：「沒關係，太歲大人，我和午伊必誓死效忠大人你，做你的左右手。」

阿關聽了覺得有些肉麻，只能笑了笑，也練起了鼎。

四周景色又晃動起來，阿關見到一團團惡念忽遠忽近，也不知道是誰的。抬頭看看天，那天空幾乎是紅黑一片，全是惡念，幾乎無邊無際。阿關似乎感到，那惡念天空正漸漸往下壓來。

阿關抖擻了精神，不停抓著、抓著、抓著。

一天就這麼過去了。

第二天、第三天，都重複著同樣的動作，每一日吃完早餐，阿關便渾渾噩噩上了太歲鼎。天上那惡念似乎永遠也抓不盡，黃靈和午伊幾乎天天透支體力，卻一日比一日興奮，時常嚷著：「快抓完了！」「快抓完了！」

這一日，阿關仍抓著惡念，總是覺得有什麼不對勁，卻又說不上來。那張小黑符他一直藏在口袋裡，沒讓任何人知道。

他連抓了十六把惡念，這才想了起來，好幾日都沒見到翩翩了。

若雨總是說她身子不舒服，晚點才出來吃飯。而阿關上了鼎，便一直待到日落。

「翩翩……現在應該復元了吧……」阿關想到這裡，跳下了鼎，往翩翩屋子走去。

門是緊閉的，若雨、福生、青蜂兒正在遠處一角聊著，不知在聊什麼。阿關敲了敲門，一點反應也沒有，阿關又敲，這才傳出了微弱聲音：「紅雪……？」

聲音嘶啞難聽。

阿關有些愣然，又敲了敲：「我是阿關，妳在幹嘛？」

裡頭沒有反應，若雨、福生、青蜂兒已經趕了過來。

「阿關大人，翩翩姊身子不舒服！」若雨急忙說著，一邊將阿關拉離了門邊。

「咦咦？」阿關不解地問：「爲什麼？是遷鼎大戰時的傷還沒好嗎？」

「是……」若雨皺著眉頭，說：「……是狐大仙的藥壓不下綠毒了……翩翩姊的綠毒……又復發了……」

「什麼！」阿關聽了，駭然問：「那該怎麼辦？本來不是快好了嗎？」

「我也不知道，翩翩姊也不知道……那時遷鼎一戰，打得天昏地暗，翩翩姊讓太陽黑色大劍砍傷手臂，現在傷雖然已經好了，手臂上卻有一條長長痕跡。不曉得是不是太陽那劍上也有邪咒，邪咒又引起了綠毒復發……」若雨嘆著氣說。

「有這種事……」阿關又急又氣。

「翩翩姊不想讓大家知道……熬了好幾天，卻越來越嚴重……」若雨說：「我才和福生、青蜂兒商量，將翩翩姊送至洞天，讓洞天狐大仙親手醫治。」

「好！這樣好，現在就去！福地這邊已經穩定下來，太白星爺傷勢也好了，翩翩去洞天休養，應該不成問題，我們這就去和太白星爺講！」阿關急急地說。

若雨聽了，連連點頭，青蜂兒和福生也齊聲應和。大夥兒趕緊到了二島上那大宅，太白星正與水琝公、塔公塔婆、二王爺、五王爺在裡頭密商。

太白星見了阿關領著部將匆匆趕來，也急忙出去相迎。「小歲星吶，你來得正好……來得正好！」

阿關正要開口，太白星已經說了：「是熒惑星傳來的消息，主營會擇日斬澄瀾！」

「什麼——」阿關大叫一聲，身後福生、若雨、青蜂兒也都嚇了一跳。

阿關不解地問：「爲什麼？就算太歲爺眞的邪化了……現在太歲鼎都打好了，爲什麼還要斬太歲爺？爲什麼不讓我試著救他？」

太白星搖搖頭說：「這我也不知道，維淳雖然脾氣壞，容易躁怒，但處事公正，他持中立意見，紫微也是中立。但那斗姆及一干文官卻全一面倒要斬澄瀾，文官中大半都是智囊團，玉帝正爲此猶豫著。」

太白星跟著說：「我已決定立時動身上主營，與他們辯去。小歲星吶，你是五星之一，得與我同去，否則只我一個，難以壓下斗姆和那干文官聲音吶。」

阿關連連點頭，又將翩翩毒發之事講了出來。

太白星連忙領著梧桐、醫官等，趕到了翩翩房外。

若雨敲了敲門說：「翩翩姊，太白星大人要替妳治傷。」

門裡頭沒有回應，若雨推開了門。太白星便領著梧桐、醫官魚貫進入，阿關也往裡頭擠，只聽見翩翩沙啞喊著：「別讓其他人進來！」

若雨拉著阿關後頸，將他拖了出去。阿關只見到床前早讓被單遮住，見不到裡頭情形。

若雨拉出了阿關，便關上了門。

過了許久，阿關在外頭踱著步，飛蜓、林珊以及一干太白星部將也都聞聲趕來，大夥兒面面相覷，屋外瀰漫著一股詭譎緊張氣氛。

飛蜓聽了若雨說那斗姆要斬太歲，氣得臉色猙獰，一副要廝殺的模樣。林珊則皺著眉頭，似在思索應對之道。

阿關想起了什麼，將林珊拉到了角落，終於下定決心，掏出口袋裡的黑符。

林珊有些詫異地問：「這是……？」

「當時熒惑星斬了太歲爺的手，我才發現太歲爺手裡還握著這張符。我想了好幾天，卻不知道這符是什麼意思。」阿關這麼說。

「給我，我看看。」林珊咦了一聲。

「這樣好了……」阿關轉身說：「我把符給太白星爺看，我們和他一同商量……」

「太白星爺正替翩翩姊治傷呢。」林珊拉住阿關。「先讓我看看……」

阿關點點頭，將符交給了林珊。林珊看著那符，看了許久，左翻右翻，這才開口說：「這是黑雷咒……」

「黑雷咒？」阿關問：「那是啥？」

「能放出黑雷的符咒，是太歲爺專用的符。太歲爺若以此符電你，你有九條命也活不成了……」林珊苦笑說。

「太歲爺卻沒有電我，何況他要放電就放，何必用符咒呢？」阿關搖搖頭說。

「太歲爺讓熒惑星層層法術困住，花了九牛之力才破了熒惑星的法寶，法力應當是大大減低；或者是熒惑星大人那刀救得快，這黑雷咒才來不及放……」林珊說。

「這幾天你卻沒跟我講？」林珊瞪了瞪阿關說：「要是這黑雷咒突然引發，你已經死了。以後這些危險東西，你一定要讓我知道……」

林珊邊說，手中化出了金光，將那黑雷符咒捏成了飛灰。

「好……」阿關看著那飛灰，神情呆滯，半晌說不出話。

太白星推開了房門，滿面愁容，長竹和醫官也面面相覷，走出了這小屋。

「情形如何？」若雨等全圍了上去。

太白星搖搖頭說：「情形很複雜……很複雜……」

「不知怎地，翩翩小娃身上那綠毒，和以前並不一樣，似乎有新的毒咒附上身，新毒勾出了舊毒，洞天狐仙的靈藥已經無法壓制綠毒了。」太白星苦惱地說。

「同時，小歲星吶，你可要自己上主營，與那斗姆舌戰了。」太白星苦笑，望著阿關說：「主營只讓你去，不讓我去。」

阿關還不明白，太白星已經開口：「太歲鼎剛遷，兩星至少也須留下一星。主營要我留下看守。」

阿關愣了愣說：「要我獨自上主營？」

「這是我剛剛在屋裡與主營聯繫的結果。」太白星這麼說：「澄瀾的性命就靠你了……」

「我辯不過……」阿關呆然，他怎麼也想不到要自己去和那兇巴巴的斗姆辯論。

「論辯士，秋草應當得以勝任。」太白星望了望林珊。

林珊推了推阿關說：「我與你同去就行了。」

「……」阿關點點頭，說：「去就去吧，那翩翩由誰護送上洞天呢？」

「主營吩咐，翩翩仙與你一同上主營，狐仙早已在那兒等著了。」太白星說：「樹神受玉帝之邀，也來到了主營，共商反攻天庭大策。樹神得知翩翩小娃傷勢復發，也急著要替她醫治。」

「樹神……」阿關呼了口氣說：「好久沒看到樹神婆婆了……有她在……有她在就好了……」

太白星輕輕拍了拍阿關肩頭說：「小歲星吶，你別太擔心，樹神也是中立，不似斗姆那般厭惡澄瀾。只要你堅守立場，樹神會站在你這邊的。」

阿關點點頭，若雨已將翩翩扶了出來。

翩翩低著頭，全身又裹上層層紗布，手臂和腿變得凹凹凸凸，都是些膿包。

阿關紅了眼眶，召來了石火輪，看著林珊說：「翩翩飛不動了，讓她坐後頭可以嗎？」

「可以。」林珊笑吟吟答。

阿關將翩翩扶上了後座，翩翩身上紗布有些滲濕，是些黃黃綠綠的膿水，伴著濃濃惡臭。

石火輪駛出了海，駛上了陸地，駛上了雪山。

林珊始終跟在後頭，指引著方向，以避開太陰的勢力範圍。阿關不發一語，無神騎著。

雪山上的積雪早化，此時是春暖花開的季節。阿關往上坡騎去，翩翩抓著後座支架，身子卻微微後仰，不願往阿關身上靠；有幾次因阿關騎得快，差點跌下車，都靠林珊在後頭扶住。

「阿關，騎慢點……」林珊苦笑提醒：「翩翩姊身子難受，坐不穩。」

「嗯嗯……」阿關這才回神，緩下了勢子。過了許久，終於騎上了雪山。

雪山山巔，那一片片金黃耀眼的正潔光亮依舊，威嚴而莊重。

55 瑩白色惡念

由於天將大都戰死，主營外頭負責防守的是雷部將士。

雷祖見了阿關，打了聲招呼：「太歲大人來啦。」

阿關苦笑著點點頭，沒多說什麼。

下了車，林珊朝山壁揮了幾下，幾陣光亮透出，領著阿關和翩翩進入主營。

三人往會議室走去，會議室裡已經聚滿了神仙，見了阿關，都停下了交談。許多神仙知道阿關是來與自己唱反調的，都臭著一張臉，又自顧自地交談起來，看也不看阿關一眼。

樹神與狐仙
奝彌連忙站起，走向阿關，扶過了翩翩。

奝彌見翩翩又變成了這副模樣，驚訝地問：「怎麼會如此？」

林珊搖著頭說：「說來話長，遷鼎時有場大戰，那太陽邪神的劍上帶著邪毒巫術，使得翩翩姊舊傷復發……」

奝彌看了看樹神，樹神握住了翩翩的手，幾道清澈光芒傳去。

翩翩精神好了些，這才開了口：「感謝樹神婆婆……」

「可憐的孩子……」樹神拍了拍翩翩的手，吩咐著奝彌：「妳帶小娃去別室裡，好好替她看看，可苦煞她啦……」

裔彌連忙答應，扶過了翩翩，走出會議室。

樹神則拉過林珊和阿關，往長桌走去，拍了拍林珊說：「好小娃，這些日子多虧了妳，聽說妳足智多謀，這才使得天界大勝，天界沒妳可不行啊。」

樹神雖是對林珊說，卻故意說得十分大聲，像是說給那一干文官智囊聽的一般。幾個文官聽樹神只稱讚林珊，臉上立時露出不屑。

樹神又拍了拍阿關後背，悄聲說著：「好孩子，你可別害怕，有什麼話你只管說，這兒除了玉帝、紫微，就你最大了，別管其他神仙臉色，有什麼說什麼就行了。」

阿關吸了口氣，點點頭，隨著樹神走向長桌，拉了一把椅子坐下。

紫微緩緩開口：「歲星家佑啊，咱們現在討論的事，你應當略有耳聞了，你應當也是爲了此事而來……」

阿關點點頭，想講些話，卻不知該從何講起。

斗姆揮了揮手說：「不管如何，這裡大多意見都是處斬澄瀾，現在已經有了新歲星，澄瀾不除，只是徒留禍害。」

「恕小仙插口……」林珊開口說：「此話道理何在？太歲鼎已經造成，惡念即將除盡，即便太歲爺邪化，也有機會救，爲何非要將其處死？」

斗姆瞪了林珊一眼，也不搭理，只是看看阿關說：「小歲星，大神們討論，你麾下小仙何以插口？」

阿關本已十分心煩，聽了斗姆這麼講，一股惱火無處發洩，大聲說著：「討論就討論，分什麼大仙小仙？要不是我的小仙機智聰明，五路魔王妳一個人對付得了嗎？」

斗姆聽了，勃然大怒，大拍桌子說：「你這小子豈敢無禮？你眞以爲位階高於我？」

阿關嚇了一跳，不敢再說。玉帝和紫微都皺了皺眉，玉帝揚起了手，斗姆這才停口。

紫微正色看了看阿關說：「歲星家佑啊，斗姆再怎麼樣，也是千年大神，地位何其崇高。儘管你新任五星之位，名義上大家平起平坐，但長幼有序，豈能如此無禮？」

「是我不好……」阿關點了點頭，覺得十分委屈，「嗯嗯啊啊」地講不上話。

樹神笑了笑，打起圓場：「老太婆我啊，也覺得討論無分大小，既然秋草小娃足智多謀，大家靠著她打了多場勝戰，此時何以擺出大神架子，這心眼未免小了些……」

玉帝點點頭，說：「這樣好了，小歲星本便是少年，秋草小仙又爲其保姆，只要歲星同意秋草發言，有何不可呢？」

「林珊是我的軍師，也是大家的軍師……」阿關點點頭說：「她說的就是我說的，我允許她發言。斗姆奶奶，您也可以派大耳朵發言啊……」

「好！發言就發言！」順風耳一聽，清了清嗓子，嚷嚷說起：「既然歲星大人抬舉，小神我就斗膽……」

「你算哪根蔥？滾一旁去！」斗姆一巴掌打在順風耳臉上，將他打飛老遠，千里眼連忙趕去，扶起了順風耳。

順風耳摀著臉，還不知自己做錯了什麼，低聲「嗚嗚」著。阿關本來不喜歡這口刁的順風耳，但見他挨打，總有些不忍，心想癩蝦蟆、阿泰嘴巴也一樣壞，卻也是好夥伴。

斗姆揮了揮手，瞪著林珊說：「我們幾乎討論出結果了，有屁快放！」

林珊本來要講，一聽斗姆這麼說，話卡在嘴裡說不上來。

文官之中傳來噗的一聲，大夥兒都愣了愣。

「失禮、失禮！」一名老神仙穿著一身紅袍，手上還戴了枚戒指，一副俏皮模樣地說：「斗姆娘娘要求如此奇特，小弟弟我替大家放了，有需要再找我。請秋草小仙開始發表大論。」

斗姆瞪了那紅衣老仙一眼，老仙吐了吐舌頭，往後站了回去。

阿關瞅著那紅衣老仙半晌，才認出他是月老，先前曾在主營和自己打過招呼。

月老伸伸懶腰，朝阿關做了個鬼臉。

林珊這才開口：「主營大牢裡關著的可不只太歲爺，許多壞事做絕、殘殺無數的邪神，也都等著阿關大人收其惡念，使其恢復善心，何以偏偏要斬太歲爺？」

斗姆不等林珊說完，便開了口：「澄瀾有太歲力量，或者能夠掩飾其身上惡念，這是其他邪神比不上的地方。要是這小歲星無法吸取澄瀾身上惡念，那怎麼辦？又或是澄瀾僞裝成惡念已除，藉此恢復身分，搶了太歲鼎去造孽，誰擔得起？妳擔得起？」

眾神聽了，都點了點頭。

一直沒有開口的熒惑星，此時捻了捻鬍子說：「我與澄瀾不對頭，大家都知道，但我絕不會爲了私仇，而支持處斬澄瀾。我倒希望澄瀾恢復正常，好跟我打上一架。但斗姆剛才說的，確然有其道理……」

玉帝與紫微互看一眼，紫微開口說：「小歲星、秋草小仙，在你們沒來之前，我們也討論過這層情事了，惡念固然可以清除，但澄瀾畢竟與其他神仙不同。斗姆說的情況會不會發生，卻沒有人可以保證。」

紫微接著說：「太歲鼎好不容易造成，遷鼎時也犧牲了許多同伴，此時終於一切完好，你也得以順利眞除上任，這看似不可能安然度過的大劫難，終於出現了一絲曙光。要是讓任何具有太歲力量的邪神奪去了，那後果可是無法設想。以澄瀾一命，賭凡間億萬生靈，我們眞的不敢賭。」

斗姆接下話頭：「是啊，小歲星，你有何資格以三界生靈賭澄瀾一命？賭救得回他？」

阿關愣了愣，啞口無言。

「不管如何，太歲爺總也是天界千年大神，既然已經受縛，難道不苦思救他之道？即便要殺，也應該等咱們費盡心思，束手無策後不是？」林珊接下話頭，卻說得有氣無力，顯然這番話自己也覺得有些心虛。

「哼！千年大神又如何？太陽不也是千年大神，還不是讓澄瀾給殺了！」斗姆哼了一聲。

「現在大戰未停，西王母仍流竄人間，勾陳上了天庭。天庭大牢那些關著的上古凶獸、極惡魔神等，要是讓給逼急的勾陳放了出來，要與咱們同歸於盡，這也挺難對付，這仗還有得打。太歲爺好歹也是太白星千年老友，也是歲星部將全軍支柱，要是輕言殺太歲爺，戰事未停，必先損軍心。」林珊這麼說。

「損什麼軍心？」斗姆哼哼地說：「該殺就殺、該斬就斬，要是這段期間出了什麼禍事，誰來負責？」

林珊反駁：「主營大牢以萬年堅鋼打造，太歲爺只能制御惡念，並不是萬能。他讓熒惑星大人的火術燒傷了，又讓十數種符術咒法捆綁全身，給關在大牢中，由熒惑星諸將守衛，如何能有禍事？」

斗姆白了白眼說：「澄瀾可不簡單，光憑這等機關，難保他使什麼詭計。」

林珊搖搖頭說：「主營裡還有熒惑星大人、二郎將軍、雷祖大人，以及斗姆大人您一齊守著，卻也看守不了一個傷重的太歲爺？太歲鼎遠在福地，太歲爺身上沒一張符、沒一柄武器，難道他會吹一口氣，就將主營全軍吹成邪神？」

熒惑星哼了一聲說：「小娃兒別用激將法，要關住澄瀾有什麼難，就怕他使詐。不過即便澄瀾使詐我也不怕，我比他聰明。」

林珊對熒惑星點點頭，笑著說：「我也如此認爲，有熒惑星大人在，太歲爺如何能逃？大家別忘了，遷鼎之時我們力氣放盡，全軍盡皆傷重，也擒下了來犯的太歲爺。如今我們有如此優勢戰力，爲什麼要害怕？爲什麼不試著想些救他的方法？」

斗姆哼哼地說：「誰跟妳說咱們怕他？妳這小娃別轉移話題，這是該不該殺的問題，不是怕不怕澄瀾的問題……」

「該不該殺大家還能討論。」林珊朗聲說：「這兒有許多大神，大家可以表決，認爲應當殺一個或許有得救的千年同僚，卻因爲害怕而急著處死他，除了斗姆大人外，還有誰？」

「小娃兒少嚼舌根！」斗姆聞言怒極：「就跟妳說不是怕他，妳在挑撥什麼？」

「好了好了。」玉帝揮了揮手說：「斗姆說得有理，歲星一方也有理。現在戰情仍然緊繃，不分青紅皂白斬了澄瀾，要那些蟲兒小仙如何心服？」

「然則……」玉帝跟著說：「我們也已大戰至此，卻也不能再有一絲差錯，光靠符術未必治得住澄瀾。若是澄瀾眞以惡念侵襲主營諸神，該當如何？」

斗姆本來聽了玉帝前頭的話挺不順耳，正要大聲發言，聽了後面，又突然停住，歪著頭想了想。

「我想出了個好主意！」斗姆這麼說：「替澄瀾放血，減弱他太歲力量。」

眾神聽了，有的點起了頭，有的卻不安地四顧。

「什麼？」阿關聽了十分駭然。想起當初翩翩曾說，爲了煉出備位，太歲爺曾放出了身子一半的血，花了許久時間才復元，此時斗姆打的便是這主意。

「這不是挺好？」斗姆眉開眼笑：「是不是兩全其美？既然要救他，就先奪去他身上太歲力量；若他力量減弱，即便小歲星去牢裡救他，也不怕澄瀾使什麼計謀了不是？」

斗姆接著說：「況且那時，咱們也能取得一定份量的太歲血，要造新太歲也是可以的。」

「不行、不行！」斗姆還沒說完，眾神之中傳來了大吼。

大家朝吼聲看去，卻是那烏幸。烏幸是天界煉神官，與大醫官千藥共同協力煉出了阿關和兩位備位。

烏幸見大夥兒都盯著他瞧，突然一愣，亂揮的手還舉在空中，一旁千藥連忙將烏幸停在空中的手給按下。

斗姆沉下了臉開口：「烏幸，你憑什麼說不行？」

烏幸說不上話，只能漲紅了臉，看著地下。

千藥開了口：「若是能夠救得澄瀾大人，實是萬幸，只是這太歲血必須謹慎處理，否則……否則……危害甚深……」

斗姆冷笑一聲：「怎麼，這太歲血當然是由你們負責保管，你怕有神仙去偷來喝不成？」

烏幸似乎還有話說，千藥已經閉上了口，也拉了拉烏幸衣衫，阻止他再說下去。

「不行、不行……」阿關臉色憤然，大力搖著頭。

「你也不行？」熒惑星吹了鬍子問：「爲什麼又不行？」

斗姆也說：「這也不行，那也不行，小歲星你想怎樣？當下放了澄瀾？」

玉帝也開了口：「斗姆這番提議的確是個方法，一方面能保存澄瀾性命，一方面也更能安全地去驅除他身上惡念不是？」

林珊看了看阿關，似在徵詢阿關意見；只見阿關神色茫然，低頭不語。

玉帝看看紫微、樹神。紫微點了點頭，表示贊同；樹神不作聲，似乎也不反對。

玉帝做了結論：「那便如此吧，暫且先關著澄瀾，明天二郎、熒惑與千藥等醫隊同行，趁著澄瀾還未恢復力氣時，放出他身上太歲血。歲星家佑也須同行，以防任何意外。」

阿關張了口，本想講些什麼，又閉上了嘴，默不作聲，愣愣看著烏幸。

「好了、好了。」紫微又說：「這事就到此爲止，還有另一件事得和小歲星說。」

「嗯？」阿關抬起了頭，茫然看著紫微，還不知道紫微想講些什麼。

「哎喲——」斗姆已經先插了口：「這可就不關我的事了，老身還得出營守著，以防那混蛋勾陳又下來搗亂。」隨著斗姆站起，熒惑星也站了起來說：「也沒我的事了，哈哈！」一陣哄鬧，會議室中諸神已經散去三分之二，大都返回崗位繼續自身職責。二郎經過阿關身邊時，拍了拍阿關肩頭，微微一笑。

阿關還不明白，紫微已經開口：「歲星家佑啊，這段時間也辛苦你了，你以凡人肉身，被提前解開封印，隨著正神四處征戰。現在太歲鼎已經完工，你的任務也算達成一半了。」

紫微微笑著說：「我們會找個時間，安排你和秋草小仙定下婚約。等我們反攻天庭，平定大戰後，便讓兩備位暫代你職務，還你凡人肉身，讓你好好過日子。」

玉帝也笑著說：「這段時間難爲你了。」

「什麼？」阿關只覺得耳朵轟隆隆鳴個不停，還沒會過意來，轉頭看看林珊。只見林珊低下頭，雙頰飛紅，看來更加美麗。

紫微轉頭一招手，方才那放屁的月下老人，笑嘻嘻地往前走來。

月老向玉帝、紫微打了個揖，說：「上次我就跟太歲大人自我介紹過了。」他接著轉身向阿關拱了拱手說：「太歲大人，你可以叫我『月老』，或是『老月』都行。」

民間相傳，月下老人乃婚姻之神，拿一條紅線捆了哪兩人的腳，那兩人便結爲夫妻。這是流傳久遠的民間故事。

阿關腦袋仍然轟轟鬧鬧的，看看林珊，又看看月下老人，喃喃自語：「保姆、保姆……」

「說是保姆，實則卻是保鏢，職責是保護你一生。」月老這麼說：「保護你度過後半輩子，使你安然度過餘生，享受凡人生命，好接下太歲重擔。若是讓一個彪形莽漢或一個囉唆小子貼身陪伴五、六十年，換作是我必定自殺了，給人救活，我還要再自殺一次！嘿嘿……」

「老月！」紫微瞪了月老一眼說：「你好好說明，別扯些不正經的東西！」

「是的、是的……」月下老人繼續說：「於是在我的提議之下，保姆不但是你的守護者，也將成為你一生伴侶。起先我提出來，還受到大家訕笑，說我不正經。但仔細想想，便知道其好處，作為伴侶，吃飯、睡覺、洗澡都在一起，可說是最稱職的保鏢了。你總不會願意雷祖那樣的漢子和你洗澡吧，不過雷祖也有個好處，他手毛濃密，不用毛巾也能替你擦臉，哈哈！」

紫微咳了兩聲。月老嘿嘿笑著：「又廢話了，抱歉、抱歉！」

「袋子裡頭包著的是化人石……」月老邊講，邊從袖口掏出一個紅色小包，大約手掌那麼大。月老打開了小包，從裡頭拿出一塊晶石，晶石是半透明的橙黃色，裡頭隱約見得到一個人形胚胎。

小包裡還有一條紅繩子，綿綿長長。月下老人拿出了紅繩把玩一下，又放進了小包中。

月下老人說：「只要施下術法，使秋草仙的仙體附上化人石上的胚胎，只一個月，秋草仙就會長成現在一般模樣，不過便不是仙了，而是和你一樣具有凡人肉身。當然，除了無法飛天之外，秋草仙身上的大部分法術依然齊備，否則也別保護你了。」

「怎麼……怎麼從來沒有人和我說過……」阿關還瞪大了眼，覺得不可思議。

月老嘻嘻笑著說：「這種事應當是由秋草仙自己和你說，小娃兒們臉皮薄，始終瞞著你，我們怎好越俎代庖呢？」

林珊終於開了口，紅著臉笑吟吟地說：「不跟你說，是怕你分心，並沒有特別意思。現在你的階段性任務已經完成，告訴你也無妨了。」

阿關看著林珊眼睛，仍無法言語，腦中一片混亂，許多許多的回憶一下子全湧上了腦海。

□

入夜，會議室裡還鬧哄哄的，幾處據點傳來了急令。天庭局勢起了變化，辰星在遷鼎一役沒有動靜，原來是上了天庭，劫走了老子，用意卻不知爲何。

而返回天庭卻見老子給劫了的勾陳，幾乎發狂，打開了天庭七層大牢，放出裡頭關著的千年凶獸和上古魔神。本想馴服這些凶獸、魔神作爲手下，但經過雪山和空中遷鼎一戰，勾陳的兵力早不足壓制那些凶獸、魔神。幾陣亂鬥之下，勾陳的殘兵幾乎讓凶獸殺盡，勾陳自個兒也受了重傷，逃下凡間與太陰會合，正準備拚死一搏。這消息是鎮星藏睦傳來的，他已和太陰短兵相交對陣了數場。

這消息使主營一陣錯愕，魔神、凶獸不比邪神集團，他們是階下囚犯，個個凶殘暴戾，由於並無組織，未必有太大威脅。但也由於沒有領頭統領，落下凡間後卻會直接危害到凡人。

阿關在長廊上走著。林珊還在會議室中與眾神會商；翩翩則房門緊閉，一點動靜也無。

阿關發著愣，戰略部署已不需要他，他的階段性任務已經完成，只要乖乖等著當個凡人即可。

看著翩翩緊閉的房門，阿關想起許久之前的河畔招兵。

他記得自己曾對翩翩說，羨慕翩翩永遠是個貌美仙女，而自己卻終將衰老。

翩翩笑著搖頭，說阿關講的不對，那時阿關不知道「講的不對」是什麼意思。

現在他終於明白——翩翩自然不會永遠貌美，而會和自己一同衰老、一同度過餘生。

至於後來變化，已完全不在當時預期之中了。

「烏幸……千藥……他們在哪呢？」阿關摸著頭，問著通道上一名文官。那文官矮矮胖胖，也不太理睬阿關，隨手指了一處方向，是大廳中的一扇門，可以通往地下醫室和囚牢。

「謝謝……」阿關道了謝，往那甬道走去。

文官問了聲：「你找烏幸、千藥做啥？」

「我……我肚子痛……想找大仙治治……」阿關皺著眉頭苦笑說。

「哼！」文官揮了揮手，轉頭就走，口裡還不屑喃喃著：「這就是新太歲……」

阿關看著文官走遠，立時往那門走去，將門輕輕推開。裡頭是一條長長的甬道，甬道有一處分岔通向兩邊，一邊通往大牢，一邊通往醫室。

一個黑髮男子正倚在岔路一邊，與另幾名將士聊著。這些將士是熒惑星部將，那黑髮男子便是先前與若雨等鬥火的鐵牌大將綠言。遷鼎一役中，天將盡數戰死了，這些熒惑星部將便臨時擔負起守衛大牢的任務了。

綠言看了阿關一眼，神情滿是不屑地說：「新任太歲，你來這兒幹嘛？」

「我……我有些不舒服，想找千藥先生拿點藥吃。」阿關答。

「你哪兒不舒服？」

「我肚子痛。」

綠言聽了有些好笑，與其他部將互看一眼，都笑了出來。

有的說：「歲星大人，肚子痛這小毛病以尋常治傷咒醫治即可，何必勞煩千藥老師？」

「來、來，我幫你醫，你哪兒痛？」一名部將嘻嘻笑著，對阿關說著。

「我要給千藥醫，不要給你醫。」阿關搖搖頭。

「呃？」熒惑星部將互看了看，有些傻愣。「為什麼？」「歲星大人，你這……」

「因為……因為……」阿關抓著頭說：「因為上次跟你們打過架，我心裡不開心……」

熒惑星部將聽了，都說不出話。阿關也沒多說什麼，自顧自地往醫室那通道走去。

綠言看著遠走的阿關，哼了幾聲：「這小子肚量這麼狹小，竟然也能當太歲……」

阿關繼續走，走到了甬道盡頭。盡頭有一扇門，阿關二話不說，推了推門，門是鎖著的。

「哪位？」門裡傳來了千藥的聲音。

「是我……」阿關低聲說：「我是歲星……」

阿關說完，裡頭靜了半晌，許久之後，門才打開了一小條縫，千藥神情黯然，透過門縫看著阿關，疲憊地問：「歲星大人，有什麼事嗎？」

「我肚子痛，想找點藥吃。」阿關揉揉肚子。

「你等等，我出去替你醫治。」千藥怔了怔。

「讓我進去……」阿關大力推著門說：「我要進去說話！」

千藥有些愕然，他還沒反應過來，阿關便全力推門，硬是從門縫擠了進去。

「太歲大人你……」千藥連退幾步，阿關站定身子，呼了口氣反手將門關上，還將那門閂拴上。

烏幸也在裡頭，瞪大了眼睛看著阿關。

阿關看看烏幸，又看看千藥，說：「我有事和你們說，是關於太歲血的事。」

聽阿關這麼說，烏幸一臉驚恐緊張站了起來，千藥也神色駭然，與烏幸互看一眼，不知做何反應。

阿關見兩人都不接話，只好自己先開了口：「我的意思是……我想知道你們以太歲血煉神時的詳細過程，這中間是否會有些錯誤，有可能造成一些後果。」

「太歲大人……」千藥瞪大眼睛問：「你這麼問，是什麼意思？」

「太歲爺煉於惡念，本來你們都說不可能邪化。現在卻說他邪化，還要斬他、放他血。以太歲血煉出的備位，豈不是也有邪化的可能？還是這中間出了什麼誤會？」阿關這麼問。

「太歲大人吶，這……」千藥支支吾吾地答：「我只是醫官頭頭，要斬太歲爺可不是我的主意。你問我這些，要我如何回答呢？」

「你們不肯說嗎？」阿關瞪著千藥說：「其實我已經知道了許多事，我是來證實這些事情的，你們不說，我就去跟玉帝說。」

千藥和烏幸互看一眼，靜默半晌，千藥這才開口：「太歲大人吶，小神真的不知你想問些什麼，太歲血煉神，該怎麼煉就怎麼煉，這其中的巧妙過程，就算與你說了，你也不能明白，況且……況且……」

千藥還沒說完，烏幸已經大聲喝止：「罷了、罷了！藥老頭，你還想瞞到何時？新任太歲大人煉於凡人，有副好心腸，此時不說，更待何時？我這身老體已爛，是生、是死都不重要了！」

千藥瞪大了眼，支支吾吾半晌，總算開口：「太歲大人，有些事情只是咱們推測……卻不敢說是千眞萬確，你會這麼問，表示你已經察覺……」

「廢話！你還彆扭什麼？讓我說！」烏幸搶過話頭，連珠炮似地說：「我和千藥爲了煉出備位，嘗試了千百方法，始終不得要領。在打算以凡人肉身煉備位之前，我們曾經試著以現有神仙來煉備位。」

「當時由千藥施法提煉澄瀾爺的血，我則領著數十煉神官合力施法，改造這些神仙仙體。但這些神仙卻因爲沒有具備抵抗惡念的能力，在注入了太歲血之後，全部邪化。當時我們連同澄瀾爺耗了許多心思，才將這些邪化的神仙救回。」

烏幸繼續說：「經過了數次失敗，我們知道現有神仙已有自己性情，無法完全與太歲血融合，反而會受太歲血侵襲，而急速邪化。因此。我們決定以新生凡人來煉備位，於是煉出了你。凡人肉身對於惡念的抵抗力較高，且煉新神猶如一張白紙，而不會與先前性情產生排斥作用。我們一直認爲你是我們煉出最成功的備位。」

「然而……」烏幸嘆了口氣說：「然而許多天界大神們卻不滿意，他們堅持備位需要更強大的力量，好得以快速繼承澄瀾爺……於是我們持續研究新的煉神方法，仍然希望藉由現有神仙煉出備位來。這些都是在太歲鼎崩壞前發生的事情。」

「在經過許多日子之後，千藥確然研究出了新的方法……」烏幸說到這裡，看了看千藥。

千藥手還發著抖，見阿關將目光轉到他身上，只好接著說了：「我……我採了千種靈藥，以靈藥與太歲血融合，試著去除太歲血中會侵襲神仙的因子，那時我成功了。我以七十六種各式靈藥，在丹爐中與太歲血同燒了四十九日，燒出了新的太歲血。」

「在我煉出了藥血後，太歲大人你已漸漸成長，成了白嫩少年。那時一切安好，大夥兒都認爲你能夠按照計畫順利接掌澄瀾爺位子，大家也漸漸忘了以仙體煉備位這情事。」千藥說到這裡，頓了頓，顫抖地說：「但這藥血花費我多年心血煉出，在以仙體煉備位的過程中，我們犧牲了許多邪化的同伴；藥血煉成後，我亟欲試試它的功效，卻不敢告訴任何神仙，遑論請他們當我的實驗品。」

「於是……於是我以烏幸做實驗。」千藥說到這裡時，緊捏著拳頭，神情盡是悔恨。

「什麼！」阿關聽到這裡，啊了一聲。

「是我自願的，是我向千藥提議的。」烏幸補充。

千藥茫然地說：「我的職責是煉丹製藥，烏幸的職責是煉神，我們千年來都肩負著這樣責任，卻在煉這太歲備位上受了無盡挫折，受了許多神仙訕笑，我們爲了爭一口氣……就爲了爭一口氣……」

烏幸接著說：「我提議以自己仙體實驗，在與千藥合作下，將太歲血渣與靈藥融合成的藥血，注進了自己體內。」

千藥再接著說：「那時天界大神們都不知道，我們也並未透露。又過了許多年，烏幸真的沒有邪化。直到太歲鼎崩壞，天界起了騷動，大夥兒退到凡間，商議著是否該喚醒大人你，要你在尚未成熟前便赴戰場。但也有部分大神們覺得尚是凡人的你，能力不足以勝任備位，這仙體煉神的計畫才重新被提起。我和烏幸還是沒有透露當時自己的實驗，只是信心滿滿地按照當時方法，以乾涸的太歲血渣搭配靈藥，煉出了藥血。黃靈和午伊便如此成了備位。」

「這計畫一直很順利，直到不久之前，我才知道錯了，大大地錯了。」千藥苦嘆一聲，雙眼無神。

「因爲我邪化了。」烏幸指指自己說：「我漸漸發覺自己脾氣越來越躁，時常口出惡言。在千藥提醒下，我才驚覺自己邪化了。」

「我甚至看得見自己心中的惡念。」烏幸說到這裡，靜了半晌，伸手往胸口一抓，抓出了一團東西。

「這是什麼？」阿關退了兩步。

只見那烏幸手上捧著的，是一團黏糊東西，形狀和惡念一般，顏色卻差異甚大，是晶瑩白澈的白玉顏色。

「惡念。」烏幸顫抖地說：「大人，這是惡念。」

阿關嚷嚷地說：「不對啊，這……這……我感覺不到你身上的惡念啊！」

烏幸苦笑，兩指在那白色黏團上一掐，掐破了一個小洞，猶如剝皮般撕下了瑩白色的皮，裡頭漫出了黑色、紅色的煙。

阿關瞪大了眼，腦袋還沒反應過來，身體卻已經有了對惡念的感應。眼前這團裹著白皮的黏團，裡頭包覆著的正是惡念。

千藥苦澀地笑著說：「我費了十數年，日夜不停研究，以爲研究出了能夠制御惡念的藥來，沒想到卻是個假象，只能將惡念包覆住，卻無法眞正壓制惡念……」

阿關看著烏幸手上那瑩白惡念，陡然一驚。他想起遷鼎之前，在太歲鼎上與黃靈、午伊一同練鼎時，黃靈便曾露過這手，將紅黑惡念化成白色。他當時以爲這是能夠淨化惡念的招數，當時黃靈手上那白色光團，與此時烏幸手上的白色惡念，如出一轍。

「這代表什麼？」阿關暗自心驚，忍不住問：「白色的惡念？所以……我察覺不出來？」

烏幸一把捏碎了手上那白色黏團，紅黑色的煙霧四溢。「不只是大人你，就連澄瀾爺，想必也是察覺不出來的。」

「澄瀾爺抓那骯髒惡念已有數千個年頭，突然變成了這瑩白美玉的模樣，澄瀾爺自然察覺不出。但我卻察覺得出來，因爲我體內有少許太歲血……」烏幸嘆了口氣說：「大家都在邪化……都在邪化……一定是那小子……一定是那小子……」

阿關身子一震，猛然領悟，外頭已經傳來了敲門聲響。

「太歲大人！」「太歲大人你在裡頭這麼久？」「千藥大人？」熒惑星部將敲得用力。

阿關連忙壓低聲音，轉頭對烏幸、千藥說：「你們別慌張，也別聲張，我會想辦法……」

阿關說完就要去開門，千藥忍不住又問：「太歲大人，你……你爲何又能察覺？」

「我從來也沒察覺，是太歲爺託我問你們的。」阿關苦笑了笑。

還沒看烏幸、千藥臉上露出的驚愕，阿關已經推開門，隨著熒惑星部將走出了這甬道。

「阿關，你上哪去了？」林珊在甬道外的大廳等著，見了阿關便露出苦笑，拍拍他的背。

阿關也苦笑回答：「我肚子痛，去找千藥幫我治療，你們都在忙，我不敢打擾你們……」

「我們剛剛已經擬定了作戰大計，必可一役打退凶獸。」林珊說。

阿關與林珊並肩走著，好奇地問：「你們都說天上還關著什麼凶獸，到底是些什麼？」

「凶獸大都是魔界群魔領上凡間作亂的猛獸，上天有好生之德，除非是當場殺死，否則生擒的凶獸，通常都會關在大牢中。」林珊笑吟吟地說：「阿關，你倒不必擔心，這些傢伙雖然凶猛，但卻無組織。方才我們收到了情報，一批凶獸讓勾陳放了，下了凡，正在雪山外十里的山郊間徘徊。明天清晨我們便發動突襲，肯定能將牠們一網打盡。」

阿關有些心不在焉，此時冷笑一聲說：「原來太歲爺比凶獸還凶，大家迫不及待想要殺他。」

斗姆正巧也在大廳外頭，聽了阿關埋怨，哼了一聲，跟身旁部將講：「這小子怎麼這麼倔強？跟澄瀾一個德行！」

斗姆講得大聲，大廳裡許多從會議室出來的神仙聽了，都暗自偷笑，有些還笑得挺大聲。

阿關臉色難看，環顧四周神仙，心裡五味雜陳。

「別理他們。」林珊拉了阿關往主營外頭走，一邊安慰著阿關。「太歲爺脾氣硬直，得罪了許多神仙，大家是恨屋及烏，我們一干歲星部將早習慣了，習慣就沒事了。」

主營外颳著冷風，從山崖往下看去，還可以見到陣陣金光閃耀，都是紫微布下的結界，景象看來極為莊嚴。

林珊牽著阿關往沒人的地方走去，一路上阿關都只盯著自己的腳，也沒聽清楚林珊說了些什麼。

「你怎麼了？」林珊推了推阿關說：「我說話你都沒有在聽嗎？」

「有……有啊！」阿關連忙回應。

兩人挑了個大石坐下，看著天空星光。

「這幾天你變得不太一樣，似乎有些心事。」林珊盯著阿關，自己也不好意思起來。「是不是你還想著那晚我說過的話？」

「不……」阿關搖搖頭說：「我……我不知該相信誰。」

「我不明白你的意思。」林珊愣了愣。「你是指……？」

「沒有……」阿關吸了口氣，指著另一邊：「妳看那邊有一隻怪鳥！」

林珊朝阿關指著的地方看去，什麼也沒看到，卻感到阿關的手搭上了她的肩。

「你做什麼？」林珊愣了愣，正色看著阿關：「你……」

「沒有，妳的肩膀上有隻蚊子，被我拍掉了。」阿關趕緊抬起手，打著哈哈。

「這裡哪有蚊子？」林珊別過了頭，掩飾臉上飛紅。「你不可以因為職責完成，而輕浮起來。」

阿關嗯了幾聲。

兩人肩靠著肩，看著天上星空，阿關又藉故碰了碰林珊肩膀或手臂，林珊也由他去。時間靜止了般。

過了許久，林珊才牽起阿關，將他領回主營睡房。

林珊將阿關送至門前，在他額上拍了拍，說：「明日大戰你不用參與，我已經安排好了，你只要好好睡個覺，明天醒來，等著聽我們的好消息吧。」

阿關點點頭，本來還有些話想說，突然覺得奇睏無比，關上了門，倒上床沉沉睡去。

不知睡了多久，阿關覺得自己已經醒轉，但眼睛就是睜不開，四肢不聽使喚，也無法動彈，像是俗稱的夢魘。

眼前的景象十分清晰，是爸爸遇害的那條小巷，又是這個夢。

阿關感應得到自己夢中的身體，同時卻又感應得到自己躺在床上的四肢。他知道自己在作夢，這次的夢卻像是雜訊干擾一樣，竟像是人已經醒了，卻仍給綁在夢中，無法脫身。

眼前的小混混又囂張了起來，阿關憤恨難平，衝上去就是一陣扭打。

和之前不同的是，阿關這次得以將那些小混混扔得老遠。他在扭打過程中，甚至感到自己躺在床上的四肢也動了起來，和床鋪產生的碰撞感也十分清晰。

像是兩種感覺交疊在一塊。

或許是夢境被破壞的關係，爸爸的模樣看來十分模糊，小混混卻越來越多，跑出了許多沒看過的傢伙，個個臉色猙獰。

仔細一看，竟然不是小混混，全成了鬼卒妖兵。阿關在夢中召出了鬼哭劍，一邊覺得好笑，算算時間，主營大軍已經出發征戰凶獸了，自己卻在夢中戰了起來。

妖兵鬼卒越來越多，阿關覺得四周灑下了黃色的光芒。他覺得夢中的自己漸漸疲累，就連眞實中躺在床上的自己，四肢也痠軟了下來。

鬼卒們更顯囂張，一隻隻撲上來，又全成了和顏悅色的人，有些是以前的同學，有些是街坊鄰居，連之前他打工的便利商店老闆都在其中。

有個大媽長得竟有點像斗姆，也慈容滿面擠了上來，端著一杯熱茶要阿關喝。阿關見了這大媽，想起了順德大帝府那干信徒。

他開始反抗身上那股痠軟無力的感覺，體內白光泛起，又重新召出了鬼哭劍，一劍斬倒了那有點像斗姆的大媽。

阿關嘶吼著：「滾開！讓我醒來！」

「別把我當白癡——」阿關大吼一聲，竟從床鋪上跳了起來。他看著四周發愣，終於醒了，身上全是汗。

阿關摸了摸胸前的清寧項鍊，將項鍊脫了下來，拿在手上仔細端詳著。看了許久，才戴回項鍊，跳下了床。

推開房門，外頭靜悄悄的，林珊、翩翩的房裡頭都沒人。

阿關繼續走著，來到大廳，這才碰到了一些神仙。

阿關問了幾聲，神仙們才開口：「今天大夥兒都出戰了，全軍都聚在主營外頭山腰上，太歲大人你不必擔心，一切都在秋草仙子的運籌帷幄中呢。」

阿關本想去找烏幸和千藥，但他們也隨玉帝出了主營，只好又回到自己房間枯坐。發愣了好半晌，一道符令急急打來。

「阿關大人、阿關大人！」是老土豆的聲音，將在床上發呆的阿關嚇了好大一跳。

「發生了什麼事？」阿關忘了老土豆那端聽不見自己聲音，只一味問著。

老土豆急急說著：「阿關大人，秋草仙子戰術有誤，這兒不只有凶獸，還殺出了個程咬金，翩翩仙子讓大軍圍攻，情況緊急啊！」

56 符中一語

主營山腰的風極大，紫微星張著雙手，一股股紫金光芒相互輝映，在雪山四周布成了城牆般的結界。

玉帝在大陣居中。林珊則在大陣前頭指揮，與四方土地聯繫。

「眾軍聽令，凶獸們下凡了，落在幾處村落山間，那些落單的凶獸先不去管，數量較密集的地點共有三處。分別距主營十公里、十五公里、二十七公里。我們用誘敵戰術，將三路凶獸引來山下，引入先前布好的陷阱，一舉擊殺。」

「負責誘敵的翩翩姊、二郎將軍、雷祖將軍已經先行出發，山下的熒惑星大人、電母大人兩軍已經備妥，只要等凶獸們全進陷阱，斗姆大人即可揮軍殺下山，內外夾攻。陷阱裡頭電火齊下，必能將凶獸一舉殲滅。」

眾神們聽了林珊下令，也沒什麼反應，大部分神仙都不覺緊張。凶獸雖然凶猛，但比起魔軍邪神，全無心機章法，林珊這般費心布局，反而顯得小題大作了。

有神仙說：「我說啊，何必這麼麻煩？讓二郎挺著銀戟四處飛，見一隻殺一隻不就得了？」

另一個神仙不服：「說得輕鬆，派你去四處飛，見一隻殺一隻如何？」

先前的神仙反駁：「我負責大家膳食，又不負責作戰！」

「同伴在前線出生入死，你等別講風涼話。」紫微皺了皺眉，一干文官這才肅穆了起來。

「二郎也是辛苦，這仗要不是他，可難打了。」「我說那蝶兒小仙也十分盡心了，擔任那備位少年保姆，卻還受了大傷，如今還要出戰……」「是啊，她不是傷得挺重？為何還要出戰？」「蝶兒仙雖然受傷，但身手仍是一流，除了二郎、維淳、雷祖這些大神，也就屬這蝶兒仙最善戰了……」

林珊轉頭，笑吟吟地說：「各位神仙，誘敵除了驍勇善戰，飛空速度也很重要。翩翩姊是千蝶仙煉成，飛空速度奇快，這次任務以她最適合了。要不是飛蜓、青蜂兒都留守福地，否則我不會派受傷的翩翩姊上陣的。」

林珊繼續說：「翩翩姊的確十分辛苦，等這次大戰結束後，眞的應當讓她好好休息了。」

紫微星和玉帝互看了一眼，都點點頭說：「你等一干歲星部將都勞苦功高，只等擒了西王母、辰星啓垣、勾陳、太陰之後，我們會放你們個長假，讓你們好好去洞天玩玩。」

紫微又說：「然則翩翩小仙本已受傷，今天一戰後，便讓樹神帶回洞天好好養傷，玉帝老哥你認為呢？」

「無妨。」玉帝微笑。

有個神仙起了鬨：「翩翩小仙可以晚點走，等太歲和秋草仙子成親時，可以當伴娘，她也曾經照顧過小太歲，可以讓她發表感言！」

紫微星斥喝：「胡說什麼！」

也有神仙提議：「秋草小仙，太歲大人在裡頭無聊，妳不進去陪陪他？這兒交給咱們就行啦！」

林珊笑了笑，回答：「我還有任務在身，家佑身子疲乏，要睡很久，我進去只是打擾了他啊。」

□

「你說什麼？」

阿關從床上蹦起，摸了摸身上，沒有一張可以通報老土豆的符，只得抓了外套就往外頭衝。

老土豆又傳來第二張符說：「秋草仙子說俺話多，只給俺一張通報主營的符令，一開始便用掉了。現在俺身上只剩下通報大人的舊符令，阿關大人，你收到請回答！」

阿關沒有符令，無法回話，衝到了主營入口，石火輪就停在一邊。

門前兩個神仙正交談著，見阿關衝來，連忙問著：「太歲大人，你做什麼？」

「開門！」阿關大喊，那兩個神仙連忙開了門。

阿關只覺得外頭一陣亮，伴隨著陣陣奇異感覺，雖然極微，但卻認得出那是惡念的感應。

阿關見到山腰上神仙都回過了頭看著自己，那股細微惡念感應突然變大，又瞬間消逝，像是收音機收訊不良一般，時好時壞。

「你醒了？」林珊的聲音有些訝異，阿關霎時覺得六神無主，本來要叫喊的話語全堵在口中，「咿咿唔唔」地跨上石火輪，突然猛力踏下踏板，大夥兒還來不及攔，石火輪有如電光，一眨眼已經竄下了山。

□

小林山間屍橫遍野，全是妖兵野鬼們的斷肢殘骸。

翩翩全身裹著厚厚的白紗，黑黑綠綠的膿血透出了白紗，將衣服也染得斑駁難看。

翩翩不斷逃著，四周全是惡鬼，也混雜著些許妖兵。

後頭追逐的那大票鬼怪妖兵陣裡，居中指揮的妖魔樣貌十分奇異，有九隻手臂，背上還長了四隻黑色翅膀，一身道袍，臉卻還是人樣。

那九手妖魔拿了九柄不同的武器，有些形狀甚怪。他嘶吼著，指揮鬼卒妖兵追捕翩翩。

這些妖兵像是早有準備，都拿著長矛和小弓，埋伏在樹上和草叢中。一遇上引著凶獸前來的翩翩，不由分說就圍攻起來，只攻翩翩，不理凶獸。

翩翩傷勢本便嚴重，身手不如平時，今天的任務本是誘敵，卻不料路上竟埋伏著妖魔和許多妖兵。她讓這突如其來的攻勢殺得難以招架，四面射來的小箭如雨一般，妖兵們亂射一通，許多箭都射到了自己同伴身上，也不在意。

翩翩揮出漫天光圈抵擋箭雨，卻仍不免讓箭射中了手和腳。

兩旁矮林又傳出聲聲嘶吼，兩隊挺著長矛的妖兵隊左右突出。妖兵們舉著長矛一記一記往翩翩身上刺去。翩翩晃出光刀，斬斷幾支長矛，立時又有更多長矛刺來。

又一箭射中了翩翩腰間，將翩翩射落了地。

幾隻妖兵們跳上，都讓翩翩揮出的光圈砍翻。她重新躍起，抹了抹臉上眼淚，身上裹著的紗布都給刺花，露出了腐壞的皮和肉。

九手妖魔見了，揚聲叫著：「妳這什麼鬼？還說是神仙，比我還醜！」妖兵們聽了，都尖笑起來。

九手妖魔後頭那十來隻凶獸，本來讓翩翩一路引著，個個嘶吼追擊，此時撞進了妖魔陣中，橫衝直撞，顯然兩軍並不同路。

九手妖魔看了看後頭戰情，也不擔心，仍然指揮著妖兵圍攻翩翩，尖聲喊著：「殺了這醜神仙，別理那些怪獸，殺了醜神仙，雪媚娘娘自有賞賜！」

凶獸中有隻大猿十分厲害，一張黑嘴牙齒銳利嚇人。猿猴精撲進了圍殺翩翩的戰圈中，兩隻大手握成了拳，一拳一拳轟擊著翩翩，也轟擊著妖兵。

翩翩鼓盡全力，一刀劈落了大猿精打來的大拳頭，又一刀斬死幾名妖兵。她萬念俱灰，也不顧身上不斷落下的紗布，沙啞喊著，殺出了一條血路。

「仙子！不要往前吶——」老土豆從地底探出了頭，阻住翩翩去路。

翩翩愣了愣，連忙別過頭，她臉上有一半的紗布早已破落，揭了開來，露出半邊臉。

老土豆嚇了一跳，仍然喊著：「仙子……前頭也有埋伏！俺一路隨著妳，但是戰情緊繃不敢露臉……」

「老土豆？你……怎麼會在這邊？你應當在兩公里外探路不是？」翩翩邊問，邊回頭揮出光圈逼退追擊的妖兵，一邊拎起了老土豆往前頭飛。

「俺就是探到了前頭有好多妖兵，才繞路趕來通知仙子妳呀！」老土豆舞著雙手怪叫：「別去前面呀……前頭也有埋伏！」

老土豆還沒說完，兩邊山道又是一陣騷動，大批大批妖兵又殺了出來。

領頭的是雪媚娘。

「喲！這不是那『舊』保姆嗎？怎麼變成這副模樣？」雪媚娘嘿嘿笑著，此時看來已不若以往那般神氣，笑臉上隱約露出落魄無奈，一張嘴卻還是不饒人：「臉都爛了，我的五蛇毒夠嗆吧，哈哈哈哈！」

「是妳！」翩翩怒瞪著雪媚娘，身子一旋，將殺來的妖兵全給斬死。正要往雪媚娘竄去，卻又讓箭雨射回。

「想不到你們這些高傲神仙也落得這般田地！」雪媚娘嬌聲大笑，指揮著妖兵圍攻翩翩。

翩翩身上許多綠毒傷處都淌出了膿血，還中了許多飛箭。

老土豆揮著木杖助戰，一邊喊著：「仙子妳別喪氣，俺已經通知了阿關大人，他應當……應當很快就要來了！」

「你幹嘛多事？我又不想見到他……」翩翩聽老土豆這麼說，驚慌嘶啞吼著：「我不想……我不想讓他見到我！」

「什麼？」老土豆愕然不解，見翩翩尖吼，也慌了手腳，只能拚命揮著木杖，腿上也中了一箭，痛得哇哇大叫。

「這樣也好……死了也好……」翩翩哇哇哭了起來，一手拎起老土豆，用力往天上一扔，大叫著：「你自個兒逃！逃回去跟大神們說……翩翩無法完成任務……」

老土豆讓翩翩一扔，在空中打了好多個滾，落在遠遠草地上。雪媚娘只是哼了一聲，妖兵們對老土豆視若無睹，也不來追。

「仙子……仙子！」老土豆大喊著，卻幫不上忙，轉頭一看，後方的九手妖魔也領著妖兵追來了。

翩翩大叫一聲，放出了好大片的光圈，雙月光刀掄得密不透風，將射來的箭雨全斬碎。身上紗布全讓膿血染得斑斑墨黑慘綠，翩翩索性將整頭紗布全扯落，長髮依然烏黑，在天空甩動，爛糟糟的臉幾乎分不清血和淚。

又中了一箭、又中了一矛，翩翩沒吭一聲，拔出了箭、砍斷了矛，直撲向雪媚娘。

雪媚娘知道翩翩厲害，此時她已無以前道行，不敢硬接，只能不停往後逃。

「別傷我雪媚娘娘！」九手妖魔大吼一聲，舞著九樣兵器殺來，攔在翩翩前頭大殺一陣。本來憑這九手妖魔道行，翩翩要宰他是易如反掌，但她此時身上盡是箭創毒傷，讓九手妖魔殺得連連後退，跟著腿上又中了一箭，一下子絆倒在地。

九手妖魔一隻手舉著一柄金杖劈下，翩翩打了個滾，躲開這金杖。

後頭一片騷動，妖兵們叫了起來。

流星射了過來，是白焰。

一道道白焰閃耀打來，打在妖兵堆裡，轟開了一條路。

「阿關大人！」老土豆遠遠見了，跳著大叫起來。

石火輪打了個橫，甩進妖兵陣中，撞倒一片妖兵。

阿關一手握著鬼哭劍，一手抓著伏靈布袋，橫衝直撞亂殺。他帶的白焰符不多，一下子便用完了，連忙扔出伏靈布袋，三隻鬼手伴著猛烈殺氣騰出，在空中狂旋亂抓，大殺四方。

阿關鬼哭劍上閃動黑雷，一劍一劍劈開血路。

九手妖魔有些訝異，指著阿關大吼：「又是你這臭小子！」

「又是你這死神棍！」阿關更是驚異莫名，眼前的九手妖魔正是九天上人。阿關來不及驚慌，就見到倒在九天上人腳下的翩翩。

翩翩翻身起來，一刀斬落了九天一隻手。

「好可惡！」九天上人怪叫一聲，剩下八柄長兵全往翩翩身上揮去。翩翩儘管力竭，卻死戰不退，每刀都往九天上人腦袋上劈，一輪猛攻，反倒將九天上人嚇得退了幾步。

「翩翩！」阿關喊著，四周妖兵並不是阿關對手，但卻很多，和先前許多場戰鬥一樣，殺不完。

「你來做什麼？」翩翩嘶啞尖叫著，並不回頭，只是一味地追擊九天上人。

後頭怪聲越來越大，凶獸們也追了過來。一頭四角犀牛橫衝直撞，將妖兵們撞得七葷八素。

「小美人兒——」雪媚娘躲在妖兵後頭，哈哈大笑著：「怎麼不讓妳心上人見見妳？」

阿關好不容易殺開一條血路，殺到翩翩身旁，見到翩翩本來白嫩臉龐全成了黑爛爛的腐肉，還濺著血，感到一陣錯愕，痛心至極。他沒有想到翩翩病況竟惡化得如此嚴重。

「你不要看……」翩翩淚流不止，用一臂摀著臉，一手揮刀。揮刀的那手紗布也已落盡，手上全是腐肉。

「上來！」阿關提住翩翩胳臂，才剛將她拉上石火輪，九天上人就一杖打來，又將阿關和翩翩打下了車，滾了幾圈。

「阿關大人……翩翩仙子！」老土豆嚷著，也舉著木杖殺上來助陣。

「你們逃吧……」翩翩撐起身子，吐出了幾口膿血。

「妳會飛都逃不了，我們要怎麼逃啊？」阿關搖頭。

「別耍嘴皮子！我飛不了了……你還能逃，帶著老土豆逃……」翩翩氣憤地說。

「不要！」阿關殺倒幾隻妖兵，硬是將翩翩揹上了背。「抱緊！」

幾隻妖兵撲上，阿關扔出了鬼哭劍。鬼哭劍凌空飛竄，刺碎一隻隻妖兵身子。阿關搶了柄長矛在手上，亂刺亂揮和妖兵一陣糾纏，同時用心意操縱鬼哭劍在空中掩護。

翩翩身子發著抖，口中膿血流個不停；而她的左臂中了許多箭，無法抬起，只能以右臂揮動靛月發出光圈，掩護阿關後退。

「不怕死的小子！」雪媚娘見阿關死戰不退，一時慌了手腳，扯著喉嚨吼著：「九天，殺了那醜仙，活捉太歲……就是那小子……小子不能殺！殺醜仙就行了！」

「什麼！」九天上人埋怨：「活捉？」

雪媚娘大吼：「我叫你活捉就活捉，要是笨小子死了，有人可要不高興了！」

九天上人雖然無奈，卻只得照做，指揮著妖兵圍攻阿關，將四周道路全給堵死；邊喝令妖兵攔下那四處亂衝的石火輪，以防阿關搶了車逃走。

阿關身上也中了許多箭，妖兵們拿著小弓胡亂射，此時聽了雪媚娘大嚷，只得你看看我、我看看你。有些乖劣的不聽號令，不時偷放冷箭，一箭一箭都射在阿關和翩翩身上。

阿關笑著，轉頭要看翩翩，卻讓翩翩一手抵住腦袋，不讓他回頭。

「妳有沒有聽見瘋魔女講的話？妳還記得嗎？」阿關哈哈一聲，一手抱著老土豆，一手掄著長矛亂打；鬼哭劍和伏靈布袋在空中掩護，石火輪如無頭蒼蠅般亂竄。

翩翩閉上了眼，點點頭，也露出會心一笑——在順德大帝府一戰時，就是這麼打的。

頓時妖兵們亂了手腳，讓阿關一陣衝殺，殺得七零八落。

雪媚娘見到阿關只攻不守，氣得大罵：「臭小子以為我不敢殺他！射他腳，將他射倒！」

雪媚娘一聲令下，一片箭雨立時射向阿關。阿關唉呀叫著，腿上接連中箭，痛得跪了下來。翩翩摔倒在地時，不忘撒出光圈，護住了三人身子。

「瘋婆子比較聰明，這招對她沒用！」

阿關召回了鬼哭劍，見翩翩已經軟倒在地，再也起不來；老土豆也中了許多箭，抱著頭在地上打滾。

一陣絕望湧上心頭，阿關勉力支撐著，召回了鬼哭劍，拿在手上亂斬，將一隻隻進逼的妖兵全都斬死。

妖兵們見阿關鬼哭劍十分厲害，都發了狂，又亂射起箭來。

「等等！等等！」雪媚娘大喊，妖兵們失控騷動著，一片箭又射上了天。

阿關見那片箭雨好大，不覺有些膽寒。回頭一看，翩翩已經倒在地上，臉上盡是淚痕，怔怔看著自己。阿關愣了愣，覺得眼前景象有些熟悉。

再回頭，箭雨已經射來。

阿關撲上了翩翩身子，摀住了翩翩的頭臉。

天上那片箭在至高點轉向，雨一般落了下來。

「啊啊！」箭一記記刺進了阿關後背，阿關咬牙撐著。伏靈布袋大黑手一張，擋在阿關腦袋前頭，擋下了射向阿關腦袋的箭，卻有更多箭射在阿關背上和腿上。

「停下、停下！」雪媚娘大吼著，這才將妖兵們喝止。

「好了！抓到就行了！」雪媚娘哈哈大笑：「去把那臭小子抓起來，將那醜仙殺了！」

幾隻妖兵才剛上前，身子就斷成兩截，妖兵們大都還沒反應過來，四處已經起了騷動。

「救……兵？」阿關聽了四周妖兵大嚎，這才勉強抬起頭來，見到東邊草叢那處一個黑衣漢子掄著長刀，正和一隻凶獸糾纏，是文回。

另一邊那綠甲青年長劍閃光四射，擊碎了一隻隻妖兵，是鉞鎔。

又有一男一女在前頭護衛，是五部和月霜。

月霜騰出一手，撒出了片片雪花，落在阿關和翩翩身上。

阿關覺得不那麼疼了，掙扎站了起來，說：「你們……你們……」

「小子，澄瀾沒看錯你。」一個高傲聲音從背後揚起，阿關愕然轉頭。

那大神威風凜凜，雙手交叉胸前，是辰星啓垣。

「辰星！」阿關往後一退，靠在五部身上。

五部嘿嘿笑了笑，扶住了阿關。月霜則連忙扶起了翩翩，玉手發出了雪一般的光芒，籠罩住翩翩全身。

雪媚娘讓這突襲嚇得傻愣，正要逃跑，就讓後頭兩名辰星部將擒了。

九天上人不知道辰星啓垣，只當是尋常幫手，揮動八手大吼：「哪來的臭傢伙，敢抓我雪媚娘娘！」

九天上人邊說，邊揮動兵器殺來。辰星走過阿關身邊，拍了拍他的肩，阿關只覺得辰星的手巨大渾厚，沒有一絲惡念，和在文新醫院那時的感應一模一樣，一點也沒有變過。

「你們可厲害，竟想出那十鼎奇計，連我和澄瀾都給騙了。」辰星哼哼地說：「這倒打亂了我們全盤布局，嘖嘖……」

辰星像是自言自語，又像是說給阿關聽。阿關還沒會意，就見那九天上人撲上了辰星。辰星聲音一沉：「老子我講話你敢打擾？」

「手比我還多？」辰星哼哼一聲，抽出一劍就斬落了九天右邊四隻手。九天才叫出半聲，左邊四手也沒了。

「哈哈……」辰星哈哈笑著，再一劍將九天上人劈成兩半。

前頭文回幾名部將已經不敵凶獸，紛紛往後退著。

一頭大犀牛嘴鼻長了五支尖角，巨腿轟隆隆踩踏著地，天搖地動向辰星撞來。

阿關見那大犀牛氣勢如此猛烈，嚇得大喊起來，想要拖著翩翩逃，但全身軟弱無力，身上的箭都還插在肉裡，登時又是一陣劇痛。

「小子！澄瀾跟你講了多少？你知道了多少？」辰星邊問，一手抓住了那朝他猛衝撞來的大犀牛凶獸。

大犀牛衝勢極強，讓辰星一手抓了犀角擋下。那犀角承受不住衝力，啪吱裂了幾道痕；大犀牛狂吼著，嘴裡還冒著黑氣，一口氣噴在辰星臉上。

「去你媽的！」辰星大喝一聲，兩手一扳，扳斷了犀牛嘴上兩支角，接著一記頭鎚撞在犀牛腦袋上，將那犀牛撞倒在地上，一腳踏去，將犀牛腦袋踏得碎了。

阿關讓辰星舉動嚇得抖了抖，趕緊回答：「太歲爺……太歲爺只說……辰星你可以依靠、太白星可以依靠、樹神可以依靠；要離斗姆遠一點；二郎是個漢子，應當可以依靠……他要我去問烏幸和千藥，問出詳情……」

六隻凶獸圍了上來，群攻辰星。辰星現出六手，抽出六把利劍。六劍銀光閃耀，左右橫劈直砍，六隻凶獸倒下了五隻。

一隻黑色九尾狐狸精十分厲害，身上中了一劍，同時也在辰星胸前抓出一把血痕。

「好傢伙！千年黑狐狸！竟能傷我？」辰星哼了哼。那黑色狐狸精自知不是對手，轉身要走，辰星已經撲上，收起四手，連劍都插回腰間：「想逃？你知道你傷的可是誰？」辰星拉了九尾狐狸尾巴，朝一棵大樹砸去，砸出一片土石塵煙。

「那你問得如何？」辰星大步走向那九尾黑狐狸，頭也不回問著阿關。

阿關將烏幸的話娓娓道來，一邊回想起那夜太歲的一番留話。

原來那晚，阿關捏著黑符左翻右翻睡不著覺，突然發現黑符背面還有一段文字。當阿關手指拂過，那文字才隱隱現出，一會兒又消失了。

阿關仔細拂了兩、三次，才看出黑符上寫的是一段咒文。阿關依樣唸咒，黑符發出了光，是太歲的聲音。

「小子，這符上頭有奧妙，非得用你的太歲力才得以感應得到其中奧妙。你已經解開了符，接下來是老夫給你的建言，你可以信我，也可以不信。」

「本來，我要等遷鼎完成才現身劫鼎，豈知維淳卻姍姍來遲，我為了救你這傻子才中了計，計中計眞厲害。老夫現在給維淳那瘋牛捆得紮實，動也不能動，只能寄望此符能到你手上……」

「首先，老夫也不明所以，總之，主營裡不是人人可信，惡念的感應已不能作為辨別善惡的依據。這辰星有夠混帳，只憑自己猜測，當時也不說清楚就劫走老夫。老夫走得倉促，根本沒機會查個水落石出，只好與辰星東躲西藏。」

「正神裡有些神仙或許已經邪化，也可能沒有，這中間緣由我也不甚清楚。依辰星所言，你應當去找那煉神官總管和醫官總管一問，太歲血由他們兩個掌管，說不定是他們在裡頭動了手腳，他們如果不說，你就揍到他們說爲止。」

「你記住，神仙之中，兩位備位不可信，他們並非凡體煉成，其中或許出了差錯；太白星可信，你有事便向他請益；辰星雖然混帳，不過可信；熒惑星雖然是條硬漢，但是太笨，你別指望他；至於鎭星，老夫和他不熟。」

「二郎眞誠、硬朗，就算邪了，你該能察覺得出，應當可信；斗姆你自己知道，假設她是邪神即可；翩翩小娃兒、歲星部將一干都可信，他們是你往後的支柱……不過……」

阿關一邊回想，一邊娓娓說著，將烏幸和千藥一番話重新說個明白。

辰星正一拳打翻了那九尾狐狸，將那九尾狐狸打得爬不起來，這才開口：「這倒有趣，千藥能以藥材煉出藥血，白色藥皮覆住了惡念，難怪澄瀾想破了腦袋也想不出來，哈哈！」

阿關扶起了翩翩，翩翩已經昏死。

月霜在一旁說：「我替翩翩施了治傷咒，能保她一時性命，但她身上奇毒，卻不是我能夠醫治的了。」

阿關點了點頭，看看翩翩腐爛的臉，難過得說不出話來。辰星部將雪媚娘押來，辰星一把掐住了她的脖子，掐得雪媚娘透不過氣。

「多虧林珊饒妳，妳竟然三番兩次使詐！」阿關立時召出鬼哭劍，大步一跨就要殺了她。

「我……我……」雪媚娘一臉委屈，才要抗辯，辰星部將已經喊了起來：「辰星爺，神仙來了！」

辰星大喝一聲，召集所有部將，看了看阿關，說：「小子，這魔王我還有用處，我得四處拉攏幫手，聽說鍾馗對這魔王又愛又恨。」

雪媚娘一聽到鍾馗，差點昏了過去；但讓辰星掐著脖子，又知道自己絕不是辰星對手，一點辦法也沒有。

阿關還想說什麼，辰星已經領著部將飛進林中深處，走時不忘提醒：「我會和你聯繫。」

阿關身子一軟，癱倒坐下，遠處還有幾隻凶獸在晃，見了辰星飛走，這才往阿關這邊衝來。阿關無力再戰，轉頭見到是二郎和雷祖趕來，鬆了一口氣。

一隻凶獸似獅似虎，撲了上來。二郎擲出離絃，正中那凶獸腦袋，將凶獸釘在地上。雷祖攔在另一隻凶獸前，扯住了凶獸毛髮，發出了萬鈞雷電，將那凶獸電得昏死。

二郎、雷祖之後，還跟著大批神仙，全往這兒聚集。

「阿關……阿關！」林珊的聲音十分著急。阿關勉強支撐，卻站不起來，聽了林珊聲音，腦中十分混亂，那夜太歲的話又浮現腦中。

「不過……你得留心秋草，老夫不了解這小娃兒。她聰慧靈巧、八面玲瓏、足智多謀，也因此老夫摸不透她。小子，你若信我，拿這符給小娃兒看，卻跟她說要與太白星一同會商：若她心中無鬼，自然樂意和太白星一同查這黑符，你便將我一番話告知太白星。若小娃兒心中有鬼……」

「她必毀此符。」

57 放血

林珊落下地，連忙上前扶起阿關，見他身上插了許多箭，難過得紅了眼眶問：「為什麼你要獨自行動？」

阿關低下頭說：「我怕來不及，石火輪速度比較快……」

二郎和雷祖也落了下來，見到翩翩倒臥在地，一張腐臉稀稀爛爛，幾乎認不出來是以前那美麗蝶仙，都不禁倒抽了幾口冷氣，搖頭嘆息著，將她扶了起來。

阿關咬著牙，將腿上插著的箭都拔了下來。那些箭製作粗糙簡易，箭頭沒帶倒鉤，只是些銳尖頭；有些拔起來還濺出血，痛得阿關五官扭曲，林珊趕緊施咒替他治傷。

一旁的雷祖問著從草叢探出頭來的老土豆：「土地，究竟發生了什麼事情？」

老土豆剛剛摔進草堆中，見辰星趕來，大氣也不敢喘一聲。辰星和阿關的對話，老土豆自然聽見了，此時「咿咿唔唔」不知該如何回答。

雷祖有些不耐煩地說：「土地，你遲疑什麼？」

老土豆唯唯諾諾地答：「俺……俺在前頭探路，卻恰巧探到了翩翩仙子引兵路線中有些妖兵埋伏，俺身上沒有符能通知主營，只好繞路趕來通知翩翩仙子。卻見到翩翩仙子讓妖魔領著更多妖兵攻打，後頭還有凶獸追著，俺自知無力助戰，只好……只好翻出先前在北部時與太歲大人聯繫用的符令，來通知太歲大人……」

阿關接著說：「我接了老土豆的符，十分錯愕，由於十分緊迫，我來不及和大家解釋清楚，很抱歉……」

「小歲星……」二郎拍了拍阿關肩頭苦笑說：「你不顧一切救援天界同袍，我也十分欽佩，但要是你這次真出了個岔子，我和雷祖回去也不知如何稟報了。」

阿關連連點頭，想起上次他殺去眞仙總壇救阿泰時，讓那幻形假扮的二郎刺傷，也是二郎及時殺到，才救了自己的。

但終究這次的內疚小了些，阿關知道要是自己不來，翩翩必死。然而，在分不清誰是敵、誰是友的情勢下，也只能自己硬拚了。

雷祖左顧右盼，看了看四周凶獸妖兵殘骸說：「土豆……這些凶獸妖兵都是蝶兒仙殺的？蝶兒仙身上的治傷咒，又是誰下的？」

老土豆嗯嗯啊啊，編不出謊話，只好照實說：「辰星半路殺來，亂殺一陣……打得天昏地暗，俺也不知道究竟發生了什麼事……」

「啓垣！」雷祖和二郎、林珊聽了，都十分驚訝。

林珊不解地說：「辰星突然來援，又匆匆離去？」

回程途中，阿關將辰星及時出手相救的情形，簡單說了一遍。自然也隱瞞了一些關鍵處，包括太歲爺的一番話，和藥皮惡念的討論等等。

阿關一行經過雪山下的陷阱時，見到一隻隻凶獸焦黑屍骸散落四周，知道是林珊誘敵戰術成功，凶獸們都給誘進了陷阱中，讓熒惑星一軍的火術殺得盡皆覆滅。

主營內，大神們早已著急等著，見了滿身是傷的阿關躲在二郎背後進來，都露出憤怒神色。

斗姆哼了幾聲正要發難，二郎已經大聲說：「玉帝、各位，蝶兒仙遭受伏兵攻擊，小歲星得了土地神符令趕去，成功救出了蝶仙。」

儘管二郎搶先緩頰，不少神仙們仍然吹著鬍子瞪眼。

斗姆拍了桌子：「又是擅作主張，他以為他是二郎，可以以一擋百？」

雷祖搖搖頭說：「話不是這麼說，要是我的電母寶貝受困山林，不管我以一擋多少，我也會殺進去救她！小歲星為了救援部下，也算盡心了。」

「死相！」電母站在大神間，聽了雷祖一席話，不覺也笑了起來：「救回來不就好了，沒事就好了。」

「噁心！別打情罵俏！」「你們晚上在樹上愛來愛去還不夠，開會時也要講，煩不煩吶……」「這麼肉麻的話你也說得出來。」神仙們一一揮起了袖袍，向雷祖表示不屑。

阿關則感激地看了看二郎和雷祖，知道他們是為了避免自己挨罵，而故意搶話扯開話題。

斗姆倒沒發怒，而是啞然失笑，說：「雷祖，你說這話可得罪人了……」

大夥兒這才一愣，突然想起站在阿關身旁的林珊，才是阿關成親的對象，雷祖卻以自己和電母來比擬，似乎有些不倫不類。只見林珊低頭不語，只是緊牽著阿關的手不放。

雷祖性子粗，並沒想到自己說的有什麼不妥，雷母趕緊打圓場：「我的阿雷願意捨命救心所愛，小歲星卻是救他那勞苦功高的麾下大將，你們可別想歪了。」

電母還沒說完，又引來眾神一番白眼。

「小歲星終究是凡人少年，想不了那麼多，他惦記著手下大將，也算有心了。」玉帝擺了擺手說：「回來就行了，我們想知道的是，爲什麼誘敵途中會有魔軍襲擊。」

林珊這才上前，說：「都怪小仙不好，是我先前沒有將那魔王看好，被她的手下襲擊，讓她給逃了。此次必是魔王雪媚娘挾怨報復，多虧家佑及時去救，不然翩翩姊可能救不回來了。」

「然則魔軍爲什麼能知悉誘敵路線，進而埋伏？」玉帝仍然皺眉思索。

「我也很疑惑，需要更多時間想想……」林珊答。

紫微則問：「然則你們剛剛回程途中傳來的符令，說是辰星也蹚了這渾水，又是怎麼一回事？」

阿關回答：「和金城大樓那時一樣，他帶著部下突然殺來，將一些凶獸都打死。我還不知道他想做什麼，林珊和二郎大哥、雷祖將軍已經趕到，辰星一聽二郎來了，便領著部下又走了。」

「有這種事？」斗姆等神仙聽了，都覺得莫名其妙，反覆問了幾次，阿關始終重複一樣的說詞；又問了老土豆，老土豆「咿咿唔唔」，和阿關對看幾眼，也照著阿關的話描述經過，將辰星與阿關的對話全都隱略不提。

斗姆哼哼地說：「啓垣這傢伙行事一向孤傲囂張，想不著成了邪神還是這副德行，三界打得火熱，只有他像是在玩耍，今天抓個正神，明天打打邪神；莫名奇妙抓了澄瀾，卻又不幫他劫鼎，讓他獨身受困；自個兒上天庭劫走老子，也不見有什麼動靜；今個兒又突然冒出來，眞是莫名其妙到了極點。」

熒惑星吹了鬍子說：「哼，就別讓我碰見啓垣，要是讓我見了他，非一把扭斷他的胳臂，將他五馬分屍不可！」

斗姆白了熒惑星一眼說：「就會說大話，上次要不是那假鼎計謀，你也未必抓得住澄瀾，你這牛皮王。」

熒惑星大怒罵：「我說斗姆，妳一張嘴巴怎麼這麼討厭，不論是誰妳都要諷個幾句？妳以前嘴巴就壞，怎麼現在變得更壞了，妳邪化了不成吶？」

「你才邪化了！」斗姆哼了哼說：「你以前脾氣暴躁，卻還不曾一天到晚嚷著要將誰分屍，我看你才邪化了。」

斗姆說畢，只見到玉帝臉色難看，紫微也默然不語。眾神們你看看我、我看看你，都覺得兩位大神嚷著對方邪化十分不妥。

「或者是吧，惡念影響太大了……」玉帝站了起來，說：「不只你們，我有時也感覺心浮氣躁，總覺得脾氣難以宣洩，我還以爲連自個兒也邪了，還請黃靈、午伊替我察看察看，他們總說沒有。或者是這場大劫使我們都耗盡心力了……」

玉帝說著，神仙們都暗暗點了頭，交頭接耳了起來：「我也是耶……」「我也請黃靈幫我看了看！」「午伊在我身上按了按，只說『沒事了』。這惡念真可怕，神仙們卻一點辦法也沒有！」

紫微揚起手說：「好了、好了，太歲鼎已打造完工，現在只剩下將四方惡念收盡，救回那些昔日同僚，一切便如往昔一般了。」

「那小蝶仙傷勢又如何？」玉帝問：「聽說她傷得挺重，不妨先送她回洞天好了，你們知會樹神，將情形告知她。」

一名神仙報上：「千藥大人還在檢視翩翩蝶仙傷勢，聽說傷勢極重。樹神和狐仙已經返回洞天了，說是要去蒐集藥材替蝶兒仙治傷。」

玉帝點點頭說：「那替澄瀾放血一事，又備得如何了？」

另一名神仙答：「盛太歲血的鼎器都還留在天庭，千藥大人也正偕同天工等神匠趕製，兩天後即可造成，屆時就能替澄瀾放血了。」

「好啊！抽乾他的血！」「看澄瀾如何囂張！」

神仙們起著鬨，阿關退了兩步，神情愕然，只覺得神仙們的嘴臉比先前幾次前來主營時，更惡毒了些。但此時什麼也感應不到，猶如陷入迷霧。

大夥兒正激昂著，卻又傳來了門外熒惑守將的符令。

「辰星手下大將文回、月霜來降！」

大夥兒又是一陣錯愕，騷動了許久，才見到熒惑星部將前後守著，將文回和月霜押進來。文回身披黑衣大袍，低著頭不語；月霜則是白衣，神情肅然。

「怎麼回事?」「突然降了?」「啓垣那傢伙情況如何?」眾神們持續騷動著，全圍了上來。

「……你們?」玉帝也站起身，不解問著：「究竟是什麼情形?」

斗姆大嚷：「詐降!這一定是詐降!」

「閉嘴!」熒惑星怒瞪斗姆：「昔日同僚來降，妳胡說八道什麼?」

「你才胡說八道!」斗姆回罵。

月霜不理會眾神喧擾，大聲喊著：「辰星爺或許受了惡念影響，性情大變，時好時壞，我和幾名部將不忍棄他，隨他東奔西走。辰星大人有時凶暴難耐，我們也故意誘他去打些邪神鬼怪，好解解饞。此時得知太歲鼎完成，知道辰星大人有得救了，特此來降。」

玉帝神色凝重，紫微也慎重考慮著。

斗姆仍然嚷著：「分明是詐降，什麼時候不降，爲何現在才降?」

熒惑星大罵：「妳老耳背嗎?人家不是說了得知太歲鼎造成，所以才來降嗎?不過若啓垣那傢伙親自來，我還是要打斷他一條腿!」

「你們在吵什麼?」紫微皺了皺眉說：「一路打來，許多擒了的邪神都還關在牢裡，現下昔日同僚來降，豈能如此無禮。」

「倘若眞詐降，怎麼辦?」斗姆問。

月霜伏下了身子，抬頭看著斗姆，神情誠摯地說：「我心中有沒有邪念，新任太歲在此，問他不就知道了?」

大夥兒這才將目光集中在阿關身上。阿關本來受了箭傷，身子疲累，方才一聽外頭嚷嚷辰星部將來降，驚愕得無以復加。

「他們身上眞的沒有惡念！」阿關趕忙開口，爲了愼重起見，邊說還又仔細端倪了月霜和文回，的確是一點惡念也無。

「小歲星呐！」斗姆冷冷地說：「你說了算？」

熒惑星又插口說：「人家是太歲，他說了不算，難道妳說了算！妳有完沒完？」

眼見眾神又要轟鬧起來，林珊趕緊開口：「家佑他受了大傷，方才與各位長談，已經很累。若大家不相信，依我之見，爲了愼重，也可以先請月霜姊姊、文回哥哥，先……先看管一陣子，只待擒了辰星，再一併定奪。」

「秋草意見妥當，只是……」玉帝有些猶豫，看了看月霜和文回，說：「月霜、文兄弟，若你們身上眞的毫無惡念，我們自然應當熱切歡迎你們回來；只是現在大戰仍然尚未平息，處事需謹愼些，希望你們諒解。」

月霜打了個大揖，說：「玉帝、諸位大神們，這不是問題，我們自認無愧，要關就關、要囚就囚，時間一到，自然眞相大白。」

文回也點頭附和。

玉帝點點頭，招了招手，熒惑星幾名部將押著月霜和文回走出會議室，將他們押進大牢。

□

阿關在大牢通道另一側的醫療室中站著，烏幸正悶頭翻書，身子不時顫抖，似在強忍心中惡念。

千藥則將一帖帖藥貼在阿關背上，阿關忍不住「唔唔」喊了出來：「我的腳也很痛！」

「太歲大人，你腿上也中了許多箭……」千藥看了看阿關大腿上也有箭創，轉身又拿了幾帖藥，回過頭來，說：「脫下褲子吧，我幫你上藥。」

「唔……」阿關嗯了嗯，解開褲頭，卻沒有後續動作，而是轉頭望向林珊。林珊笑了笑，點點頭，轉身走出醫療室。

阿關這才脫下了那破破爛爛的牛仔褲，千藥也迅速將藥布貼上阿關大腿。

千藥接連貼藥，細聲問著：「大人有何打算？」

「我……我不知道……我能相信誰？」阿關凝視了千藥好一會兒，千藥始終沉靜上藥。貼完了藥，千藥伸手指著，阿關覺得全身上下的藥帖一齊發出了白亮光芒，傷口發出了奇異抖動，很快就不痛了。

阿關動了動身子，眞的一點都不痛了，這是他第一次讓天界醫官總管親自治傷。

「這麼厲害！」阿關有些驚愕，看了看一旁另一張木床，上頭躺著的是翩翩——她又給裹上了滿滿白紗，正昏睡著。

「翩翩她……究竟有沒有得救？」阿關問。

千藥點點頭說：「有，只是需要時間，那蝶兒仙身負奇異毒咒，不醫個一年半載，極難痊癒……」

阿關不解地問：「但是之前翩翩傷勢已有好轉，又為什麼會這樣惡化？」

千藥皺著眉答：「我也很困惑，這蝶仙身上，比起上次又多了更多毒咒，原因卻不明。而且此次毒咒即使能夠復元，蝶仙的仙體也會大大受創，傷了的容貌和體膚都不會恢復了。」

「一點辦法也沒有了嗎？」阿關聽了千藥的話，心中一陣茫然。

阿關看著躺在病床上的翩翩，她身上鋪了一層白紗。千藥端了幾盆藥，調了一會兒，倒在白紗上頭，白紗發起了光，藥水化成煙霧，在翩翩身上環繞流動。

「受了傷的仙體，或許可以修復至本來的七、八成，但某些地方的爛肉、變了色的肌膚，都難以恢復了……」千藥邊說，邊指著翩翩露在白紗外頭的手臂。

看那臂上顏色斑駁的爛肉，阿關撇過了頭，感到一陣絕望。

□

接下來兩天，阿關渾渾噩噩地過，奇烈公與木止公接連傳來消息，鎮星一軍接連戰勝太陰，行蹤不明的勾陳，也與太陰會合了，正在一處進行著困獸之鬥。

為了將勾陳一舉成擒，主營派了二郎、雷祖助陣，三路圍攻勾陳和太陰。

這天，阿關讓林珊叫起，他才注意到，林珊本來披肩的髮變得更長了，梳得直順，已不同於以前那微鬈及肩的頭髮了。

林珊一手還拿著梳子，側頭梳著長髮。阿關睡眼惺忪，下床猛一看林珊梳髮的背影，竟有些像是翩翩。

林珊面帶愁容地說：「阿關，待會兒太歲爺就要被放血了，大神們叫我來問問你，你是要等放完血後，才去替太歲爺驅除惡念，還是現在便去一同看看太歲爺……」

阿關怔了怔，到了如此地步，他卻無法出一份力。

林珊看見阿關久久說不出話，知道他心中掙扎，便說：「我就跟大神們說，你不忍見到太歲爺被放血，等到放完血後才去吧……」

「林珊……」阿關拉住了林珊的手，只覺得林珊的手依然滑細，哪裡有什麼白色惡念？他心下只覺得一片混亂，若說主營裡有神仙邪化，因為白色藥皮而使惡念無法察覺，那麼辰星啓垣，甚至是太歲爺，不也有可能在如此情況下邪化？

烏幸、千藥的話一定可信嗎？

「不，我跟妳去。」阿關跟著林珊走出臥房，來到大廳。

大廳上立了個木台，木台上吊著的正是太歲。

太歲給金銀繩子捆住了全身，只露出了頭和赤裸的雙腳。眾神們將太歲頭下腳上倒吊在木台上，木台下擺放了一只方形鐵鼎。

熒惑星就站在太歲背後，手按在他腰間那把火龍大刀，以防太歲掙扎脫逃。

斗姆則興致高昂地在一旁看著，不時取笑太歲幾句。

「啊啊！」阿關叫嚷出聲，他見到太歲爺的眼睛和口都緊閉著——竟是讓粗線縫上的。

「爲什麼這樣？爲什麼這樣對太歲爺！」阿關大聲質問，沒有神仙回答。

斗姆聳聳肩：「我們怕他待會兒放血時疼痛，叫嚷出來，毀了一世英名，便替他縫了口；怕他見了刀子害怕，便替他縫了眼。」

「什麼——」阿關聽了，只覺得腦袋轟隆隆作響，一股怒氣就要爆發出來。

突然，他見到另一頭的玉帝、紫微，卻都一副理所當然，似乎不干己事一般，只覺背脊發冷。

阿關覺得背後被人拍了拍，回頭一看，是黃靈。

黃靈笑笑地說：「太歲大人。」

阿關驚訝地問：「你……怎麼來了？你不是在福地？」

黃靈回答：「我這些日子和午伊在福地練鼎，起初日進千里，大有進步，但這幾日卻又停滯不前。所以與太白星德標爺報備，上來與太歲大人你聚聚，想邀你南下，與我們一同練鼎，露兩手讓我們瞧瞧。」

阿關還沒回答，林珊已經埋怨起來：「黃靈，這不好吧，家佑他這陣子可抽不出身……」

黃靈呵呵笑著說：「我知道，你們要成親了，自然捨不得太歲大人單獨南下練鼎了，秋草仙子何不陪我們一同南下？」

林珊笑了笑，不表示意見。

一名醫官拿了把尖銳刀子上前，似乎就要割太歲的脖子。

斗姆喊了起來：「讓我來！」

神仙們也起了鬨：「讓我來讓我來！」「我也想割割！」

「靜！」紫微拍了椅子，大吼著：「吵什麼！」

阿關覺得天旋地轉，這幾天渾渾噩噩，怎麼大家性子似乎變化更大了。他注意到玉帝坐的那張椅子，以前從沒見過，似乎是這兩天工匠趕工出來的。

椅子金光閃耀，極其華麗巨大。玉帝也不同以往穿著素淨的黃布長袍，而是披上了華麗大袍，上頭也閃動著陣陣華光。

玉帝揚了揚手說：「好了，大家別吵，澄瀾是昔日同僚，你們怎可如此無禮。斗姆，妳向來與澄瀾不睦，下手恐怕過重……」

斗姆嘿嘿一聲說：「要不，讓新任歲星家佑來割如何？嘿嘿！」

「不……」阿關身子陡然一震，呢喃說：「我……我不割！」

「新任太歲替舊太歲放血，似乎也挺有趣！」斗姆扠著腰說：「你如果不割，就我來了。玉帝說得沒錯，或者我一下手，澄瀾頸子應聲落地，那可就不好了。」

「什麼！」阿關握著拳的手發起了抖，青筋都露了出來。

林珊輕拍著阿關的手，說：「與其讓斗姆折騰太歲爺……不如……」

眾神們起鬨嚷著：「上啊！」「割澄瀾的脖子。」「這是新舊任太歲的交接儀式呢！」

一名醫官遞來了尖刀，阿關發著抖接下，覺得天旋地轉。他環顧四周，似乎沒有一個神仙可信，沒有神仙站在自己這邊。

阿關注意到，眾神中有兩個眼神冷淡淡的，不似其他神仙那般激昂。阿關仔細看了看，是文回和月霜。

阿關盯著他們，眼神像是在求救，但文回與月霜似乎沒看見阿關，只冷冷注視著太歲。

神仙們擁了上來，推擠著阿關。

阿關給擠到了太歲身邊，斗姆就在一旁起鬨，手指按在太歲頸子上那動脈，興奮喊著：

「割這兒……割這兒……」

阿關深深吸了口氣，似乎做了什麼決定，他舉刀一劃，在太歲頸上割了條不深不淺的血痕，殷紅的血流了下來。

太歲一動也不動，哼也沒哼一聲，像是沒事一般。

血流過了太歲下巴，流過了太歲腦袋，滴落在方形鼎中，越聚越多。

阿關紅了眼眶，連連退著，手上刀子掉落在地上。他又看了文回和月霜一眼，但阿關此次的神情堅毅了許多。

殿前又傳來了熒惑星部將的回報：「辰星部將，鉞鎔、五部來降！」

太歲爺的血還不斷滴著，眾神們又是一陣騷動：「鉞鎔？五部？」「他們也降了？」

就在大夥兒哄鬧當下，鉞鎔和五部也在熒惑星部將押解下，來到了大廳。

不等神仙們開口，五部已經搶到了大廳正中喊著：「辰星爺逐漸邪化，我們一干部將不忍見到各位大舉攻打辰星爺，也不希望見到昔日同僚互相廝殺，考慮了許久，決定分批來降，作爲內應，希望能助各位計擒辰星爺，只望避免無謂廝殺。」

斗姆哼了一聲，似乎不太相信五部一言。

「你說計擒辰星，如何計擒？」紫微遲疑地問。

「紫微大人，辰星爺計畫數日之內，前來劫牢，想要劫走太歲澄瀾。我們和文回、月霜都是先遣部隊，要埋伏在雪山四周，好在辰星爺發動攻勢時，在一旁牽制你們的兵力。然而我們幾個考慮許久，決定來降，辰星爺尚且不知，還以爲我們已經埋伏好了。」五部回答。

斗姆哈哈大笑：「啓垣以爲他是誰？發動攻勢？他手邊大將也就你們幾個，全派出埋伏，還牽制呢！」

「不是這樣的。」五部這麼說：「辰星爺計畫周詳，他捕捉了許多凶獸，也聯繫了許多山中小邪神，這些日子以來，辰星爺一直暗自發展勢力。」

紫微轉頭，看向月霜，問：「怎麼妳和文兄弟來降時，卻沒和我們說這計畫？」

月霜苦笑著答：「紫微大人，當時辰星爺只要我們埋伏雪山四周，卻沒和我們說是要劫大牢。」

五部補充：「是的，辰星爺是在部署好了之後，才與大家聯繫，說是這兩日內就要發動攻擊，來搶太歲澄瀾的。」

斗姆插嘴說：「他搶澄瀾幹嘛？他和澄瀾交情有那麼好嗎？」

五部回答：「辰星爺本來計畫便是太歲澄瀾劫鼎，他去搶老子大人，但是卻沒料到太歲澄瀾竟給你們擒了。」

「我怎麼如此糊塗！」玉帝這才趕緊問：「我差點忘了，老師他現況如何？啓垣待他如何？」

五部和鉞鎔相視一眼，沒有回答。

玉帝又問：「老師他究竟如何？」

五部伏下地來，哀戚地說：「老君爺爺……讓……讓辰星爺……給吃了。」

「什麼？」「啓垣那傢伙！」「太可惡了！」眾神們跌的跌、倒的倒，全都無法置信。

「辰星啓垣——」玉帝猛然站起身來，勃然大怒。

五部連忙開口：「玉帝息怒！各位大神息怒！辰星爺……辰星爺他也是受了惡念侵襲，才……才會如此的……大家……大家能否同心協力，救救辰星爺？」

玉帝憤恨怒斥：「自從元始天尊大人、靈寶天尊大人仙逝後，老師一直是天界所有神仙所欽佩敬仰的尊者，辰星啓垣無論如何都不應該這麼做！」

「他本便驍勇，現下吃了老子大人，邪力大增啊，這可如何是好？」「該召二郎回來？」「誰能治得了他？」眾神又是一陣騷動。

五部和鉞鎔面面相覷，不敢答話。

鉞鎔低聲喃喃說：「我們就是因爲如此，才憤而決定來降，但是……惡念四溢，卻不是任何一個人希望見到的，夥伴們自相殘殺還不夠嗎？還不夠嗎？」

「當然不夠！」斗姆大聲斥責：「誰使壞，就殺誰！」

玉帝嘆了口氣，無力坐下，無神看著前方。

阿關大叫起來：「鼎已經要滿了，還不放下太歲爺！你們說放了血，讓我收他惡念，現在是濫用私刑嗎？」

大夥兒這才將注意力放回太歲身上，只見太歲依然動也不動，血還潺潺滴著。

「將澄瀾解下……」玉帝手一招，沮喪說著。

兩名醫官端開了那幾乎要溢出來的太歲血，同時也伸手在太歲頸子上劃了幾劃，太歲頸子上的血痕漸漸合起。

收了號令的千藥，這才匆匆從甬道裡的醫療室出來，對著那鼎太歲血揮手施下法術，一層白光覆住了太歲血。

千藥領著兩名醫官端起那鼎太歲血，要往醫療室走。黃靈連忙跟上問著：「千藥老師，怎麼不見烏幸大人？」

黃靈曾是千藥手下，此時雖成了備位太歲，但和千藥說話，依然恭敬誠懇。

千藥苦笑說：「烏幸正忙著呢，且他最近身子微恙，一直沒出醫療室。」

黃靈問：「我與您去見見他如何？我好久沒見烏幸大人了，有些想念他。」

「不了。」千藥搖了搖頭說：「最近我們為了太歲澄瀾爺邪化一事，都傷透了腦袋，怎麼也想不出原因。我們都很忙，不希望被打擾。」

黃靈還想說些什麼，但是千藥說完就走，幾名醫官跟在後頭。

熒惑星手一招，那些捆在太歲身上的金銀繩子全鬆了開來。太歲摔在地上，身子疲軟無力，用手支撐了撐，卻又無力地倒下。

斗姆笑了出來：「看，澄瀾以前多傲啊，現在連爬都爬不起來了。」眾神們跟著訕笑，卻沒有一個神仙上前攙扶。

阿關趕緊上前扶起了太歲，太歲沒什麼反應，眼和口都給縫了起來，卻沒一點動靜，任由阿關扶著。

「走吧，咱們將澄瀾關回牢去。」熒惑星揮了揮手，大步走在阿關前頭。阿關扶著太歲，與熒惑星一前一後，走進了通往主營大牢那甬道。

大牢就在醫療室甬道的另一處岔路底端，熒惑星唸了咒，大牢大門打了開來。

這是阿關第一次進來這兒。

「嘿嘿，小歲星啊，剛剛放血精采吧！」熒惑星還摸著腰間大刀，呵呵笑著，喃喃自語：「本來我也想替澄瀾放血的，就怕那瘋婆子斗姆懷恨太深，一刀殺了澄瀾，那我就不能與澄瀾大打一架了！你可要將他救好呀，上次我與他打架，是五百年前的事了，他可蠻了，打起架來六親不認。媽的，等他好了，我非好好跟他打上一架，把他腿給扳斷、把他手也拗了、把他眼珠挖出、把他心肺摘了，哈哈！痛快！」

阿關心中害怕，腦中一片混亂，竟不知如何回答，隨口亂說：「今天玉帝裝扮好華麗、好威風……」

「玉帝今天也不知怎麼搞的，突然注重起排場來了，媽的。」熒惑星應了幾聲，領著阿關往大牢深處走。

這牢房大道是直直一條，兩邊隔成許多間牢室。

阿關見到許多受縛的邪神，腳上手上都給上了枷鎖。

「啊！」阿關忍不住喊了出聲，他在一處牢房停了下來，牢裡關著的是那順德大帝。只見到順德大帝雙手給捆在背後，頸子上了枷，用一條鎖鍊連在牆上，雙腳上也鎖上了鍊球。那些枷鎖明顯施下了法咒，都泛著咒法光芒。

此時的順德大帝早已失了以往神氣，像乞丐一樣蹲在地上，那身炫目黃袍也已爛透。

順德大帝抬起頭來，兩隻眼睛閃動著黯淡紅光，一見是阿關，眼睛亮了亮，嘿嘿笑了幾聲：「嘿嘿……正神……嘿嘿……」

阿關覺得奇怪，順德大帝身上多了許多傷。他記得當時順德受縛時，只有手讓太歲弄傷了，但此時那爛透的黃袍後頭，卻有著許多大大小小的傷痕。

熒惑星大步走在前頭，阿關扶著太歲跟在後頭，只覺得太歲全身冰冷，一點生氣也無。阿關接連經過了幾個牢房，裡頭關了些小邪神，有些小邪神給吊在天花板上，身上甲冑都破爛得很。

阿關忍不住問：「神仙們對他們動刑？」

熒惑星回頭看了阿關一眼，沒說什麼。又經過了一間牢房，有些邪神卻舒舒服服躺在石床上，或是在牢中悠閒飄著，見熒惑星經過，還打了招呼。

熒惑星揮了揮手，向那些邪神說：「你們瞧瞧，後頭那便是新任太歲，再過不久，那小太歲便要替你們抓出心中惡念，你們便不是邪神了，還不向他打個招呼。」

幾隻小邪神聽了，紛紛向阿關行了禮。阿關點點頭，尷尬笑著。

又走了幾步，阿關見到左邊牢房關著的正是秦叔寶和尉遲敬德，兩門神在牢房中下著棋，一派悠閒。見了熒惑星，恭恭敬敬打了聲招呼；見了阿關，卻斜眼瞧了瞧，似乎還在記恨著。

一陣嘶吼陡然在甬道響起，阿關嚇了一跳，見到走在前頭的熒惑星停下了腳步，看著前頭那牢房，嘶吼是從牢房中發出的。

「你這壞傢伙……你又來了！你這壞傢伙怎麼不死！」牢房裡傳出了大吼聲，顯然是針對熒惑星。

熒惑星勃然大怒，向牢房吼去：「閉口！你膽子眞大，你還認不認得我這熒惑星！」

牢房那邪神回罵：「我管你什麼星……你這壞傢伙，你怎麼還不死？你來幹嘛？又來打我？你們都是壞傢伙！怎麼不死？」

阿關覺得前頭聲音聽來熟悉，連忙跟上去瞧，牢房裡頭關著的果然是寒單爺。只見到寒單爺雙手捆了鎖鍊，給吊在天花板上，四周幾道符咒騰空晃著，發出一陣陣青藍色光芒，原來是能發出冰雪的符咒；而那有應公就鎖在寒單爺身邊，全身讓鐵鍊鎖住，嘴巴也給縫了，瞪著兩顆大眼睛四處張望，神情滿是怨毒。

阿關見到寒單爺給騰空吊著，腳還不時亂蹬，口齒打著顫。阿關知道寒單爺怕冷，這冰雪符自然是用來折磨寒單爺的。

「爲什麼這樣對待他們？」阿關駭然問著：「我現在就將他們惡念收盡，放了他們吧！」

熒惑星哼了哼說：「這可不是我，必定是斗姆那傢伙搞的鬼。沒辦法，這兩個傻子嘴巴刁，就愛亂罵，必定是斗姆進來牢房時，讓這寒單罵得生惱，便想出這法子來整他們倆的。」

「不過，這牢裡關著的都是犯了過錯的神仙，你要收他們惡念、放他們出來，也得經過其他大神同意吶！」熒惑星漫不經心說著。

阿關吸了口氣說：「前面有些邪神，也是口刁，所以才受了刑的？」

熒惑星哼哼地答：「也不是什麼受刑，只是小小教訓而已。有些邪傢伙性子頑劣，不打他兩拳便十分囂張，像是前頭那順德，剛進牢房時還挺乖的，沒隔多久竟偷偷試著串連其他邪神想搞事，還將牢鎖弄壞了想偷溜。讓咱們發現，『教訓』了幾次，這才乖得跟狗一樣。」

「壞傢伙！說那麼多就是壞傢伙！壞傢伙後面還跟了兩個壞傢伙，都是壞傢伙，怎麼不死！」那寒單爺繼續罵著，還朝牢房外頭吐著口水。

熒惑瞪大了眼，抬手一指，發出一道火鞭打向牢房，霎時便見到牢房裡火光四起，還傳出了大笑：「好舒服，好舒服！壞傢伙腦筋差得很，被爺爺我罵了，還替爺爺我生火取暖，哈哈、哈哈！」

「都忘了你這傢伙不怕燒！」熒惑星大喝一聲，唸了咒語開門，進去牢房，對著懸空的寒單爺和有應公就是一陣拳頭。

阿關愣在牢房外頭，見到熒惑星面目猙獰，一拳拳打在寒單爺和有應公身上，將他倆打得七葷八素。

「小歲星吶……」熒惑星停下了手，看著阿關問：「你要不要也來試試？教訓他們倒挺過癮！」

阿關退了兩步，搖著頭說：「不……好歹他們也曾幫助過我和魔王廝殺。熒惑星爺……

他們快給你打死了……」

熒惑星哼了哼，看了寒單爺幾眼，說：「也對，真的要被我打死了可也不行，這傢伙雖然口刁，以後驅盡了惡念，又成了同袍了，但該教訓的還是少不了，哼！」

熒惑星喃喃唸著，又賞了寒單爺兩拳，這才意猶未盡地走出了牢房。寒單爺的身子軟趴趴垂下，口中滴落黑血。

有應公張著大眼，瞪視阿關。阿關心中一片混亂，不敢和有應公的怨毒眼神接觸，只得扶著太歲，隨熒惑星往前走。

到了最後一間牢房，這是用來囚禁太歲的，裡頭飄著各種符咒，都發出不同光芒，顯然和折騰寒單爺一般，也是用來折磨太歲的符術。

「混蛋斗姆又搞這些玩意兒！」熒惑星一喝，幾道火術飛去，燒碎了牢房中的飛符。

「淨會搞些下流玩意兒，卻不敢堂堂正正與澄瀾打一架！」熒惑星不屑罵著，轉頭看了看阿關：「你說這斗姆是不是邪化了？怎麼淨幹些討厭事情？」

阿關搖搖頭說：「我感覺不到斗姆身上有惡念……」

熒惑星哼哼地說：「那就是那傢伙天生討厭了，與澄瀾有仇便直接打行了，搞什麼小把戲？」

「你說對不對啊，澄瀾兄？」熒惑星拉來了太歲，在他臉上拍了拍，力道倒也不小。阿關愣在後頭不知所措。

「你可好好休息吧，等小太歲成了親，替你驅盡惡念，咱們好好打一架，我非打扁你不可，哈哈……哈哈……」熒惑星將太歲拉進了牢房，又拍了拍太歲臉頰，忍不住還賞了一拳打在太歲肚子上。

太歲倒在地上，沒發出一點聲音，灰白鬍子微微飄揚。

「熒惑星大人……」阿關見到熒惑星動手，連忙出聲喊：「你不是要跟太歲對打，怎麼趁這時候先動手？」

「沒辦法，這拳頭癢了。」熒惑星搔搔頭，聳聳肩，竟一拳打在自己臉上，打得竟十分用力，隨即大笑起來：「澄瀾，這一拳算是還給你了，哈哈、哈哈！」

熒惑星笑著走出牢房，大步往外走去。阿關害怕地跟在後頭，知道熒惑星已漸漸讓惡念侵蝕而不自知，反倒認爲斗姆邪化了。

當然，那斗姆想必也邪了。

58 化人石

接下來兩天，每天鉞鎔、文回等辰星部將都會放出符令與辰星聯繫，確認劫囚計畫，然後也將情報一一上報給紫微等神仙。

「辰星爺現在只以爲我們已經各自準備妥善，時機已到，後天便要分兵多路，前來劫囚了。」月霜揚揚手，撒去手上化成灰的符令。

會議室中沉靜一片，神仙們各自尋思著。

斗姆沒好氣地問著：「那辰星以爲自己有多大本事？他要如何劫囚？」

月霜回答：「辰星爺傳來的符令剛剛大家都聽見了，他已經集結了多路小邪神，也收納了當時咱們與魔軍大戰時四散的妖兵們，後天夜裡，便要兵分多路同時攻打雪山。」

五部接著開口說：「辰星爺擒了些妖兵魔將，魔將中有些會使天障，辰星爺便命那些魔將在幾處山林間布下天障陷阱。屆時，辰星爺會先發動攻勢，將主營大軍引至那幾處陷阱，他便領著大軍包圍攻打受困天障陷阱中的主營神將。」

「他以爲他是誰！」斗姆哼了哼。

紫微想了想，說：「啓垣四處招兵，這幾天大家也略有耳聞了，不可不防，不可小覷了他。」

月霜說：「我只求各位大人，到時開戰，對辰星爺及我們一干弟兄姊妹，可得手下留情了。驅盡惡念之後，大家仍然是好同袍。」

斗姆不悅地說：「咱們這邊有二郎、有雷祖，還有我和維淳，要宰了啓垣不難。但要生擒他，又要顧著他手下將領安全，這倒有些難啦！」

熒惑星也開口說：「是啊，上場打殺，刀劍不長眼，我可不敢保證到時候不打死他！」

月霜回答：「我們既然知道了辰星爺的戰術，也知道辰星爺的兵力部署，再加上我等四名部將已經反叛，要反制辰星爺便容易多了。屆時兵力齊出，以紫微大人的結界法術，必能破解天障，二郎將軍、雷祖將軍、熒惑星大人一齊殺去，要生擒辰星爺也不是難事。」

玉帝想了想，問林珊：「秋草仙，妳怎麼看？」

「這是難能可貴的機會，能夠保全同袍性命而得勝，大家應該都樂於見到這樣的結果。」林珊神情猶豫，頓了頓說：「但其中細節，我得再想想，今晚就能作出決定……」

大神們議論紛紛，玉帝揚了揚手，會議結束。

□

阿關在醫療室裡，看著躺在病床上的翩翩；她身上的箭傷已好，但仍昏睡不醒。加重的綠毒不但毀壞了翩翩外貌，也不停往翩翩身子裡竄，侵蝕她的骨肉。千藥費了好大心力，這才將翩翩體內綠毒壓住，卻也無法更進一步治療，只能一天拖過一天。

「你不是說能治好她，即使樣貌變了，但至少不會死去？」阿關這麼問。

千藥搖搖頭，嘆了口氣說：「治好應當是可以，只是這綠毒比我想像中更凶猛。早先我說過了，蝶兒仙身上除了綠毒巫術，又摻入了奇異咒術，我一時也無法治好她，只能慢慢試各種靈藥。」

阿關苦著臉，看著一旁的烏幸。烏幸縮著身子不停顫抖，一手還從身上摸了摸，又抓出一把白色惡念，捏在手上把玩著。

「喂！」阿關想到了什麼，上前一把揪起了烏幸，低聲問：「是不是因爲你這樣亂扔惡念，才害得大家都邪化了？」

「才不是！」烏幸推開阿關，扶著桌子。「我時常出去……將惡念扔去遠處……我可沒有這個能耐……使惡念附上大神身子……」

「你說你看得見白色惡念，那外頭神仙是否眞的全都邪化了？」阿關問。

「我不知道……我能夠微微感應到那白色藥皮惡念，但不像你能看得那麼清晰，我身上只有極微量的太歲血，不像你是以大量太歲血煉出的備位……我的能力十分不穩定，有時能夠感應得出……有時又……又……」烏幸喃喃回答，突然又緊張看著阿關，問：「不過這兩天……這兩天……你都沒有察覺異樣嗎？」

「……這兩天？」阿關愣了愣。

烏幸坐在位置上，又瑟縮起來，眼睛骨碌碌轉動，呢喃地說：「那小子來了之後……我明顯地感應到……主營裡比先前更陰沉了……」

烏幸邊說，邊轉動著眼睛，不安地看著四周。這模樣竟不像神仙，倒像個怕鬼的孩子。

「黃靈。」阿關深吸了口氣。

「這卻不一定，只是……」千藥接下了話：「兩位備位都是以藥血煉出，自然也懂得操弄那藥皮惡念了……」

阿關靜默半晌，點點頭說：「總之，我得快點回到南部，加快吸納惡念的腳步，也進一步親自守著太歲鼎。」

千藥連忙提醒：「不急，可別露了餡，等你和秋草仙成了親，再藉口南下，說是想找夥伴敘敘舊……」

阿關聽千藥這麼說，呆了呆，若有所思；又看看翩翩，嘆了口氣，出了醫療室。

回到寢室，只見林珊正在臥房裡，替阿關整理著房間。

阿關苦笑，也順手疊起了被子。林珊撥了撥頭髮，看著阿關悶不吭聲，不解地問：「你這些天總苦著一張臉，心情不好嗎？」

「我見到太歲爺變成那樣，翩翩也昏迷不醒，心情怎麼會好呢？」阿關嘆著氣。

「這倒也是……」林珊又撥了撥頭髮，說：「阿關，你覺得……辰星部將那番話是否可信？」

「妳不信他們？」阿關愣了愣。

「我不是不信，只是……辰星會放任部將自己埋伏行動這麼多天，只用符令聯繫，這似乎有些牽強。」林珊微微偏著頭，皺眉思索。

「但是鉞鎔他們身上並沒有惡念，和妳一樣，都是正神。」阿關靜靜看著林珊。

林珊低下頭，避開了阿關的目光，說：「你說的沒錯，是我太多慮了。我現在就再通知大夥兒，立刻擬定作戰計畫，將辰星一舉成擒。」

林珊說完，又撥了撥頭髮，走到門邊，才轉頭笑吟吟說：「笨阿關，你沒有發現，我的頭髮更長了嗎？」

「有，我有發現。」阿關先是一愣，然後微微一笑。

「我希望將頭髮留得更長些，和翩翩姊一樣。」林珊做了個鬼臉，轉身走出門外。

阿關在房內猶自發著怔，怔了好長、好長的時間。

「阿關大人！」門外傳來喊聲，是五部，他輕輕叩了叩門，說：「大神們請你也去參與會議。」

「好、好……」阿關連忙走了出去，與五部一前一後走著。他走在五部身後，見五部並不開口，忍不住問：「你們到底在搞什麼鬼？」

「不就是要捉辰星爺，好救回他嗎？」五部笑得神祕。

「但辰星爺沒有邪化……」阿關講到一半，想了想，要是辰星身上也有那白色惡念，又該如何分辨？到底誰可信，誰不可信？

「阿關大人，你站在哪邊？」五部以極低的聲音問。

阿關吸了口氣，沒有回答。

「你站在太歲爺、辰星爺這邊，還是站在其他神仙那邊？」五部繼續問。

「我絕對不會站在染上邪念的一夥那邊。」阿關這麼回答。

「這便行了……」五部笑了笑，聲音壓得更低：「大夥兒現在都以爲辰星爺後天前來劫囚，但辰星爺今晚便要來，你若不想站在染了惡念的那方，便助我們。」

「什麼！」阿關有些驚訝，五部連忙對他比了個小聲的手勢，低聲說：「本來這計畫不應當跟你講的，但是太歲爺一直信任你，辰星爺也對你有信心，所以我們才將你當作自己人，和你說這事。」

「你這麼說，我就要相信你？」阿關皺了皺眉。

「你若不信任辰星爺，竹林一戰時，又何必將太歲的符中話說給辰星爺聽，又怎麼沒將符中話，說給每一個神仙聽。我們知道你很無助，不知該相信誰，對吧？」五部微笑說。

「包括你們在內。」阿關點點頭。

「你可以賭一賭。」五部嘿嘿地說。

阿關還沒回答，甬道那頭已經走來幾名神仙。五部不再說話，阿關也噤了聲。

來到了會議室，眾神們或坐或站，並不說話。

玉帝一身華麗金袍，仰著頭不知在想什麼。

黃靈正站在玉帝背後，與另一名神仙笑談，見阿關進來，便朝他點了點頭。阿關盯著黃靈，不知該如何應變，是要召出鬼哭劍衝上去殺了他？還是向所有神仙們說明一切，說是黃靈、午伊暗中搞鬼，將大家都弄邪了？

這樣說神仙們會相信嗎？邪化的神仙，會承認、願意面對自己邪化的事實嗎？至少脾氣古怪的斗姆、倔強自傲的熒惑星，是一定死撐到底，說不定還反咬自己一口。

阿關想到這裡，不由得深吸口氣，不知該如何是好。

「你們不是找我來討論戰情？」阿關走到了大桌前，見神仙們各自交談著，沒幾個正眼瞧著阿關。

「戰情方面，我們已經討論好了，叫你來，是要和你說別的。」紫微笑得神祕，瞧了林珊一眼，說：「秋草仙，妳來說好了。」

「這事應該請月老說，我和家佑都是聽命行事的。」林珊微微笑著，有些臉紅。

阿關還覺得奇怪，月老已經笑呵呵從阿關背後站出，大大拍了阿關肩頭一下。

阿關連忙回頭，就見到月老兩手捏著一件紅袍，是新郎袍。上頭裝飾華麗，鑲了各式珠寶，十分漂亮。

月老動作誇張，將新郎服對了對阿關肩頭，大聲說著：「合身、合身！一點也不差，做得剛剛好！」

「這是什麼？」阿關給月老逗得笑了。

紫微開口：「我們商量好了，讓小歲星你和秋草仙提早成婚，上洞天玩一陣子，接著又要麻煩你回到南部，與太白星共同守護太歲鼎，加快吸納惡念的腳步。」

阿關愣了愣，本來他已打算找藉口回到太歲鼎身邊，好親自掌控太歲鼎，不讓兩位備位有胡來的機會；此時紫微卻主動要他回去，反倒一下子反應不過來。

「好、好……」阿關連忙答應，紫微和玉帝、幾位神仙互看了看，都笑著點了點頭。

「我就說太歲大人一定會答應的。」黃靈呵呵笑著。

「本來，我們念著你以凡人肉身，硬給咱們這些神仙拉上戰場，都有些不忍和愧疚，想說造鼎完成後，便讓你好好歇息，以兩位備位暫替你吸納惡念。等你陽壽盡了，正式成神了，再來盡這責任不遲，畢竟這任務千年如一日，十分枯燥辛苦。」玉帝苦笑著說：「只是……日前黃靈上來，我們才知道，兩位備位的能力遇到了窒礙……終究他們不像你，是以許多太歲血煉出的繼承者。太歲鼎若不能更快吸納更多惡念，等天上的惡念漸漸降下，那便糟糕了，所以我們希望你再替我們守上一陣子，和兩位備位合力，一同將四方惡念吸去七、八成，再由備位接手……」

「我知道，我會盡力的，這本來就是我的責任。」阿關連連點頭。

「好孩子。」玉帝笑了笑。

阿關覺得玉帝眼神即使和身上那華麗大袍十分不搭，但依然威嚴莊重，看不出有邪化的跡象。

「好了、好了！」月老搶著說：「我要說的還沒說完呢！」

月老將紅色新郎服塞給阿關，阿關雙手捧過，只覺得新郎服好柔、好舒服，捧在手裡像是捧著雲朵一般。

月老又拿出了件衣服，也是紅色，是新娘服，上頭同樣裝飾華麗，綻著五色彩光。林珊雖然害羞，卻也目不轉睛地盯著那新娘服，臉上飛了一片紅。

「你們剛剛說……明天？」阿關尷尬笑著，搔搔頭說：「這真突然……」

「我也十分意外。」林珊點頭附和。

紫微笑著說：「先讓你們成了親，接著擒下辰星，大夥兒高高興興各自回歸崗位，專心守禦重要據點，只要等惡念收盡，勾陳、太陰、西王母也不必征討了，說不定還有得救。」

阿關想起西王母那猙獰模樣，心中倒還是餘悸猶存。

「唉喲！」斗姆本來坐在一旁，與手下北斗七星們聊著，此時終於耐不住地嚷嚷起來：「真是肉麻死了，我可受不了了，老身先告退了！」

斗姆也不等玉帝回答，立時站起，往外頭走去，一干手下也跟著走了。

熒惑星則並不介意，和二郎、雷祖佇在一旁，談著對上那辰星時，該如何才能生擒活捉。

「別忘了這個。」月老又掏出了個東西，是個紅色小包袱，遞給了林珊。

林珊打開了包袱，裡頭正是那化人石。

月老笑嘻嘻地說：「這可重要了，太歲大人吶，等你們成親了，便使用這石頭，讓秋草仙子孵化出凡人肉身，與你共同坐守福地，使你每日面對惡念不覺得太枯燥呀。」

「咦？那這樣，林珊不就也變成凡人了。」阿關略顯訝異。

「是的，上次不就跟你說了，你這麼快便忘了？」林珊笑著答。

月老賊嘻嘻地笑著說：「當然啦，與你共度一生，總也要和你一樣是個凡人，神仙生命遠長於凡人，要是你七老八十了，秋草仙還是個少女模樣，那成何體統？」

月老又補充說：「當然，這化人石要成親了之後用，也行；要留在身邊晚點用，也行。你們自個兒拿捏吧，想用時便請那太白星德標大人施法替秋草仙換身就行了。」

阿關不解地問：「早用、晚用，有差嗎？」

「有！當然有差，這教我如何解釋哩，眞是折煞我這老頭了，我都不好意思說下去了！」月老哈哈大笑著，雖說不好意思，但卻沒有停下來的意思，反而大聲說：「用了化人石，你們才好洞房呀——」

「……」阿關嚇了一大跳，卻不知該如何反應，便看了看林珊。

林珊滿臉通紅，蹙著眉低頭不語，似乎正在氣著這月下老人口無遮攔。

「月老！」紫微大聲喝斥：「你也看著這是什麼地方，給兩個孩子留一點面子！」

「眞是對不住喲，失禮、失禮……小仙我貧嘴了……」月下老人吐了吐舌頭，向阿關和林珊深深鞠了個躬。

月老繼續說：「但是說正經的，雖說使了這化人石，使秋草仙孵化凡體之後，不影響身上靈氣和法術，但至少便不能飛了，這便是一個影響；再來，凡體終究要比仙體孱弱，使了化人石後，若受了大傷，也很麻煩。留著這化人石就有這好處，要是秋草仙子不幸出了意外，像是城隍那般斷手斷腳，再來使用化人石也不遲，等於是身子的備位了，哈哈哈哈！」

「月老，你講話老是這樣，什麼斷手斷腳……」紫微皺著眉頭，斥著月老。

「失禮、失禮，我烏鴉嘴。」月老又連連鞠著躬。

阿關眼睛閃起了光亮，問：「什麼意思？身子的備位是指什麼？」

月老咳了咳說：「神仙們也有仙體，這仙體壞了便壞了，但用這化人石，等於是拋去了仙體，魂魄進入化人石裡的小人，那便是凡體，等於新生。」

「那翩翩有得救了！」阿關陡然站起說：「爲什麼不早告訴我？」

神仙們一陣愕然，像是結了凍，會議室裡的氣溫一下子冷了十度不只。

靜默了一會兒，紫微才開口：「小歲星，你是說……用化人石，去使蝶兒仙化成凡人？」

阿關連連點頭說：「翩翩她……傷得很重，很可能治不好，爲什麼不救她呢？化人石再做不就有了？」

眾神們有些尷尬，不知如何回答。

月老咳了幾聲，這才開口：「太歲大人吶，你有所不知，這化人石要煉出一個，也需幾年啊，這本屬於你的保姆，也就是秋草仙的。」

阿關不解地問：「幾年一下就過去了不是嗎，太歲鼎都完工了，我南下去收惡念，差這幾年嗎？」

阿關有些雀躍，望著林珊說：「對不對？林珊，翩翩有救了！」

「嗯……」林珊聲音有些發顫：「若翩翩姊不反對，我沒有意見。」

月老有些詫異地說：「那你們成了親，幾年都無法洞……」

「喝！」紫微揚了揚手，打斷了月老的話，轉頭看看阿關，說：「小歲星吶，你掛念手下部將自然是好的，只是……蝶兒仙本是天上神仙，有什麼理由化爲凡人？」

「家佑。」玉帝跟著說：「秋草仙使這化人石，是進行她的任務，是要在凡世護你一生，並不是受了傷，便化成人，死了又成仙，沒有這種道理。天道循環，自有它的定理，城隍失了隻手臂，難道也以化人石下凡活個七、八十年，而後升天成仙？這不合天道。儘管蝶兒仙是爲了保護你而傷，但那些下壇將軍、那些石獅子將軍、那些天將，爲了保護你而犧牲的，也不知凡幾，若他們傷了，也向你討化人石用，那又該當如何？」

「但……但……」阿關見玉帝嚴肅說著，一時卻也不知該說什麼。

紫微接著又說：「就算要成爲凡人，也須經那蝶兒仙翩翩同意。秋草仙有任務在身，陽壽盡後，還能和你一同成神；蝶兒仙若是爲了治傷下凡，便無理由返回天界了。她的傷並非無藥可治，花一段時間，或許能夠治好；倘若使了化人石，使千年神仙壽命變成幾十年凡人壽命，她願意如此嗎？」

「我……我……」阿關啞口無言，不知該說什麼。

他知道自己的確無法替翩翩做決定，也知道以翩翩的個性，若是曉得要用自己和林珊的定情物來變成凡人，然後獨自在人世度過餘生，自然是寧死也不願意了。

玉帝搖搖手說：「就到此吧。你心地善良，我們知道你是念著同袍安危，你有這份心，自然是好的了，但這化人石，卻應當屬於秋草仙子的。至於翩翩仙子，等洞天狐仙裔彌採足了藥草，自然會來替蝶兒仙治傷的，你不用太過操心。」

會議散了，眾神們一一離去。阿關捧著新郎服發愣了好一會兒，這才發現林珊已經離去，會議室裡只剩三五神仙交頭接耳著，不知談些什麼。

阿關失魂落魄地走出了會議室，黃靈已在甬道外頭等著，見了阿關，立時走了上來，說：「太歲大人，我有事要和你說。」

黃靈邊說，邊拍了拍阿關肩頭。阿關覺得肩上一股黏膩，黃靈的手掌有些東西流上了肩，嚇得往後一跳，只見到幾團白色惡念流下了肩頭。

「太歲大人果然機靈，這也騙不倒你。」黃靈嘿嘿一笑。

「你……」阿關臉色僵硬。

黃靈拉著他一邊走，一邊細聲說著：「這是我剛剛在神仙身上抓出來的惡念，太歲鼎的吸納效力不夠快速，天上的惡念漸漸落下了，有些神仙染上了惡念，性子變得暴躁。我偷偷將惡念拿了出來，卻不敢和其他神仙講，怕他們嚇著了。」

「什麼！」阿關愣了愣，停下了腳步。

阿關看著黃靈眼睛，半晌才說：「但是這惡念……是白色的……」

「白色那是層膜。」黃靈神祕地笑了笑。

「……膜？」阿關佯裝不知。

「這說來話長，我便長話短說了，這白色惡念外頭包覆了層膜，使太歲大人你無法察覺。這膜的由來我卻無法得知，我猜測是太歲血被動了手腳。」黃靈這麼說。

阿關不語，黃靈繼續說著：「那千藥大人、烏幸大人，卻是最有可能對太歲血動手腳的神仙，我便懷疑是他們了。這些時日，我幾乎無法見他們一面。太歲大人，你每日上醫療室，可曾發現什麼異狀？」

「沒有異狀……」阿關搖搖頭說：「他們有沒有動手腳是一回事，但若如你說的，神仙們讓天上降下的惡念染了，卻又跟烏幸、千藥有什麼關係？天上降下來的應當是一般惡念，而不是白色惡念。」

阿關緊張說著，手心裡冒汗，心想黃靈竟主動找上門，要攤牌就攤了，要是黃靈再來什麼詭異動作，非召劍砍他了。

「這可難說，太歲大人，其他神仙沒對你說，烏幸、千藥以前歸誰管嗎？」黃靈這麼說。

「誰？」

「勾陳。」

「什麼意思？」阿關吸了口氣。

黃靈看看四周，悄聲說：「我並非指千藥大人和烏幸大人有什麼問題，但既然多了這層關係，提防點總是好，若勾陳掌握了這白色惡念奧祕，下凡前便動了手腳，我們該當如何？」

「你信我這番話？還是……」黃靈也直視阿關眼睛，問：「大人以為是我動的手腳？」

「不……」阿關連連搖頭說：「我根本不知道發生了什麼事，你跟我說這些，我……要跟玉帝說嗎？請眾神會商是否比較好？」

「無憑無據，怎麼和大神們講？」黃靈搖頭苦笑。

「所以，你認為……？」阿關問。

「就照玉帝吩咐，別節外生枝，趕緊南下，與我和午伊一同坐守福地，我們三個同心協力，將凡世惡念驅盡。這兒神仙們性子都變了，大人你應該感覺得出，再遲，你我或許想走都走不了了……」

甬道前頭站了些神仙，黃靈說完，便閉了口。

阿關放慢腳步，見黃靈慢慢走遠，心中像是酸辣湯摻了五味果醬，百般滋味。該信誰？該聽誰的？太歲爺？辰星？林珊？玉帝？烏幸、千藥？黃靈、午伊？

阿關的忍耐幾乎達到極限，他覺得自己不就是一個凡人，天界如何，神仙們勾心鬥角如何，與他何干？爲何大家都變了樣，所有一切要由他來判斷、決定？

他在甬道中走著，遇上了些神仙，大都對他不理不睬，有些世故點的，也稍微點點頭。

他突然覺得，神仙們一心想造出完美生靈，似乎是緣木求魚，凡人們有惡，善猜疑、善妒忌，是爲什麼？

爲什麼惡念始於生靈，生靈以人最惡？

神仙費盡了千萬年，照著自己模子，刻出了人。

刻出了自己。

阿關覺得頭痛眼花，誰能替他指一個方向？足智多謀的林珊？血濃於水的太歲爺？英勇正直的二郎將軍？睿智的太白星爺爺？阿泰現在怎麼了？六婆呢？若雨、飛蜓、福生、青蜂兒，甚至是那話多的百聲，他們在哪兒？

爲什麼只留下自己一人，對付那披上了華麗金袍的玉帝，變得躁怒的熒惑星，討厭的斗姆，莫名其妙的烏幸、千藥、黃靈，甚至是辰星啓垣？

著，便走來這兒了。

「太歲大人，你沒事吧？」一個聲音響起，甬道旁倚著的，是月霜和文回。

阿關搗著頭，看了看四周，這是通往醫療室的岔路，岔路另一邊便是通往牢房。想著想

「你們在這裡幹嘛？」阿關問。

「這兒本來是由熒惑星部將們負責把守，此時換成了我們，算是代班吧。」月霜回答。

阿關沒說什麼，往醫療室走去。

「太歲大人！」月霜輕喊一聲：「五部和你說了嗎？你決定如何？」

阿關停下腳步，只覺得腦袋轟轟鬧鬧，無法思考，揮了揮手，什麼也沒說，往醫療室走去。

推開了醫療室房門，裡頭千藥一手抓著藥草，一手翻著書，滿頭大汗。烏幸則抱著膝蓋，縮在桌子底下，瞪大黑眼睛看著四周，嘴裡喃喃唸著：「壓下來了，就要壓下來了……」

千藥見了阿關，手上動作卻沒停下，說：「大人，我有事和你說！」

阿關大皺眉頭：「又有什麼事？」

千藥看了看一旁躺在床上的翩翩，急急說著：「小神……小神盡力了……大人趕緊通知其他神仙，去請洞天那狐仙裔彌前來，我……我實在束手無策啦！」

「什麼？」阿關跟著看去，翩翩仍靜靜躺在床上。千藥替翩翩腐爛的身子都包上了白紗，膿血仍透出了紗布，不停往外滲著。

翩翩臉上也蓋上了厚厚白紗，數十道靈符在床邊飛揚，一股股清澈光芒在翩翩身上流動。

「我無法壓住蝶兒仙身上毒術，這不是尋常毒咒，得請洞天裔彌、鎮星爺前來，一同會商。這是魔界毒咒，我這醫官總管解不了！」千藥抓著阿關雙臂，懊惱地說。

阿關掙開了千藥的手，看了看翩翩，像個木乃伊似的。阿關走上前去，想要掀翩翩臉上紗布，只掀了一角，見到了一點腐爛臉皮，便也掀不下去了。

「啊——」阿關抱頭蹲下，揮拳搥地。「到底怎麼了，現在到底怎麼了？」

「大人！」千藥連忙上前，扶起了阿關。只感到阿關全身發顫、冷汗直流，趕緊輸了幾股白色光芒，進了阿關身子裡。

阿關覺得有些暖和，呼了口氣說：「你知道化人石嗎？」

「那是我和月老、烏幸一同煉出來的玩意兒，大人你……」千藥愣了愣。

「要是用化人石，救得了翩翩嗎？」阿關這麼問。

「難說……」千藥思索半晌，搖搖頭說：「巫毒侵入蝶兒仙全身，即使用化人石，也難保巫毒不會隨著蝶兒仙魂魄進入凡人體……況且、況且……這化人石不是你與秋草仙子……」

阿關揮了揮手，阻住了千藥的話。

阿關推開醫療室大門，往自己寢室走去。阿關回房關上了門，躺在床上想著，只覺得腦中嗡嗡作響，一點也靜不下來。

他想著想著，時間慢慢過去，辰星就要來了、神仙們就要邪化了、翩翩就要死了。

他無能為力。

他坐在床沿，四處翻著，走來走去，想不出法子，不知道到底該聽誰的。一個文官端來了晚餐，阿關愣了愣，因爲以往都是林珊端的。

看著那神仙走去，阿關也沒有胃口，胡亂扒了幾口飯，再也吃不下了，便出了房門。前頭林珊房門緊閉，阿關上前敲了敲門，也不等林珊回應，便推開了門。裡頭林珊坐在床邊梳妝台，瞪大了眼看著阿關，手裡還拿著梳子，像是正在梳著頭。

阿關更是驚訝，眼前的林珊已經換上了那紅色新娘服，臉上也上了薄妝。好美。

「你怎麼不敲門！」林珊趕緊上前將阿關拉進房裡，關上了門。

「我有敲……」阿關搔搔頭。

「我……我是在試衣服，看合不合身。」林珊轉過身去，有些不好意思。

「我……」阿關正要開口，林珊已經轉過身來，牽起了阿關的手，問：「你覺得我這樣穿，好看嗎？」

「很好看，好漂亮……」阿關看著眼前林珊，嫵媚動人，像是公主一般。「我想……」

「你還記得，我們第一次見面，是在哪邊？」林珊打斷了阿關的話。

「在那家便利商店囉，妳來面試時，裡面亂七八糟……」阿關想了想，苦笑著說：「妳可不可以將……」

「不。」林珊神祕一笑。「更早！不過……我想你已經忘了，以後有機會，我再說給你聽……不過……嗯……」

林珊說到這裡，突然紅了眼眶，垂下頭說：「阿關，今天的事，玉帝和紫微大人已經說得明白，我……我可以當你沒說過，明天……明天我們就……」

「妳……可不可以……將化人石借我……」阿關還是說了出口。

「唔……」林珊兩行眼淚終於流了下來。

「我們明天就要成親了……為什麼……你心裡……還是惦記著她……」林珊喃喃地問。

「這……妳為何這樣說？翩翩就要死了……」阿關心中難過。

林珊拭了拭眼淚，說：「今天玉帝不是已經說了，翩翩姊……自然有醫官來替她治傷，為什麼，為什麼要用我們的化人石……」

阿關慌亂地說：「千藥、千藥說，他無法壓制翩翩體內的綠毒，用化人石，翩翩或許還有救。我們試一試，說不定可以救得了她。」

阿關邊說，往林珊走了幾步，說：「先救翩翩，我請月老再替我們做一個好嗎？」

林珊嗚咽一聲，拭去的淚又落了下來，連連往後退著，撞在梳妝台上，不停搖著頭，哽咽說：「你果然還是無法忘情於她……即使我為你付出了這麼多……付出了這麼多……你還是……你還是……」

見到林珊激動起來，阿關有些手足無措，連連搖頭說：「不是這樣，我只是希望能救她，當初……當初她是為了救我才受了這惡毒的傷，我不能眼睜睜看她這樣難受死去……」

「住口！」林珊大叫一聲，召出了長劍，架上了自己脖子，問：「要是我也受了重傷，你會不會……你會不會像掛念她那樣掛念我？」

「妳做什麼！」阿關大驚失色，連忙上前去搶。林珊長劍一揮，阻下了阿關，接著又架上自己脖子，劍在頸上劃出了淺淺口子，血流了下來。

「不要這樣……」阿關低聲喊著。

林珊淚眼汪汪，喃喃自語說：「儘管她變成了那模樣……你還是惦記著她……她就有那麼好？就有那麼好？」

阿關見林珊失魂模樣，連忙撲上前，雙手抓著林珊手腕。

一陣爭奪，林珊用力將劍往自己頸子上架，阿關卻死命拉扯，想將長劍搶下。

阿關覺得雙手生麻，竟是林珊施了法術，兩股黃光繞上手臂，使阿關手臂漸漸無力。阿關仍不放手，咬牙抓著長劍，又不敢大聲嚷嚷，生怕有神仙聞聲前來，見到這尷尬場面。

「你放手！」林珊哭著，用手推著阿關的手，突然覺得身子一陣麻痺。

阿關手上泛出了黑雷，繞上林珊雙臂、纏上了她的全身。

「怎麼會這樣？」阿關張大了口，想鬆手卻鬆不開。只見到林珊仰著頭，讓這股黑雷電得全身發顫。

阿關又是一陣驚訝，林珊頸子上那淺痕，溢出了一股股的白色黏團。

黏團受了黑雷纏繞、破裂開來，裡頭漫出來的，是阿關再熟悉不過的紅褐黑霧——惡念。

阿關覺得手上黑雷不受控制，手掌上傳來的感覺，卻和以往替精怪抓出惡念十分類似，只見林珊身上溢出的白色惡念越來越多，幾乎充滿了整個房間。

阿關用盡全力，往後一倒，終於放開了林珊雙手。林珊軟倒床上，已經昏死過去了。

59 劫囚

阿關召出了鬼哭劍，驅趕著飄浮在房裡的惡念。鬼哭劍上的鬼臉張大了口，啃噬著惡念。不曉得是白色藥皮惡念新鮮，還是鬼哭劍經過這段時間靜養，餓很久了，竟將一整個房間的惡念吃去了七、八成。

阿關揮手將沒給吃盡的惡念揮到牆角，這才坐到床上，看了看身邊的林珊，喃喃地說：「對不起……我、我……」阿關邊說，邊用袖子替林珊拭去頸上血跡，再替她蓋上了被子。

幾聲敲門聲傳來，將阿關嚇了好大一跳，他趕緊喘了幾口氣，慢慢將房門開一條縫。外頭幾個神仙神色緊張，見了阿關也是一驚，問：「大人，你也在裡頭？」

阿關尷尬回答：「我和林珊在聊天……」

神仙們急急地說：「太歲大人，辰星提前行動了！」「請秋草仙趕緊上大廳會商！」

「什麼！」阿關嚇了一跳，連忙說：「她身子不舒服……我跟你們去，等我一下。」

阿關說完，不等神仙們開口，便趕緊關上了門。

他深吸了口氣，心想五部所言不假，辰星果然來了。阿關覺得雙腳發軟，不知該如何是好，不知道誰說的才是真的，五部卻要他賭一賭。

「沒得選擇了……賭就賭吧！」阿關又重重呼了口氣，望著梳妝台上那紅色小包，伸手拿來，打開一看，裡頭果然是化人石。

阿關就要出門，又回頭看了看床上的林珊，心中十分難過，低聲喃喃說：「對不起，我……我叫月老重新幫我們再做一個……」

阿關推開了門，門外神仙已經走遠。阿關連忙往大廳去，進了大廳，只見到玉帝、紫微與眾神們已經齊聚，交頭接耳著，紫微一干智囊各自發表己論。

其中有神仙說：「先前的計畫便已擬定，辰星只是提前行動了，咱們按照計畫行事不就行了！」

月霜在一旁揚著符咒，似乎正與辰星聯繫，她轉過頭說：「各位大神，辰星爺大軍已經在五公里外的山間集結，和我們推演中的情形如出一轍，只是提前兩晚，事不宜遲，我們現在便出兵吧。」

斗姆哼著氣說：「怎麼又會突然提前？一定有詐！」

熒惑星手扠著腰喝喊：「早來晚來都是一樣，咱們現在去將他捉回來就好了，顧慮那麼多做什麼？」

玉帝正猶豫著，月霜繼續說：「請玉帝下令出戰，辰星爺正發令給眾將，要一齊向主營出兵，要是讓辰星爺發現幾個部將都沒有按計畫進攻，咱們投降獻計要抓辰星爺的計畫可就露餡了！」

玉帝手一招，就要下令，一旁的黃靈連忙開口：「玉帝大人，爲了捉拿辰星，將主營精銳全派出去，是否太過冒險，要是有詐，怎麼辦？」

「有什麼詐？」玉帝轉頭看著黃靈。

「調虎離山。」黃靈淡淡地說。

「狗屁！」鉞鎔大喝：「黃靈，你這是什麼意思？你懷疑我們詐降？」

「難講。」斗姆插口。

玉帝眼色發著異光，不知在想什麼，看了看阿關。

「請玉帝趕緊下令出戰！」阿關連忙開口：「能救回辰星爺爲什麼不救？月霜、鉞鎔身上都沒有惡念，他們不是邪神，不要挑撥離間！」

「你說了算？」斗姆哼了哼。

「妳又看不見惡念，當然我說了算！」阿關漲紅了臉吼著，握緊拳頭。

他偷偷看了看黃靈反應，只見到黃靈望著自己，滿臉愁容；又見到鉞鎔也一副驚訝看著自己，月霜則露出欣慰神情。阿關心中爲難，不知道自己賭對了沒。

「而且林珊聽了辰星來犯消息，就說趕快出兵，按照計畫行事！」阿關繼續說著。

月霜又說：「玉帝，辰星爺下令出兵，往咱們計畫中的陷阱處前進了！」

玉帝看了看紫微，紫微點了點頭，玉帝手一招：「我們出戰！」

「嘯天，走！」二郎呼嘯一聲，領著嘯天犬立時竄出大廳；熒惑星和雷祖也各自吆喝著手下部將，往主營外頭竄去。

斗姆仍然遲疑，月霜又傳來消息：「雪山左側有敵軍來犯，是和辰星爺勾結的小邪神們及一批妖兵！」

紫微一聲令下，領了身後智囊，也準備去主營外頭堅守，以防辰星其他路部將來襲。斗姆負責與紫微、玉帝一同堅守雪山，此時也不得不隨著紫微出發。

眾神仙出了主營，居高臨下瞧著，果然見到一批妖兵摸上了雪山。

斗姆向玉帝諫言：「玉帝大人吶，請那干辰星部將們出來迎敵吧，他們本也是戰將，此時閒在裡頭守大牢，豈不是莫名其妙？」

玉帝點了點頭，向一名神仙招了招手，那神仙立時返回大廳，卻不見月霜等一干辰星神將。

小神問了問幾名文官，知道五部在牢房通道，趕緊往通道飛去，飛進甬道找了半晌，才見到五部。

五部正和阿關並肩走著，見到那神仙飛來，笑著打了聲招呼：「有事嗎？」

小神仙說：「斗姆大人請你們一同迎敵，雪山下已有妖兵上來。」

五部笑著問：「斗姆怎麼不自個兒迎敵？」

小神仙有些錯愕，說：「玉……玉帝也下了命令……」

「嘿嘿……」五部不回答，就見那小神仙軟倒下去，是讓背後竄來的鉞鎔打昏的。

「好了！你們快走吧！」鉞鎔低喊一聲，五部隨即往大牢飛去，阿關跟在後頭，不禁驚愕問：「你們究竟想幹嘛？」

五部嘿嘿笑著：「不就是劫牢，還能幹嘛？」

阿關隨著五部往牢房前去，在岔路聽見醫療室傳來了叫喊聲，連忙停下腳步。

「太歲大人，你還猶豫？」五部回頭問。

「不是！」阿關轉往醫療室跑去。「你先去，我馬上就來！」阿關說完，也不顧五部，自個兒往醫療室跑去。

此時通道那頭傳來幾聲叫喊，又有幾名神仙趕來，卻讓鉞鎔擋下：「你們幹嘛？這兒是牢房重地，沒有玉帝號令，不可進來！」

神仙們起鬨嚷嚷：「什麼時候多了這條規矩？」「我們是來叫你們出去迎敵啊，又不是要進去！」

「這規矩是昨天玉帝親口對我吩咐的。」鉞鎔隨口胡謅：「為什麼要我們迎敵，不是斗姆大人負責迎敵嗎？」

神仙們著急地說：「這是玉帝下的命令，你們快點！」

鉞鎔怪叫答：「文回、月霜、五部不都已經受令出戰了？」

神仙們愕然地說：「哪有？」「什麼時候？」

阿關聽見後頭對話，知道是鉞鎔故意瞎扯拖延時間。

前頭甬道中空蕩蕩的，心想辰星這計謀當真周詳，幾名部將來降，接替了熒惑星部將看守牢房，表面上似乎有些委屈，實際上卻正好將這牢房詳細情形摸了個透澈，也能避免一干閒雜神仙上來阻擾。

阿關跑到醫療室前，只見醫療室裡頭哐啷啷響著，像是在打架。阿關連忙推開了門，立刻便見到那烏幸紅著雙眼，掐著千藥，手上拿了一把白色惡念，就要往千藥口裡塞。

「你做什麼！」阿關大叫一聲，正要撲上去救，烏幸身子已經彈開，撞在一旁的藥櫃上，將瓶瓶罐罐全撞落一地。

烏幸才剛摔落地，又跳了起來，指著千藥大喝：「你那是什麼藥？難喝死了！」

「烏幸！控制自己！」千藥一聲怒喝，又發出幾道白光，擋下撲上來的烏幸。

阿關衝上前，一把抱住了烏幸，將他又甩在地上，一腳踩住了烏幸肚子，驚訝問著千藥：「他怎麼……」

「啊呀！」阿關怪叫一聲，竟是烏幸用口去咬阿關的腿。阿關低下身幾拳打在烏幸臉上，烏幸也不鬆口。阿關便伸手按在烏幸腦門上，只覺得手掌黏膩，像是按著一塊濃縮惡念一般。他使勁一抓，拉出一大團白色惡念。

烏幸也身子僵麻地鬆開口，倒在地上抽搐。

千藥連忙跟上，放出幾道白光連連打在烏幸臉上，將他壓倒在地，施術壓制著他，嘆氣說：「烏幸邪化情形惡化，剛剛偷喝了我調給翩翩仙的湯藥，又嫌藥苦，竟和我打了起來！」

阿關將那大團惡念拋到角落，心中卻十分駭然。他抓烏幸身上惡念的觸感，和以往邪神、精怪大不相同，烏幸體內的惡念竟是如此飽滿，一點也沒有因爲被抓去了一部分，便少了那一部分，而是立時產生新的惡念，填滿被阿關抓出的那一部分——烏幸體內有太歲血。

阿關一時之間也無計可施，搗著腿走到翩翩身旁，緩緩地說：「千藥，辰星來劫牢了，我們和他一起走，逃出這裡，再好好想辦法救烏幸……」

「千藥？千藥？」阿關回頭，見千藥還在那幾張桌子旁和烏幸糾纏著，卻沒有回應。正有些奇怪，就聽見千藥一聲悶吭，站了起來，烏幸也同時站起。

阿關這才看了清楚，千藥是被烏幸咬著了咽喉，硬生生叼起來的。千藥雙手都讓烏幸抓住，烏幸手上泛著黑氣，壓住了千藥手腕上想要放出來的光芒。

「真的邪化了！」阿關心中駭然，連忙抱起翩翩，想要往外頭跑。

烏幸用力一咬，將千藥的咽喉咬下了一大塊肉，在口中嚼著，將力氣全失的千藥隨手扔在地上，去追阿關。

烏幸追得甚急，阿關才跑出門，烏幸就一把拉住了阿關。

阿關轉身一腳踢在烏幸身上，將他踢倒，心想放點黑雷炸暈他，但又覺得腳步虛浮不穩。剛才在林珊房內放出一陣黑雷，讓他消耗了不少力氣。

阿關只好轉身跑開，抱著翩翩往牢房跑去。

「太歲大人！」「怎麼回事？」甬道裡的神仙們正和鉞鎔僵持不下，突然見到阿關抱著翩翩跑過身邊，跑進了前方牢房，都大驚喊著。

鉞鎔大聲吆喝：「太歲大人有事要做，你們吵什麼？」

神仙氣憤嚷嚷著：「你還不去迎敵？」「讓我過去，我親自找太歲大人，請他評評理！」

鉞鎔召出了長劍，將那吵得最兇的文官一腳踢昏。幾名文官嚇得面面相覷，還沒來得及逃，全讓鉞鎔打昏在地，踢到甬道深處。

阿關跑進大牢，只聽見兩邊牢房裡關著的邪神全都騷動起來，大叫大嚷：「放我出去！」

「將我們也放出去！」

只見到最遠處那關著太歲的房門已經打開，月霜、五部已經扶出了太歲。五部還從通道一側小櫃，取出太歲慣用、給鎖著層層銀鍊的黑色大戟。

月霜替太歲取下縫在眼睛和嘴上的黑線。

太歲睜開眼睛，身子十分疲軟，看了看自己斷了的左手，神情有些遺憾。「你們怎麼有能耐救出我來？熒惑星呢？斗姆呢？」

月霜手上發出了光，替太歲身子注入幾股靈氣，說：「辰星爺要咱們詐降，裡應外合。」

太歲不禁訝異地說：「這種混帳計策也能成功？主營無人了？還是紫微星變笨了？」

月霜嘻嘻笑著說：「這多虧了小歲星，他堅持我們沒邪化。既然沒邪化，其他神仙如何不信？」

「好！」太歲看著跑來的阿關，知道他也參與了這計畫，不由得點點頭說：「小子，我總算沒看走眼……咦？你抱著什麼？」

「太歲爺，這是翩翩……」阿關難忍悲痛，哽咽地說。

「……」太歲有些驚愕，掀了掀翩翩臉上的白巾，嘆了口氣又蓋上。

「許多神仙都邪化了而不自知，連林珊也染上了惡念……」阿關急急說著：「卻不知到底是誰搞的鬼。烏幸、千藥懷疑是兩位新備位，黃靈卻懷疑是烏幸、千藥，說他們以前是勾陳部下……」

「等大夥兒先出去再說……」太歲點點頭，又說：「秋草他們現狀如何？你說她也染了惡念？」

阿關點點頭，答：「除了林珊和翩翩，飛蜓他們都在福地，與太白星一起守護太歲鼎。我剛剛替林珊逼出了身上惡念，在房裡睡著，我還要去救她出來！」

月霜和五部互看一眼。月霜捻了捻手上符令，說：「別說了，我們準備走吧，文回大哥佯裝迎敵，卻領了妖兵，從另一條路往主營攻來。辰星爺招募來的蝦兵蟹將已經四處游擊，卻不攻打上來，刻意拖延，分散正神兵力。」

阿關問：「二郎將軍和熒惑星一齊去攻打辰星，情況如何？」

五部答：「辰星爺根本不在那兒，那只是個小天障，是辰星爺押著一干妖兵魔將硬逼他們施下的，裡頭有些雜七雜八的法術，很快就會讓二郎將軍一行識破。辰星爺早已埋伏在我們脫逃的路線上，準備接應。」

太歲提起了大戟，卻無力揮動，嘆了口氣，施法收回，說：「兩位小將，老夫讓那干神仙放盡了體內的血，一時之內無力助你們與邪神惡戰啦。」

月霜向太歲拱了拱手說：「太歲爺請放心，我們一定會護你和小太歲逃出這兒。」

阿關有些尷尬，搖搖手說：「現在太歲爺回來了，以後叫我阿關吧……」

「你這時還謙虛個蛋？」太歲哼了哼說：「這下可好了，現在有兩個太歲齊心合力，殺下南部找那太白星，搶回太歲鼎，看誰攔得住！」

一道符令打來，是文回的聲音：「外頭神仙已經識破此計，熒惑星一行開始撤回，斗姆領七星進了主營！」

又一道符令打來，是鉞鎔的聲音：「斗姆大人來啦，你們快走！」

「此時對上那瘋婆子可麻煩！」太歲哼了一聲。

月霜揚起長劍在前頭開路。

太歲瞅了阿關一眼，問：「小子，你可有信心對付斗姆？」

阿關苦笑了笑說：「沒有……」

「但是我想到一個辦法。」阿關這麼說：「你們抓著我做人質，把我押出去，一定可以騙到他們。」

「就會這些歪招！」太歲哼了一聲，但見月霜和五部都沒有表示意見，知道他們同意阿關這法子，也知道以此情勢，要是硬拚，絕對無法拚過斗姆。

五部嘿嘿一笑說：「其實辰星爺早有吩咐，要是小歲星不與咱們同謀，也要抓他來做人質；若沒有成功把握，我們也不會冒死進來了。」

五部扶著太歲往前走，月霜掏出一把符令，在每間牢房上下了咒術，只見牢房門鎖上都現出了一團青藍色光球。

「這是啓垣的『水炸』，你們想放出那些傢伙？」太歲瞪大了眼，連聲喝止。

「太歲爺，這也是辰星爺的主意，這是第二層保險，二郎將軍、熒惑星、雷祖將軍隨時會回來，單憑辰星爺也抵擋不了。」五部回答。

月霜下完了咒，又掏出了另一把符捏在手中，說：「太歲爺，你放心，非到緊急時分，我不會施法炸牢。」

「好一個混帳啓垣，不愧是天庭頭號大逃犯，好傢伙！」太歲高呼一聲：「走！」月霜拔出長劍，跳在前頭領路。大夥兒往前走著，打開了牢房，外頭正是鉞鎔。鉞鎔一身是血，長劍只剩半截，全身戰甲盡碎。

鉞鎔前頭站著的正是北斗七星中的貪狼和巨門。貪狼拿了一把九環大刀，巨門則舉著兩柄大鎚，兩將也傷得不輕。

後頭斗姆一見月霜一行開門出來，五部還扶著太歲，立時大吼：「果然有詐——」斗姆大喝一聲，回手一巴掌就打在順風耳臉上，將順風耳打翻了好幾個滾，怒斥：「教你聽了半天，你什麼也聽不出來，虧你是順風耳！」

順風耳摀著腫脹的臉，支支吾吾半天，縮在一角，恨恨地瞪著阿關一行。

太歲一把掐上了阿關後頸，手上泛了幾道微弱黑電。阿關立時哇哇大叫：「斗姆救我！」斗姆朝阿關吼著：「小歲星你也混在裡頭，你分明和他們同謀，你想騙誰？」

阿關嗚啊大叫：「我被抓住了……快救我……」

斗姆指著阿關手上的翩翩：「你還抱著那蝶兒仙！」

阿關嚷嚷哀號著：「他們抓住翩翩做人質，所以才騙到我了！」

「誰也別過來，通通出去，否則我電死他。」太歲低聲說著，聲音雖弱，但氣勢不減。斗姆有些遲疑，手招了招，七星全往後退。

月霜連忙上前扶起鉞鎔，只見鉞鎔左眼已給擊碎，身子搖搖晃晃，手上長劍卻緊握不放。月霜連施了幾道治傷咒，總算止下了鉞鎔身上流出的血。

「可惡的辰星，竟使這奸巧計謀……」斗姆陡然一怔，尖吼：「小歲星，你不是說他們身上沒帶著惡念！」

「大概是……竹……竹林一戰時……辰……辰星對我施下了奇怪的法術，封印住我的感應能力，爲的就是將我也引入圈套，來騙你們……」阿關胡亂鬼扯。

「哪有這種法術？」斗姆喝著，卻仍連連後退，問左右部屬：「我怎麼從來也沒聽過？」退出了大廳，大廳空空蕩蕩，一陣金光蓋下。大夥兒讓那金光映得刺眼，一干神仙們由兩邊包抄出來，圍在大廳兩側。

玉帝和紫微從天而降，瞪視著太歲和阿關。

太歲默然無語，也凝視著玉帝。

「哇啊啊！我被抓了，你們別過來——」阿關讓玉帝瞧得有些心虛，只好哇哇大叫起來。

「家佑，你這計謀十分差勁。」林珊漠然從紫微星等眾神身後閃出，冷冷瞧著阿關。

「林珊……」阿關看了看自空落下的林珊，一股不好的預感竄至心頭。

一干神仙們面面相覷，似乎不知該如何解釋眼前的情形。紫微星站了出來，沉聲責問：「歲星家佑，你如何解釋？」

阿關支支吾吾，太歲掐著阿關脖子那手泛出了幾絲黑雷，緩緩說著：「你們再不退開……我便殺了這新太歲……再無神仙可以操控太歲鼎！」

斗姆哼了一聲，轉頭見紫微、玉帝都無反應，手一招，領著七星往前了些。

月霜捻著幾張符咒，暗自盤算著，五部則大喊：「沒聽見太歲爺的話嗎？還敢上來！」

「嘿嘿！」斗姆冷冷地說：「澄瀾，我倒認爲是你與這小子串通，想來騙我們上當，你忘了咱們取了一缸子太歲血嗎？到時要煉幾個是幾個，那臭小子不要也罷。」

斗姆邊說，邊回頭看其他神仙，神仙們騷動著，有些已經罵了出來：「小歲星原來不安好心！」「他仗著只有自己能看見惡念，以爲可以隻手遮天！」

阿關愣愣看著林珊，他看見林珊望著自己的眼神裡夾雜了冰冷和失落，和先前有些不同，卻不知爲何。

「玉帝大人，烏幸邪化了，十分凶殘，我無法救他，只好殺了他！」一聲呼嘯從另一邊通道傳來，黃靈拎著烏幸的屍身走來，後頭還跟著幾個神仙。

原來烏幸發狂，在主營裡亂竄，黃靈領了幾名神仙去追，與烏幸大打一陣。

黃靈轉頭看了看阿關，嘆了口氣說：「兩位太歲大人，爲何你們要如此做？與邪神爲伍有何好處？」

「我沒有……」阿關百口莫辯。

「……阿關，你爲何如此待我？」林珊漠然看著阿關手上抱著的翩翩，聲音冰冷。「你傷害我，只爲了和她一起……你背叛了大家……」

阿關盯著林珊，林珊頸上傷勢已經癒合，卻隱約漫出淡淡的白色煙霧，煙霧凝結成細微的小黏團，阿關只覺得奇怪，方才應當已經替林珊驅出了大部分惡念，爲什麼此時感覺她身上的惡念更多，像是水杯要滿出來了一樣。

阿關又看向黃靈，只見黃靈搖著頭，猶自嘆氣。

「是你——」阿關陡然狂吼，召出了鬼哭劍，猛地往黃靈擲去——

烏幸已死，太歲才剛救出來，主營除了阿關，便只有黃靈能操弄惡念了。

鬼哭劍飛勢甚急，黃靈連忙抽出腰間長劍，擋下了鬼哭劍飛竄刺擊，再趁著鬼哭劍勢緩之際，一手接過鬼哭劍，高舉起來。

「放肆！」玉帝此時大喝一聲，全身都發出了金光：「擒下他們！絕不能任由他們無法無天！」

「是！」斗姆哈哈大笑，一聲令下，北斗七星一齊殺來。

牢房通道一陣騷動，原來是月霜見情勢生變，暗自施了符術。月霜先前在牢房裡布下的符咒，像遙控炸彈般一一炸開，將本來門上的囚禁術法全都炸壞，牢門一扇扇打了開來，關著的邪神全都竄了出來。

「殺壞傢伙！」寒單爺和有應公一馬當先，先在牢房通道擺放兵器的小房中，找著了自個兒的單刀、短棒，一邊吆喝，一邊殺了出來。

邪神們本來在牢房裡也時常爭吵，彼此誰也不讓誰，但此時首要目的便是要逃出大牢，便也不互相惡鬥，反倒齊心協力都往外頭擠。

靠牢房通道較近的神仙，見了一群邪神殺出，全亂了陣腳，不知所措地說：「他們逃出來了！」「澄瀾，你竟敢將邪神放出來！」「你好大膽子！」「你這惡神！」

紫微雙手一張，發出了黃金光芒，像結界一般往阿關等籠罩而去。阿關只覺得金光亮眼，卻不特別難受。

邪神們卻怪叫著，讓金光刺得眼睛生疼。

「紫微星大人，我來收拾這些傢伙就行，你別放光，十分刺眼！」斗姆倒是連聲大喝，撲向太歲和阿關。月霜、五部挺著長劍夾擊，阻下了斗姆攻勢。

邪神們已經殺來，眾神仙一陣大亂，四處亂逃。玉帝一方神仙雖多，但大都是文官，沒有近身肉搏能力。

林珊舉著長劍，與那順德大帝對上。順德大帝也不急著打，張口呼了幾口黑氣吹開了林珊，一心想往外逃。

尉遲敬德和秦叔寶也逃到了大廳，左顧右看，似乎猶豫不知該幫哪邊。兩門神在牢裡懂得逢迎拍馬，時常討好斗姆，完全沒受到刑罰。

「你們兩個還不幫忙捉拿邪神！」斗姆一邊攻打月霜、五部，一邊大喝著。

「是、是……」尉遲敬德和秦叔寶虛應著，卻也不對付其他邪神，只想伺機往主營外跑。

「就是妳最壞！」寒單爺怪叫一聲，舉著單刀去劈斗姆，和月霜、五部聯手夾擊。斗姆怒吼連連，放出一道道紫金光芒，擋下寒單爺攻勢。

「壞傢伙好厲害！」寒單爺身上中了一道光芒，怪叫一聲，給打翻了個滾。有應公持著短鐵棒，跨過了寒單爺頭頂，也攻向斗姆，短鐵棒一記記朝斗姆腦袋上打。

他倆在牢裡吃足了斗姆苦頭，此時對斗姆可是恨極。

「全造反啦！」斗姆呼喝一聲，雙手大吹紫霧，將寒單爺和有應公打飛老遠。兩神在牢裡被折騰得慘，此時身子疲軟，戰力大減。

斗姆正要追擊，一道黑氣殺來，七海持著三尖兩刃刀殺了上來，接在寒單爺身後大戰斗姆。

「好、好！一起殺壞傢伙！」寒單爺和有應公又紛紛跳起，一前一後殺向斗姆。

有應公橫衝直撞，撞在阿關身上，愣了愣，似乎想起了什麼，問：「你不是好傢伙的主人嗎？」

阿關扶起摔落在地的翩翩，愕然地回問：「什麼好傢伙的主人？」

「就是蟆蟆啊！」有應公牽著阿關的手跳著嚷嚷起來。

原來寒單爺和有應公讓斗姆的惡毒術法折騰了許多日子，寒單爺早已神智迷糊，但有應公總是清醒些，心裡一直惦記著遷鼎大戰時，癩蝦蟆一夥拿饅頭給他、做袍子給寒單這段經過。有應公認得阿關是癩蝦蟆等精怪的主子，等於是自己人。

「七海生氣了！」寒單爺一邊大叫，一邊指著七海。

只見七海雙眼發出藍光，一柄三尖兩刃刀舞得密不透風，哈哈怪笑著，發了狂似地攻擊斗姆。

寒單爺、有應公和七海並無交情，七海也非為幫助月霜，但斗姆之前動輒以法術惡整牢中邪神，邪神們早已恨透斗姆，此時逮到機會，全殺上來報仇。

七海和飛蜓、花螂、鉞鎔並列洞天四惡少，也是太陽手下頭號大將，戰力可強過寒單、有應許多，三尖兩刃刀掄得狂風大作，勢如猛虎。七海後頭也跟著幾個邪神，全都撲上斗姆圍攻。

北斗七星和衝出來的邪神們紛紛對上，個個都盡力大戰，無法分身相助陷入困境的斗姆。

「趁現在，我們快走！」月霜領著太歲一夥兒要往通往外頭的通道走。

阿關則大叫一聲：「石火輪！」

本來停在主營通道的石火輪，飛快飆了過來。

阿關將翩翩遞給月霜，月霜還不知道發生了什麼事，阿關已經騎著石火輪衝向黃靈，憤怒大吼：「你對林珊做了什麼！」

阿關怪叫著，此時他身上並沒有白焰符，鬼哭劍又讓黃靈奪去，只好騎車硬撞。石火輪勢子極快，黃靈閃得狼狽，右手揮著長劍，左手揮著鬼哭劍，卻都砍不到阿關。玉帝則讓幾名神仙圍著，在大廳一旁抵抗兩、三名邪神的發狂攻擊。

「你這個小人——」阿關憤怒大吼，掏出了伏靈布袋，卻又擔心讓黃靈斬斷鬼手，正等待時機抛出。

「太歲大人，你冷靜點！」黃靈大聲喊著，身上也發出了金光，一張金臉顯得更加閃亮。他拿著兩柄劍想砍阿關，卻覺得左手上的鬼哭劍不聽使喚，左右竄動著，原來是阿關以心意試圖操控鬼哭劍掙動。

「把鬼哭劍還我！」阿關咬牙在黃靈身邊亂竄，黃靈反應跟不上石火輪。阿關逮了個機會，駕車直直撞上黃靈，和黃靈倒成一團。

黃靈只顧握緊那亂竄的鬼哭劍，疏忽了右手上的長劍，讓這一撞，長劍脫手。

一陣扭打，阿關壓上了黃靈身子，掄起拳頭就要往黃靈臉上打。黃靈放出幾道咒術，纏上阿關腰部，往他胸口竄去；阿關身上立時泛起黑雷，和那幾股咒術互相抗衡。

「邪不勝正！」黃靈想起左手還緊握著鬼哭劍，立時握著鬼哭劍刺進阿關大腿。

「去你的！」阿關怪叫一聲，身子上的黑雷纏上了黃靈，將他電得慘叫連連。

阿關拔出腿上的鬼哭劍，怒喊著：「看到沒有，我身上沒有惡念，換我刺你看看！」

阿關邊罵，一邊握著鬼哭劍往黃靈胸口刺去。黃靈唸了咒語，阿關只覺得胸腹一陣劇痛，一個黃金光球便在他胸前炸開。阿關彈了老遠，讓跳上來的有應公一把抱住，往主營外頭逃去。寒單爺又跳又嚷，在後頭朝斗姆吐著口水。

「看到沒有！」阿關肋骨斷了兩根，吐出了血，哈哈大笑罵著：「黃靈身上有惡念！」

只見到黃靈摀著肩頭，咬牙切齒，儘管千鈞一髮之際以咒術炸開了阿關，但肩頭還是讓鬼哭劍劃過，漏出的白色黏團有些破口，漫出了紅黑色的惡念。

「你們看見沒有，玉帝大人、紫微大人，黃靈身上有惡念！」阿關激動叫著。

太歲按了按阿關肩頭：「沒用的，他們看不見……」

有應公放下了阿關，掩護太歲一行往外頭逃；月霜抱著翩翩在前頭領路，手上還捏著一張符。阿關胸口疼痛難當，只好和太歲彼此攙扶，跟在月霜後頭。

才要到了主營出口，出口已經泛起了耀眼光芒，進來的是二郎。

在前頭的月霜大吃一驚，只好停下。

「家佑！這是怎麼回事？你眞與辰星合作劫囚？」二郎和雷祖、熒惑星一行在途中，便已收到阿關叛變的符令通知。二郎速度較快，搶先趕了回來。

「二郎大哥，全是黃靈搞的，他用惡念染上許多神仙，害他們都邪化了！」阿關激動辯解。

「什麼！」二郎正遲疑著，裡頭神仙已經叫了起來：「二郎回來了！」「二郎將軍快來幫忙，小歲星一夥放出了邪神，快來救我們！」

「你們將邪神放出？」二郎大驚，正色問著阿關。

「呃……」阿關一時不知該如何回應。

月霜反應快，唸了咒，手上最後一張符令化成了灰。

「好戲要上場了……」太歲伸手按了按額頭，皺著眉頭嘖嘖一聲。

只聽得牢房甬道一聲嘶嘯，像是撕裂空氣般地暴嘯而出，一股黑風捲出甬道，襲向大廳，所有神仙驚駭怪叫起來：「太子也逃出來了——」

「哇啊啊！是太子！」

那股在大廳上方陡然停下的黑風正是太子爺。太子爺臉色漠然，身子枯瘦漆黑，手裡拿著他那柄火尖槍。太子爺奸笑一聲，轉頭看了看斗姆，血紅眼睛幾乎要噴出了火。

「哇啊啊啊！」斗姆讓眾邪神急攻，已經狼狽不堪，此時見了太子，知道大難臨頭，嚇得大叫起來。

「家佑！你可闖下大禍了——」二郎知道太子十分厲害，一刻也耽擱不得，身子彷彿化作一道銀光，往大廳裡竄去。

「我們趁現在快逃！」月霜唸了咒，開了主營大門。

阿關扶著太歲，召著石火輪跟在月霜後頭跳出了大門，五部也扶著鉞鎔跟在後頭。

更多逃出大牢的邪化神仙往外頭衝，寒單爺和有應公跳著叫著也跑了出來，和一群大小邪神當下四散。

寒單爺哇哇怪叫，似乎不願往外頭逃，有應公卻緊拉著他，罵著：「臭笨蛋，臭笨蛋，快走吧，太子發瘋啦，壞傢伙太子收拾便行啦！」

寒單爺咕噥了一會兒，這才心不甘情不願地和有應公一同往前逃。兩個瘋癲神仙一邊逃著，回頭見了阿關一群還逗留在主營大門前，扯著喉嚨大喊：「好傢伙，後會有期！」

阿關在大門前猶豫不決，回頭看著關上的大門，急切地說：「林珊還在裡面！」

五部搖搖頭說：「阿關大人……裡頭一片混戰，秋草要是昏著也就算了，現在她清醒著，立場與我們迥異，裡頭還有二郎、斗姆，要將她救出十分困難。」

「怎麼能放她一個人在裡面？我要救她！」阿關看了看太歲。

太歲低頭不語，心中似乎也在掙扎，喃喃唸著：「草兒即便邪了，總也能救得回……」

「太歲爺，阿關大人……」月霜嘆了口氣，說：「你們知道翩翩傷勢爲何突然加劇嗎？」

阿關愣了愣，月霜接著說：「那魔王雪媚娘讓咱們辰星爺擒了，在辰星爺逼問之下，雪媚娘什麼都招了，包括許多妖兵手下的藏身位置；還不打自招，供出了一件事……」

月霜一邊催促大家下山，一邊娓娓道出雪媚娘的口供。

阿關簡直無法相信自己的耳朵，幾次大嚷：「不可能！」

原來在南部主營魔王劫鼎一戰中，雪媚娘受縛，本來應當是死罪，林珊替雪媚娘求情，饒了她一命。

林珊押著雪媚娘，要交給城隍帶回主營交付鎮星，同時接回兩位備位與翩翩的傷藥。途中卻遭遇九天上人的襲擊，劫走了雪媚娘。

然而這一切卻都是林珊一手策劃出來的。

在前往主營途中，雪媚娘按照林珊指示，發出了暗號法術通知九天，林珊答應放了她，且與她訂下協議。

雪媚娘以毒蛇圍攻城隍只是幌子，用意卻是城隍身上那包傷藥。毒蛇咬破了藥包一小角，將毒咒法術施入翩翩的治傷藥。

因此，翩翩日後服用了這些傷藥，體內綠毒混上了蛇毒，傷勢反而加深。

而竹林一戰，雪媚娘能知悉翩翩誘敵路線，進而埋伏突襲，自然也是林珊暗中通報的。

月霜繼續說：「雪媚娘供出，秋草放她那日，在她身上也下了咒，每晚發噩夢，要是不照秋草吩咐，雪媚娘便永無寧日。相反地，要是能在竹林一戰取下翩翩腦袋，秋草不但替她解咒，也會助她返回魔界。」

「林珊……」阿關全身顫抖，突然憤怒大吼：「黃靈、黃靈、黃靈——」

他想起黃靈、午伊那日上了南部太歲鼎據點，在鼎上練習抓惡念，卻時常將惡念往自己身上丟。當時以爲只是鬧著玩，現在想起，自然是想連自己一起邪化。

黃靈早有了將惡念包覆白色藥皮的能力，當時阿關卻以爲是一種「淨化」功能。

而黃靈、午伊南下當天，也是阿關第一次見到林珊情緒失控，抓著阿關的手，問他究竟要誰陪伴。

「全是黃靈那個混蛋！」阿關激動大喊：「他故意讓林珊變壞——」

「原來如此。」太歲皺了眉頭，頭終於抬了起來。「這兩個傢伙想篡位，使草兒邪了，等於在你身邊安了顆炸彈。小子，草兒平時待你如何？」

「林珊……對我一直很好……」阿關紅了眼眶，淚水在眼中打轉。「她邪化了……對我也一直很好……」

60 破舊鐵皮屋

「我們快走，秋草一時半刻不會有事的！」月霜催促著。還沒說完，遠處高空熒惑星、雷祖等兵馬已經趕到，居高臨下，已經盯上了阿關一行。

「澄瀾！小歲星！你們好大膽子——」熒惑星發出暴吼，凌空竄下，十來名熒惑星部將也跟了下來。

「維淳兄，先救玉帝——」雷祖在高空喊著，見熒惑星早已竄下，只好自個兒領了手下往主營飛去。

此時主營大門炸出幾道光，陸陸續續有邪神竄出，山間也有些三三兩兩的妖兵四處竄著，像是在虛張聲勢。雷祖、電母領著幾名雷部將士也不理那些小邪神，直接往主營裡頭飛。

「太歲爺、家佑，你們先走吧，我來掩護你們！」月霜將翩翩交還給阿關。阿關匆忙接下，斷裂的肋骨使他疼痛難當，他喘氣問著：「你們怎麼擋得住熒惑星？」

「小子說得沒錯……」太歲緩緩說著，吸了口氣，眼睛陡然發亮，提起了阿關，往石火輪扔去。

「太歲爺？」阿關嚇了一跳，從地上掙起，連忙抱起倒落一旁的翩翩。翩翩這麼一摔，似乎也醒了過來，但全身無力，連眼睛也睜不開——她的眼皮早已腐爛，黏成一團。

神。

「唔唔……」翩翩發出悲痛的聲音，她用右手摸了摸左手，發現有些指節早已稀爛一團。

阿關連忙扶起了翩翩，熒惑星已經落在太歲面前。

「太歲爺！快走！」月霜舉起長劍，五部和鉞鎔也蓄勢待發。

一旁山間妖兵多了起來，文回領著一支爲數不多的妖兵小隊圍上來，裡頭還有幾隻小山

「小子！你受了重傷，留下來只是礙事，小娃兒就要死了，你陪陪她，帶她走吧。」太歲緩緩說著，舉起獨手，召出了那長柄黑戟。

「維淳……」太歲沉沉地說：「你不是很想和我打過？」

熒惑星哼了一聲，抽出了火龍大刀，揮了兩下，說：「憑你現在這副模樣，我贏了你，你也不服！」

太歲笑著說：「爲什麼不服？老夫單手讓你，你能贏我，我向你磕頭；你若輸了，我也不笑你，你若害怕要叫手下一齊上，也沒關係。」

「喝！」熒惑星大喝一聲，火紅色的大鬍子飄動起來，像是著了火般。「三辣、綠言留下擒其他小輩，其他回主營幫忙抓那太子！」

熒惑星部將還遲疑著，一名部將道：「熒惑爺，別中了老太歲激將法！」

太歲嘿嘿笑著：「激將法？老夫在牢裡便聽維淳一天到晚要和我打架，現在只不過答應他了，怎麼算是激將法？維淳有那麼笨會中計？」

「是啊！」熒惑星回頭朝那說話的部將大聲一喝：「我有那麼笨嗎！你懂什麼，快回去

幫忙，那太子十分難纏！」

這頭阿關還遲疑著，知道太歲是想拖延時間，好讓自己逃走，對手是熒惑星，自己即便留下來也一點忙都幫不上了。

翩翩虛弱掙扎著，似乎還難以置信自己身子變得更糟了，急得伸手亂抓。

阿關呼了口氣，一邊安撫翩翩，一邊脫下外套，用鬼哭劍將外套割開，又將翩翩揹起。只覺得斷骨處更痛了，他用割開的外套將翩翩綁在自己背上，接著跨上了石火輪。

「發生了……什麼……事？」翩翩虛弱問著，知道是阿關揹著她。

「發生了很多事……」阿關悲痛回答，又看看太歲，太歲向他點了點頭。阿關咬著牙，踏上石火輪，斷骨處十分疼痛，踩著踏板的力道也減弱很多。

「想跑？」綠言和三辣追了上去。

五部和月霜一齊竄去，攔下了綠言、三辣，雙方一陣短兵對戰。

阿關藉此空隙，騎著石火輪，死命往山下騎去。

鉞鎔受了重傷，仍握著斷劍，伺機想幫忙；文回則吆喝著小山神和妖兵，將熒惑星團團圍住。

「憑這些小傢伙就想勝我？」熒惑星哈哈大笑，大步朝太歲走去。

太歲吸了口氣，握著長戟那手泛起了黑霧。

文回一聲令下，幾隻妖兵撲了上去。熒惑星看也不看，大刀一揮，跑得較前面的妖兵都給劈碎了；沒給劈碎的妖兵，也都讓火龍刀上的烈火燒成了灰。

文回領著的妖兵見熒惑星厲害，哇哇大叫著，一下子全都散了；幾隻小邪神也抱頭鼠竄全跑光了。

「這什麼烏合之眾！」熒惑星不禁大笑，大步走向太歲。文回舉刀砍去，讓熒惑星一把接下，握著刀身，手上一使勁，一股紅龍焰便燒上了文回手臂。

文回彈了開來，紅龍焰捲上了文回全身。一旁和綠言交戰的月霜見了，趕緊飛竄而來，灑了幾道冰雪，卻都無法熄滅文回身上的火。

熒惑星正哈哈笑著，眼前黑影一閃，太歲已經挺著長戟刺來。

「不自量力！」熒惑星大刀一揮就打飛了大戟，同時一把掐住了太歲脖子，當著太歲肚子就是一拳。

「澄瀾，你邪化不說，還與那奸詐小子一齊耍弄大家……你身上的血幾乎給放光，竟還想與我放單對決，你以爲打得過我？你是否瞧不起我？」熒惑星瞪著太歲，緩緩說著，越說越大聲，掐著太歲脖子那手的力道也更加增大。

熒惑星正喃喃說著，頭頂一股殺氣重重迫來，他連忙放了太歲，縱身閃過。

落下的是太歲那柄讓熒惑星打上了天的黑色大戟，此時直直插在地上。

「那加上我，打不打得過你？」

一道聲音自空而降，辰星啓垣領著幾名部將飛竄降下。

辰星邊說，一邊揚了揚手，手上化出幾股流水，澆在下方文回身上，這才澆熄了文回身上的火。

「啓垣——」熒惑星大吼一聲，回身朝辰星劈出一刀，紅龍焰從大刀竄出，結成粗大的火柱，往辰星捲去。

辰星在空中閃過了那火柱，他知道熒惑星驍勇，不敢輕敵，登時化出六手，抽出腰間六把長劍，與緊跟在火柱後飛來的熒惑星全力大戰。

辰星六劍攻勢綿延，流星雨似地往熒惑星身上刺擊；熒惑星火龍大刀威猛無匹，幾刀便將刺來的劍全擋下了。

「好！」熒惑星哈哈大笑，似乎是因遇上了強敵而顯得十分興奮。

還沒笑完，熒惑星感到了背後來襲的攻勢，回身一刀擋下，卻是太歲——太歲拔出了地上長戟上來夾擊。

「還愣著做什麼，一起上啊！」辰星大喊一聲，身後幾名部將全攻了上來，圍住熒惑星夾擊，辰星居中主攻。

「好卑鄙無恥！」另一頭的熒惑星部將綠言和三辣見了，破口大罵，卻讓月霜與五部攔住，無法上去助戰。

「你們這兩傢伙！」熒惑星吹著鬍子吼著，大刀攻勢如龍：「澄瀾說要和我單挑，讓我遣了部將去救援主營，卻又一齊圍攻，好不要臉！」

「要怪就去怪啓垣……最卑鄙就是他……這招是他發明的……當初他也用這招暗算老夫……」太歲哈哈笑著，雖然十分虛弱，但也總能偶爾趁隙刺一兩戟牽制熒惑星。

辰星驍勇本便和熒惑星相去不遠，此時加上太歲，和己方一干部將，戰情高下立判。

「兵不厭詐嘛！」辰星逮了個機會，趁著熒惑星火龍大刀砍向太歲之際，立時一劍斬在熒惑星肩上，從左肩到右腹拉出好大一條口子。

幾名辰星部將接連放出咒術，讓熒惑星騰不出手還擊，太歲也轉至熒惑星背後，一戟刺來，正中熒惑星後臂。

「可恨！」熒惑星狂吼一聲，紅龍焰從身上竄出，幾名辰星部將讓大火炸開，或多或少都著了火。

辰星卻以水術裹身，硬往熒惑星撞，手上腿上全著了火，還是硬衝到熒惑星身前，六劍齊斬，將熒惑星左手肘下、右手肩頭、左腿膝處，全都斬斷，另外三劍則斬在熒惑星身上。

「熒惑星爺！」綠言、三辣見了，都發出怒吼，發狂攻著，逼退了月霜、五部，回身要救熒惑星。

辰星一記頭錘，將熒惑星往下打去，和那些斷手斷腳一齊落在地上。

「走！」辰星大手一招，身上放出流水，將手上腿上的紅龍焰全滅了，拉著太歲與一干部將撤退。

□

雷祖、電母領了幾名部將殺回主營，總算將一干邪神鎮壓下來，卻見到大廳正中黑風亂捲、銀光閃耀，是二郎正在狂戰太子。

二郎的離絃和太子爺的火尖槍或撞或砸，你來我往，撞出陣陣流星、閃電。

太子爺全身漆黑，眼耳口鼻全噴動黑氣，腰上纏著的混天綾倏地游蛇亂捲，捲上二郎左手。二郎反拉混天綾，將太子爺往自個兒這邊拉來。

太子爺順勢飛去，尖聲笑著，左手上乾坤圈照著二郎腦袋砸去。二郎知道躲不過，頭一偏，讓乾坤圈砸在肩上。

太子爺離二郎極近，離絃和火尖槍這長兵器都施展不開，只見太子爺想張口去咬，二郎額上那豎痕卻突然張開，金光大現。

太子爺讓這金光照得睜不開眼，二郎猛喝一聲，扯斷了混天綾，左手一拳打在太子爺臉上，將他打遠了些。太子爺才睜開眼睛，離絃已刺進了他腹中。

「哇！」太子尖聲叫著，二郎一閃身繞到了太子身後，架住太子雙臂，一旁的嘯天犬撲了上來，咬住太子爺小腿。

雷祖和電母也一齊發難，這才擒下了太子爺。

此時邪神大都受縛，也有些逃出了主營。兩門神逃不出去，見了二郎進來時，早已見風轉舵，揮動武器幫忙鎮壓其他邪神。

外頭綠言和三辣叫著跑了進來，綠言揹著熒惑星，三辣則捧著熒惑星斷手斷腳。主營裡見了這情形是一陣騷動，玉帝一聲令下，幾名醫官擁了上去，替熒惑星緊急治療。

「辰星突然出現，領著部將與那惡太歲同時攻擊熒惑星爺！」三辣怪叫著，綠言氣得發抖。

「好可惡的澄瀾！」「我們都讓那小歲星騙了！」「好卑鄙的計謀！」

眾神個個義憤填膺，玉帝吸了口氣，嘆氣下令：「將邪神押回牢房，我們從長計議。」

□

阿關死命騎著，只覺得胸腹間傳來的疼痛越漸加重。他騎下了雪山，轉進其他山間，卻搞不清東南西北。深夜的風吹來，翩翩的手無力地抬起，似乎觸了觸阿關的臉。

「啊啊！」阿關連忙停下車，看了看四周，前後左右全是樹，不遠處有條溪流。

翩翩發出了嗚咽聲，阿關知道自己已經遠離雪山，索性下了車，解開綁著翩翩的破外套，將她抱到溪流邊一棵樹下。

翩翩的臉爛糟糟的，阿關湊著月光見了，忍不住哭了出來。在口袋急忙掏著，掏出了化人石，慌亂比劃著，憤恨用拳頭搥著樹幹、用腦袋撞著樹幹。

「怎麼會變成這樣、怎麼會變成這樣！」阿關大聲哭喊著，他不知道使用化人石的方法。千藥讓烏幸咬死，烏幸也讓黃靈殺了，月老還在主營，沒有人能幫他。

「阿……關……我好渴……」翩翩終於睜開了眼睛，無力看著阿關。

「好……好！」阿關二話不說撲上了溪流，用手掬著水，跑回翩翩身邊，手上的水卻漏得差不多了。阿關又氣又急，還是將所剩不多的水湊上了翩翩的口。

翩翩嘴巴動著，沾了沾水，卻嚥不下。她的頸子也開始腐爛，外頭爛了，裡頭也爛了，腐爛的臭肉和膿血阻住了咽喉，十分難受。

「我……是不是很臭……很難看……」翩翩望著樹梢上頭的月亮。

「不是……不是……妳還是很漂亮！」阿關大慟，連連搖頭，抓起了翩翩的手，感到她的手掌已經僵硬，皮膚和肉一片片落了下來。

「妳知道化人石怎麼用嗎？我有化人石、我有化人石！」阿關鼻涕眼淚流了滿臉，拿著化人石在翩翩眼前晃著。

「我也不會……」翩翩無力搖了搖頭。「這不是你和……秋草妹子……大家……大家……現在怎麼了？」

阿關失魂坐倒，翩翩靜靜看著月亮，月光映下，像是在回想一些事情。

「誰能幫幫我……誰能幫幫我……」阿關一手握著翩翩的手，一手抓著頭髮嚎啕大哭，掏著身上，卻沒有一張符令。他握著翩翩的手稍微大力了些，只感到翩翩本來應當十分柔嫩的手，此時卻碎了。

碎了。

「哇——」阿關摟住了翩翩，哭叫著。

「唔！」阿關只哭了幾聲，只覺得背肩上突然疼痛一下，給石子扔著了一樣。阿關以爲追兵殺來，摀著胸口驚訝掙起轉身。

原來是辰星一行和太歲已經一一落下，打他的是五部。

五部朝阿關做了個鬼臉，食指豎在嘴前，表示此時應當安靜。

後頭辰星哼了一聲：「你這笨毛頭，叫這麼大聲，不怕讓追兵聽見？」月霜出聲緩頰：「要不是小歲星大聲嚷嚷，儘管靠著太歲爺感應，一時半刻也未必找得到他，也不算太壞。」

太歲看著靠在樹旁的翩翩，嘆了口氣。

阿關一把鼻涕、一把眼淚地跑了過去，胡亂哭嚷：「翩翩她就要死了，能不能……能不能把月老抓來，叫他教我怎麼用化人石救翩翩……」

「化人石在你身上？」太歲呆了呆，問。

「但是我……不會用……我不會用……」阿關哭得稀哩嘩啦。

「小子！你怎麼不早說？」太歲喝了一聲：「你不會用，難道我也不會用？」

「呃？」阿關愣了愣，太歲已經一把搶下了阿關掏出的化人石，趕來翩翩身旁，對著翩翩額頭。此時翩翩已經漸漸沒了知覺，身子慢慢僵硬，手腳部分都一片片脫落。

太歲唸起了咒語，只見那化人石綻放出光芒，翩翩額頭上也現出了光芒，一股細細的流光似水一般飄出，流進了化人石裡。化人石變得更亮了，裡頭的人形小胚胎閃亮耀眼。

辰星冷冷看著，月霜等部將則顯得有些訝異。

五部忍不住問：「歲……阿關大人，那不是你和秋草仙的定情信物嗎，你怎捨得？」

此時阿關早已笑逐顏開，抹去了臉上眼淚。五部問了兩次，阿關才聽見，想了想說：「化人石再做就有了……但翩翩死了就沒了，不是嗎？」

「況且……」阿關呼了口氣，說：「什麼成婚、什麼定情，都是你們神仙安排的，從沒人問過我的想法……我……我對林珊確實有好感，但一下子說要結婚，我還沒做好準備，凡人談戀愛哪裡是這樣的……」

「只希望……林珊能平平安安……」阿關抬頭看著夜空。

阿關還發愣著，月霜已經趨前，對他胸前施了幾道治傷咒術，阿關覺得胸口不那麼痛了。太歲手上的化人石漸漸黯淡，裡頭的人形胚胎似乎活了起來，手腳動了動，似乎在呼吸著。太歲擦了擦汗，將化人石交給了阿關。

阿關小心翼翼接過化人石，兩手捧著，感到小小透明石子傳來了陣陣溫暖。看了看那樹下，翩翩原本的仙體已經碎了一地，像是一堆碎炭。

「小子，小娃兒就交給你了，這玩意兒會慢慢長大，數十日後就會羽化成人。」太歲叮嚀著：「不過最終幾日你得留神，小娃兒受了毒咒侵襲，這毒咒會不會帶到化人石中，老夫也不曉得……」

「交給我？那……你們？」阿關有些訝異。

辰星出聲說：「我和澄瀾有得忙了，你自個兒找地方躲起來，好好照顧那蝶兒仙。她是澄瀾手下第一戰將，羽化成人後，身手仍會保留下來，足夠保護你了，只是不能飛就是了。」

月霜不等阿關說完，伸手在阿關身上畫下了咒術，說：「這是隱靈咒，可以隱去你身上靈氣。」

同時，月霜也交了幾張符給阿關，叮囑著：「你找著了藏身處，便用這符與我們聯繫，若是有空，我們會去探你，順便補強你身上的隱靈咒。」

「我一個人？」阿關猶自愣著。

太歲點點頭，說：「我這身子恐怕得等上一陣時日才能復元，我也得躲一躲，卻不能和你一塊躲。大小太歲分開來，才不會被那些神仙一網打盡，你可得留神，各安天命吧。等老夫復元，自然會去找你，一同去找那黃靈算帳。」

阿關還有疑問，辰星手一招，部將們腳全離了地，升了起來。

太歲指了個方向，對阿關說：「向那兒去，可以離開山區，別猶豫了，神仙們正忙著收拾主營裡的殘局，你騎著石火輪，一定逃得掉。」

辰星一行已經飛進了山林，漸漸飛遠，太歲講完也轉身跟上。

阿關牽起石火輪，卻見到翩翩那碎了一地的身子中還有些東西，他好奇過去看了看，原來是雙月刀和歲月燭。

翩翩仙魄進了化人石，仙體化成飛灰，以往藏著的雙月和歲月燭也落了出來。

阿關撿起雙月和歲月燭，卻發現還有些東西，伸手撥了撥黑灰，黑灰漸漸散去，是幾片冰晶。

「是在流水牆拍的照片！」阿關又驚又喜，冰晶一共三塊，其中一張是翩翩與自己的合照，還有一張是阿關裝的鬼臉，最後一張是翩翩的獨照。當時翩翩的綠毒只蔓延了半邊身子，冰晶中的半邊臉尚未染上綠毒，神情看來淒美動人。

阿關拾起了地上本來用來綁住翩翩的破外套，將雙月等東西都包起來，像包袱一樣綁在肩上；又將化人石放進伏靈布袋，還不忘朝空空的袋子裡吩咐：「你們小心，別捏著翩翩！」

跨上了石火輪，阿關朝太歲指著的方向騎去。月霜的治傷咒漸漸發揮效力，阿關胸口雖還疼著，卻已有足夠體力騎車了。

他越騎越快，石火輪彷彿化成了閃電，不一會兒已下了山。

阿關在城鎮中騎著，小心翼翼地感應四周，深怕碰上了太陰或是其他正神。

「阿關大人、阿關大人！」熟悉的聲音傳進耳裡，嚇得阿關差點摔車。他在小路上打橫停下，原來是老土豆傳來的符令。

「俺剛才還在中部出任務呢，卻收到你已邪化的消息！是眞是假？阿關大人！」老土豆的聲音十分微弱，像是偷偷講話一般。

阿關身上沒有符令，無法回答，只好繼續往前騎著，騎了好一會兒。終於上了交流道，騎上了高速公路。

老土豆仍陸陸續續傳來符令：「阿關大人，俺不相信你邪了，你是個善良的孩子，阿關大人，回答俺啊。」

「啊呀！俺眞笨，你一定是沒有符令了！俺教你畫符，首先——」老土豆將聲音壓得極低，不時傳來符令，教阿關畫符，或是講些笑話。

「老土豆依然相信我……」阿關激動踩著踏板，撲面而來的冷風颳去了他流下的眼淚。石火輪飛梭前進，彷如流星一般。

□

夜空灑下的月光清澈瑩亮，高速公路上車子極少，三三兩兩的跑車阻在路中打轉，像雜耍一般，一邊還夾雜著幾輛重型機車。

阿關筆直往前騎著，前頭的車卻不停蛇行打轉，阿關不得不減慢速度，想閃過這些跑車。

跑車裡的人探出頭來，似乎有些訝異，高聲尖喊了起來：「你看那什麼玩意兒？」「腳踏車也敢騎上來！」

「屌啊——」一個年輕人對著阿關喊。阿關睬也不睬他，自顧自繞過了幾輛打轉的跑車，往前馳去。

「幹！叫你沒聽見？」跑車裡頭的人騷動了起來，有些已經將拐杖鎖、球棒等傢伙伸出車外，胡亂揮動著。

阿關頭也不回騎著，後頭一票跑車加足了馬力，追了上來。

「給我停下！」

「幹！他騎得好快！」

跑車裡的年輕人怪叫怪笑著，油門踩到底，一輛一輛追了上來。

阿關給後頭的呼喝、喇叭聲吵得幾乎聽不見老土豆的符令，這才回頭看了那群年輕人一眼。

兩台跑車包夾上石火輪兩側，左邊跑車窗戶搖下，一個雜碎伸出手來，揮著手怪叫：「你騎這麼快腳不痠嗎？」雜碎邊說，邊搖晃比著中指的手。

「嗯？」雜碎陡然一驚，不知從哪冒出來一隻手，將他伸出來的中指握住。那隻手只有三指，指甲鮮紅似血，淡紅色的皮膚，是新娘鬼手。

新娘鬼手輕輕一拗，雜碎的中指已經嚴重扭曲。

「哇啊啊！」雜碎怪叫著，縮回了手。

幾台跑車還沒反應過來，阿關已經加速而去，一邊低頭向伏靈布袋裡低聲責備：「妳不要害人家出車禍！」

幾輛跑車全停了下來，裡頭的人踏出車門想看仔細點，前頭路空空蕩蕩，早已見不到那輛銀白腳踏車了。

只剩下那手指給拗斷的雜碎不停嚎叫著。

□

老土豆不再傳來符令，阿關騎下交流道，已經回到北部了。

他減低了速度，循著小路騎，卻不知該騎去何處。起先附近的市街看來大都陌生，但隨著石火輪飛快前進，依照路標飛馳，很快地又回到了熟悉的城市。

天上的月光依然明亮，星星顯得稀疏，四周的風冷，阿關不由得發起了抖。流竄的冷風鑽進了鼻腔，竟有些黏膩濕潮。

阿關一陣腦麻，不安朝四周看看，朝天上看、朝路上看、朝樓房上看，隱隱約約感受到惡念，卻又不知這極微弱且範圍廣闊的惡念感應是從何而來——

倒像是從四面八方而來。

倒像是從天而降的。

阿關倒抽了口冷氣，車輪拐了拐，抬頭看看天際。

騎著騎著，順著大街小道，阿關在腦中一片茫然的情形下，騎到了靠近自家附近的巷弄。停下了車，愣愣看著遠遠的自家陽台鐵窗，心中感慨難以形容。

他突然想起，媽媽還在洞天沉沉睡著。

摸了摸口袋裡的化人石，阿關猶豫著不知該不該回家。自己隨著太歲逃離主營，主營自然是要全力搜索了，自己舊家的位置不是祕密，絕無可能藏身。

阿關嘆了口氣，轉身騎去，往河堤附近騎。

騎到了河堤邊，騎上微彎的堤道。阿關想起了以前的玩具城事件，想起了方留文，想起了小強。

往前直直騎去，有處連結河岸兩端的橋梁，橋梁附近有些舊屋，和一處老舊市場。

阿關憑著記憶，來到舊屋群附近，大都是些老舊的矮屋，漆黑巷弄裡還瀰漫著餿水臭味。有些房門緊閉著，似乎有人住。在舊屋和舊屋之間，有些鐵皮搭成的小空間，是舊屋屋主自己搭蓋的，在屋主搬離後，儲物用的鐵皮小空間仍然保存了下來。

阿關牽著石火輪，拖著疲累的身子慢慢找著，終於在連著兩、三間都沒有人住的舊屋旁，找著了一間緊連著舊屋加蓋出來的小鐵皮屋。

那鐵皮屋的房門半敞著，阿關探頭看看，見裡頭荒廢已久的模樣，便輕推開門進去，召出歲月燭四處打量。裡頭空蕩蕩的，只有一張破桌和兩、三張破椅子，地上也散落一些破爛塑膠袋。

阿關也顧不了地上骯髒，用腳隨便撥著，將垃圾和塑膠袋撥到一邊，將門掩上。將石火輪停靠在一邊，自己則在牆角坐了下來，靠著牆休息，在歲月燭的幽淡燈火下，很快睡著了。

阿關作了些夢，記不清了，只記得本來濕冷的地上有些溫暖，幾股暖流像是薄被般蓋上了身，一點也不冷了。

這晚很快地過去了，阿關一覺醒來，只覺得渾身暖烘烘的，倒有些燥熱。伸了個懶腰起身，身上的傷勢一點也不痛了。

阿關有些奇怪，踢了踢腳，揮了揮拳，感到元氣十足，一點也不像受了傷、奔波一夜的樣子，心中暗想是否自己的太歲力量更進了一步。

他感到胸前的伏靈布袋有些發脹，伸手進去掏了掏，竟是化人石長大了些。阿關並不記得昨夜化人石有多大，卻很肯定現在手上的化人石大了些，但究竟大了多少，他也說不上來。

阿關將化人石貼在臉上，感到石上傳來的陣陣心跳。

鐵皮屋上傳來滴答滴答的響聲，原來外頭下起了雨，從門縫往外看，是陰綿綿的天氣。

阿關不知道自己該做什麼，只好又靠著角落坐了下來，掏了掏口袋摸出三張符咒，施咒燃了一張。

「小歲星嗎？你找著藏身處了？」五部立時回傳符令。

阿關趁著自己這張符令耗去之前，很快將自己大概行蹤告訴五部；同時也經由五部那方傳來的符令得知，辰星部將們已經分散各處，伺機行動著。

「小歲星，我們和你約在堤防上，你來時注意安全，我和月霜大姊會去與你會合。」五部仔細交代了時間，是下午時分。

阿關再度坐了下來，卻是坐在破椅子上。因為下雨，小破屋裡更顯得潮濕，靠近鐵皮牆邊，甚至滲進了水。

待在小破屋裡什麼事也不能做，時間過得很慢，外頭的雨似乎永遠不會停。阿關靜靜等著，打起了瞌睡。

鐵皮屋壁除了不斷傳來一陣一陣的雨打聲外，還有細微、窸窸窣窣的指甲抓聲。

指甲抓聲越來越大，阿關趴在滿布灰塵的破桌上昏昏睡著，聽不見這異樣聲音，卻讓逐漸增大的惡念給嚇得醒了。

一個全身墨黑色、滿臉血污、半人半獸的野鬼，直挺挺站在阿關桌前，伸長了舌頭，一手就停在阿關腦袋三吋前。

「嗚哇！」阿關怪叫一聲，彈了起來，胸前掛著的伏靈布袋已經竄出外套。

那野鬼讓伏靈布袋嚇了一大跳，也往後跳去，靠在門邊，殷紅色的大眼直直瞅著阿關，像是在看著一道美食。

伏靈布袋讓繩子穿著，垂掛在阿關頸上，此時浮在半空，也不見有鬼手伸出。

阿關鎮定下來，召出了鬼哭劍，同時也感覺出眼前野鬼似乎不是很厲害，只是嘍囉角色。

阿關和野鬼靜靜對站著，心裡十分緊張，不知四周除了這野鬼之外，還有什麼厲害角色。

野鬼和阿關對峙了半晌，終於按捺不住，吼了兩聲跳竄上天花板，一個翻身朝阿關俯衝直下，張口就要咬。

阿關側身閃開，讓那野鬼撲了個空，順勢劈下一劍，將那野鬼腦袋劈落一半。

野鬼連哀叫都沒來得及發出便已死去。

阿關正覺得奇怪，伏靈布袋怎麼沒在第一時間竄出。低頭看了看胸口，才見到伏靈布袋鼓脹脹的，裡頭的化人石更大了，將整個袋子都填滿了。

阿關會心一笑，心想鬼手們倒是懂事，大概怕胡衝猛撞將化人石擠出袋外，摔破就壞了大事。

阿關將化人石取了出來，此時化人石已有兩個拳頭大，還不時閃耀著光芒。阿關將化人石湊近點看，看見了裡頭的小胚胎微微動著，且傳來陣陣溫熱。

探頭出門，雨依然下著，卻也應該到了和月霜、五部約定好的時間。

阿關撿了幾個塑膠袋，將化人石裝在袋中，又用幾個塑膠袋，小心將袋口堵實，生怕化人石讓雨淋了。接著也顧不得雨勢，騎上石火輪就往河堤方向前進。

雨越下越大，騎著騎著，已經到了河堤，在一處可供遮雨的小庭下足足等了一個小時，這才見到堤邊一對男女走來，正是五部和月霜。

「我們約凡人時間五點，你似乎提早來了？」月霜靜靜說著，周身隱約泛著淡藍色光氣，落下來的雨點一接觸到那些光氣，就散了開來，像是被光氣吸收一般，一點也沒沾濕她。

雖已是初春，但天氣依然微冷，在全身濕透的情形下，阿關仍打起了寒顫。

月霜伸手一揮，青藍色光氣籠罩住阿關全身。阿關只覺得身上一陣清涼，濕透的衣服褲子全乾了。

「我在小屋裡不知道時間，只好早點來，剛剛……我碰上鬼怪，只有一隻，不知道他想幹什麼……」阿關呼著氣說，同時緊抱著裝著化人石的袋子，生怕化人石凍著了。

「和我們預料中一樣。」五部點點頭說：「小歲星，你許久沒回北部，可不知北部的變化。我們感應不到惡念，卻也觀察得出人心的變化，你可得當心，有些本來遊蕩山中的野鬼，受了惡念影響，似乎膽子都大了許多，或許會擁入凡人城鎮。你身上帶有靈氣，更容易受到野鬼襲擊，你必須時常施法，補強隱靈咒的效力，好隱去自己身上靈氣。」

阿關想起以前翩翩也曾說過自己身上的靈氣，有可能吸引野鬼攻擊。

「唔……」阿關有些不好意思地說：「我……我不會隱靈咒……」

五部和月霜互看一眼，笑了笑。

月霜揮了揮手，唸著咒語：「我教你，你記下咒語，回去反覆練習。」

阿關連連點頭，用心記著月霜教的咒語，花了十來分鐘，也漸漸掌握了訣竅。

「可不可以再教我治傷咒？」阿關抓了抓頭，心想，隱靈咒應該不成問題了。

月霜又將治傷咒的咒語教給阿關，但治傷咒效果不若隱靈咒那樣顯著，會依施術者道行而有大小不一的效力。

阿關又練了幾次，這才背下咒文。

月霜接著叮囑：「你大可以放心，我們知道了你藏身之處，幾個辰星部將也會大約監視著主營動靜，若是發現大軍壓境，或是有神將到你藏身處附近搜查，我們都會隨時通知你。只不過，零星的邪神小怪恐怕你就得自個兒應付了，我們沒辦法日夜守著你。一來現在情勢未明，雞蛋不能放在同一個籃中，以免出了差錯，被一網打盡；二來，若你仍無法自立，那終究只是個凡人，守著你也沒多大幫助，只會拖累我們。」

「我知道。」阿關唯唯諾諾，將月霜的一番話謹記在心。

「你記住，要是你轉換地方藏匿，千萬要和我們聯繫。」月霜又吩咐了一些事情，這才和五部離開，一下子飛不見了。

阿關愣愣看著天空，這才想起忘了向月霜討些錢，自己身無分文，如何活得下去。突然又哼了一聲，似乎氣憤自己的窩囊想法，如此情勢，大家都努力盡忠職守，自己卻要討錢才能活下去，那也太沒用了。

他跨上石火輪，又騎出了小亭，往破鐵皮屋的方向騎去。這才又想起，剛剛應該向月霜學學不讓雨淋濕的法術，此時讓月霜施法吹乾的身子，一下子又全濕透了。

騎回了破鐵皮屋，阿關深怕又遇上野鬼，小心翼翼仔細感應著，四周似乎沒什麼異樣。

他在鐵皮屋附近尋了一番，發現接連幾處破屋都是空著的，按照裡頭的跡象看來，也應該許久沒有人居住。

阿關踏進了一間看來最乾淨的破屋，但很快又退了出來，破屋裡頭瀰漫著噁心的臭味。原來這幾處破屋離市場附近的垃圾堆極近，都臭不可當，連流浪漢都不願意住。

阿關只好躲回原本的鐵皮屋裡，掩上了門。這間鐵皮屋離垃圾堆較遠，還有處小窗透氣，不那麼臭。

脫下了衣褲擰著，阿關光溜溜地將衣褲全擰乾再穿上，靜靜蹲在一邊，把玩著歲月燭，試著像翩翩那樣，操縱著燭火。

到了深夜，雨勢漸漸停了，阿關伏在桌上，看著歲月燭的火光和化人石的微光互映。一整晚阿關睡睡醒醒，有時站起伸伸懶腰，活動一下，又趴下發愣。好不容易捱到早上，雨勢漸漸變小，但仍滴答下著。

阿關的肚子咕嚕嚕叫著，昨天一整天沒有吃東西，餓得昏了。

看看外頭天還暗沉沉的，阿關將化人石仔細包好，再度騎著石火輪外出。

很快到了自家巷子口附近，阿關小心翼翼感應著四周，確定沒有什麼怪異邪氣，這才往家靠近，進了樓往上爬，到了三樓自家門口。

阿關身上沒有家裡鐵門鑰匙，但這種舊式公寓鐵門上通常有欄杆空洞，阿關拿出伏靈布袋，將袋口自欄杆縫隙塞入，吩咐幾聲，那新娘鬼手便在鐵門與木門之間伸了出來，替阿關開了門。

阿關踏進睽違許久的家裡，四處看看，心中十分懷念。

阿關不敢浪費時間，要是主營神仙搜查起來，自家必定是顯著的目標，但身上分文也無，衣服又臭又爛，不得不回來一趟。

他花了十五分鐘好好洗了個澡，在房間裡找出了個旅行用大背包，那是以前為了畢業旅行時買的。阿關挑了幾套衣物、一些隨身用品，還找著了書桌上的撲滿。

搖了搖撲滿，倒十分輕，砸碎了一看，裡頭有幾張百元紙鈔和些許零錢。阿關將這些錢小心翼翼地收好，又到媽媽房間翻著，也找著了一些錢，小心花用，至少可以撐上一陣子而不至於餓死了。

整理完必需品，阿關順手在房間小書架上挑了幾本書，一起裝進背包。

天色幾乎要亮了，外頭的雨也停了。

下樓時，阿關瞥見停在樓下許久的破爛小推車，那是以前他和媽媽晚上外出賣臭豆腐的小推車。小推車上擺著的那桶瓦斯桶還在，幾個鍋也都好端端的，裡頭倒是多了些垃圾瓶罐。

阿關愣愣看了幾眼，心想要是這種日子持續下去，恐怕就得自個兒推車賣臭豆腐了。但想想賣臭豆腐就賣臭豆腐，自個兒跟著媽媽賣了好長一陣子，早也學會了，知道上哪裡買材料、如何炸豆腐等等；但醃製泡菜這等費時間的工作，恐怕就無能為力了。

阿關騎著石火輪找著一家早餐店，吃了頓豐盛早餐，漫無目的地在巷弄間逛著。一方面無聊，一方面也算是尋覓更多可供藏身的地方，以便在行蹤暴露時，隨時能夠找著安身之處。

他一旦找著看來可以躲藏的地方，立時在筆記本上記下地點，同時也盤算著，要是眞賣起了臭豆腐，該如何躲避警察等等。他想到可以將小推車和石火輪綁在一塊，警察一定逮不到自己時，不禁笑了起來。

這天也很快過去，到了傍晚，他上了便利商店，買了幾條吐司和礦泉水、幾罐醬瓜，希望花最少的錢，盡量撐久一些。

往鐵皮屋的回程中，經過那老舊小市場，裡頭人聲稀落，幾個上了年紀的阿嬸提著菜籃佇在一邊閒聊，聊著聊著就吵了起來，越吵聲音越大。

阿關又感應到了極爲細小卻分布廣闊的惡念。白天四處亂逛時，也偶有這種感應，還嚇得他以爲是追兵殺到。此時抬頭看看黯淡天空，心中驚懼懷疑，惡念眞的慢慢落下了嗎？

回到了鐵皮破屋，阿關從背包取出一捲塑膠垃圾袋，一張張撕下鋪在一處較乾燥的角落，跟著脫去鞋襪，在那塊地方躺了一會兒。

半晌之後他又坐起，將背包、化人石等都一一擺好位置，湊著歲月燭火，吃起了吐司，一邊看著帶來的書，心裡竟覺得有些有趣，像是在露營一般。

入夜，阿關趴在垃圾袋鋪成的「床」上，用手枕著下巴，靜靜看著歲月燭、看看冰晶。歲月燭的火光隨著破窗吹進來的風晃動著，阿關覺得自己頸邊也有些閃光。摸了摸脖子，原來是歲月燭的火光映上了清寧項鍊，映出了反光。

阿關取下了清寧項鍊，湊近歲月燭看。清寧項鍊的黑色玉石讓歲月燭火一映，一下子變得五彩發亮，玉石裡流動的水光更顯清晰，美麗異常。阿關看得出神，靜靜把玩著清寧項鍊，數著上頭一顆顆玉石和月牙，回想著許多事情。

他突然覺得奇怪，有一顆玉石裡卻沒有水光流動，像是空的一般。

他仔細比對了一番，其他玉石都是黑色玉面包覆著五彩液體，在歲月燭的照映下閃耀動人，但唯獨其中一顆黯淡無光，只是個空殼。玉石表面略顯粗糙，不同於其他玉石那樣滑順。仔細一看，那顆玉石上頭的粗糙部分，竟是符文。

阿關不只一次見過林珊寫的符籙，和這顆玉石上的符文筆跡如出一轍。

阿關摸著了那玉石上還有個極細小的針孔，裡頭的液體，想必是從那小孔流去的。

他回想著那時在中三據點曾遺失了頸上的清寧項鍊，是林珊替阿關找回來的。這符籙是否是林珊當時寫下的，已不得而知了。但自從那之後，即使戴著清寧項鍊，也不時會作噩夢，卻是事實。

有些噩夢他一醒來便忘了，有些卻還記得。

「林珊……」阿關閉上了眼睛，心中痛苦掙扎。他總算明白，那些時日他見了翩翩，會不自覺地感到害怕和震驚，是什麼緣故了。

「黑色蝴蝶」、「腐敗女孩」、「鵝黃色的光芒及時出現拯救受困的他」等等，此時想來，當時那些夢境中的景象，各自所代表的意涵已經不言而喻。

林珊利用夢境，試圖消去阿關心中關於翩翩美好的一面，同時也灌輸著林珊自己美好的一面。

阿關回想著這種情形，早在當初重回洞天之前便已開始。洞天樹神感到了阿關心中的不安，給了他清寧，但林珊仍找著了機會，在清寧上頭動手腳。

阿關嘆了口氣，此時的他，已不願再去深究林珊所做的一切，那只會讓他感到難過痛苦。

「黃靈……」阿關握緊了拳頭，看著窗外夜色，暗暗立下誓言。

□

接下來幾天，阿關白天便四處蹓躂，有時也能撿些紙箱，帶回鐵皮屋鋪在垃圾袋上，以背包作枕，用外套當被，倒也睡得舒服。

每隔兩天，阿關也會回家一趟，洗個澡，再用最短的時間帶些衣物用品出來。

由於阿關有太歲力護體，即便吃得不好，卻也無傷身體。

化人石一天天變大，再也無法帶著到處亂跑，阿關便用一個大紙箱將化人石裝了起來。

這天早上是艷陽天，阿關起來伸了個懶腰，第一件事就是去看看一旁箱中那化人石，當場嚇了一跳。

只見箱中那直徑五、六十公分的化人石，本來瑩白的滑溜表面，竟變得暗黑褐黃，光芒幾乎消失了，裡頭有些混濁，人形胚胎也幾乎看不見了。

「哇，怎麼回事！」阿關又驚又急，伸手摸了摸，卻發現化人石表面竟有些軟，不再是硬梆梆的石頭觸感了。

「不會發霉了吧？」阿關正狐疑著，又注意到化人石的形狀也有些改變，兩端有些突起。阿關唔了一聲，後退了兩步，再仔細瞧瞧，這才寬心。「變成蛹了？」

阿關看著那蛹狀的化人石，心裡又是高興，又有些擔心。要是這段時間遭到追兵襲擊，可就難以脫身了，此時這化人石也不知能不能搬動。

出了鐵皮屋，阿關晃到了市場，想買些醬菜好配吐司吃。一邊發出符令，將化人石的情形告知月霜，同時也約定時間，好聽取最新的情報。

市場上人潮依然稀落，有個年幼小妹揹著書包蹲在地上，看著身邊一隻奄奄一息的黃色小土狗。

小土狗身上有好大一處傷痕，傷痕處皮開肉綻，四周還有些瘀腫。小妹妹不斷摸著小土狗的頭，眼淚落在小土狗身上。

阿關將石火輪靠在一旁，看了看那小妹，想起了雯雯，但小妹妹模樣有六、七歲，比雯雯可大上不少。

「這隻狗是妳的嗎？」阿關湊了上去，看看那小土狗的傷勢。小妹妹點了點頭，又搖搖頭，說不出話來。

阿關見這小土狗傷勢頗重，突然靈機一動，伸手在小土狗背上輕拂，默唸著治傷咒，淡淡的白光自手上發出。這些天他閒來無事，便反覆練習治傷咒和隱靈咒，早已練得挺熟稔。

阿關發出的治傷咒效力不甚大，但治一隻小狗的皮肉傷卻也堪用了。只見小土狗本來半閉的眼睛眨了眨，身上的傷口也不再淌血，還站了起來，舔了舔阿關的手。

小妹又驚又喜，連連摸著小土狗的頭，又抬頭看看阿關說：「哥哥，是你治好牠的嗎？」

「我……我幫牠推拿一下……」阿關看著那小狗傷勢好轉，也不禁開心，說著：「應該再推拿兩、三次，牠就可以痊癒了。妳怎麼沒去上學啊？」

「我現在就要去了。」小妹妹尷尬笑了笑，站了起來，但神情又有些猶豫，連連吩咐著小土狗說：「寶弟你要乖乖，乖乖躲在這裡，我放學就會回來看你，你要乖乖……」

小土狗自然也聽不懂，只是跟在小妹妹身後走著。

小妹妹十分為難，將小土狗又拉回原來無人的菜攤邊，要將小土狗推進菜攤下：「我要去上課，你不可以跟來！」

「妳把狗養在這裡啊？」阿關覺得有些好笑。

小妹妹一邊推著那叫作寶弟的小狗，一邊急促地說：「我媽媽不讓我養狗，才把牠打破皮的，還把牠丟在外面，我只好把牠帶到這邊來……但是……」

阿關大概明白，小妹妹的母親要她將狗丟掉，她卻不忍心看著負傷的寶弟在外流浪，只好將牠帶到市場安置，卻不知該如何是好。

但即使了解情形，阿關也是愛莫能助，他當然無法幫小妹妹養這隻小土狗，只能簡單道了別，往與月霜約定的河堤前進。

61 久別相逢

河堤下一處無人小死巷邊，堆了一疊疊紙箱和空瓶。

阿關循著符令指示，找了半晌，才找到這處小死巷邊，五部和月霜早在那等著了。

「化人石呢？」月霜問著。

阿關兩手一攤，比了個「這麼大」的手勢，無奈地說：「化人石太大，沒辦法帶著到處跑；而且顏色也變了，樣子好像是要變成蛹了。」

月霜側頭想想，說：「我也不確定化人石變化成人的過程會出現什麼徵兆，但裡頭的翩翩妹妹是死是活，你應當能感覺得出來。」

阿關點了點頭，化人石上頭仍會傳來溫熱與微微動靜，像心跳一般，翩翩應該仍靜靜沉睡在裡頭才對。

月霜跟著說：「我長話短說，這幾日下來主營似乎沒有什麼動靜，並沒有如我們預料，出動大軍搜索你和太歲爺，及辰星爺的行蹤；甚至就連和太陰的對陣，都沒有什麼動靜。反倒是本來鎮守福地的太白星爺動身南下，似乎是要傾全力對付暴露行蹤的西王母了。」

阿關想起西王母和勾陳都還潛伏在凡間，或許這也是主營一方無法全力捉拿自己的緣故。

「那……六婆、阿泰他們呢？」阿關想起了阿泰和六婆。

月霜苦笑著搖搖頭說：「我們只能打探一些大致上的動靜，你以往同伴們的情況那些枝微末節的瑣事，當然是探查不到的。」

「也對……」阿關有些感嘆，此時六婆和阿泰必然知道了自己的情況，不知道他們會怎麼想。

和月霜簡單交換了情報，阿關不敢逗留太久，深怕鐵皮屋裡的化人石出了什麼差錯。他將月霜交給自己的幾張新的傳話符令仔細收好，還順手牽了幾張壓平的大紙箱，很快地趕回鐵皮屋。

渾渾噩噩又到了黃昏，阿關在裝著化人石的紙箱上蓋上了破報紙，將掛在胸前的伏靈布袋取下，放在破報紙上，還細心吩咐了一番，叮囑伏靈布袋中的鬼手們，要在自己外出時，負責守護化人石。

□

「阿關大人、阿關大人！」一個熟悉的聲音突然響起，將仰躺在用紙箱鋪成的小窩上睡覺的阿關，嚇得跳蝦般彈了起來。還沒清醒的阿關立時召出鬼哭劍，高舉胸前護衛，緊張地左顧右盼。

「是俺啊、是俺啊，土豆啊！」這聲音原來是老土豆。

「老土豆？你在哪邊？」阿關回了回神，大聲問著。

又轉身兩圈，這才發現到上方飄著一張泛著紅光的符令，原來是老土豆以符令傳話。

老土豆嚷嚷地說：「阿關大人，這些日子一直沒有你的消息啊！你到底上哪兒去了呢？福地的同伴們都好擔心吶！」

阿關嘆著氣，坐在破桌前。

老土豆的聲音繼續說著：「我知道你身上沒有和俺聯絡的符紙，無法回答俺。只是，俺還是在擔心著你，大家都在擔心你，太白星爺領命去征討西王母，兩軍正對峙著。福地這裡已經完全由熒惑星爺接管，熒惑星爺變得十分暴躁，動輒打罵精怪們，有幾隻精怪還活活讓熒惑星爺給打死了，大夥兒都很害怕！」

「我們幾個土地神知道這樣下去不是辦法，也想到了一個辦法。阿關大人，若是你還活著，可別放棄、可別放棄吶！唉喲，三辣走過來了，俺不能再說了，大人你保重！」

老土豆聲音戛然而止。阿關瞪大了眼，愣了半晌，立時將老土豆這番話以符令傳給月霜。

「你別太擔心，擔心也沒用，先顧好自己比較重要。」月霜似也無計可施，只能安慰著阿關。

推開了鐵皮屋的門，阿關出了鐵皮屋，將那扇只是一片薄鐵皮的「門」關上。此時外頭已是黃昏，阿關煩躁不安，一想到福地現況，就急得不知所措。熒惑星在劫囚一戰中讓辰星斬了兩手一足，自然應當都讓醫官接回去了，但此時必定將一股惡氣全出在一直與阿關交好的精怪身上了。

阿關悶悶走著，又是擔心六婆和阿泰，又是掛念著福生、若雨、青蜂兒、飛蜓等一干生死與共的夥伴。

「如果林珊和我站在同一邊，她會有什麼妙計？」阿關喃喃自語，看著昏黃的天，想起了林珊，心中五味雜陳。

不知不覺，已經來到這老舊市場，市場又髒又亂。此時是黃昏，人潮較多些，卻也多不了多少，附近新開幾家新穎乾淨的超級市場，幾乎拉走了大部分想要購買鮮果魚肉的客人。

眼前那處菜攤倒挺眼熟，菜攤旁臥著的，正是早上見著的那隻叫作寶弟的小土狗。

寶弟看來才三個多月大小，此時似乎百般無聊，趴在地上啃玩著自己兩隻前爪，又像是肚子餓了一般。

阿關湊上前看了看，寶弟背上的傷痕還在，四周還發著腫，卻已不像早上那般可怕嚇人了。阿關蹲了下來，摸了摸寶弟的頭，跟著將手移到寶弟的後背傷處，反覆默唸著治傷咒。

重複了幾次治傷咒術，寶弟的傷勢幾乎好了，但疤痕依然很明顯。

「大哥哥——」早上那小妹妹的聲音自背後傳來，阿關連忙回頭，見她還穿著制服，手上捧著一袋速食。

「我……我幫牠推拿，妳看，牠的傷都好了！」阿關笑嘻嘻說著。

那小妹見了寶弟，果然背上的傷幾乎好了，傷口周遭的腫也消退了。寶弟搖著尾巴，舔著小妹妹的手。

「謝謝你！」小妹妹嘻嘻笑著，從紙袋中拿出了根炸雞腿，放在寶弟面前。寶弟傷勢剛好，胃口大得很，一下子就將雞腿吃得乾淨，還啃玩著雞腿骨頭。

「這塊請你吃！」小妹妹又遞了塊炸雞給阿關。阿關本來不好意思，但幾日都是吃吐司配醬瓜，剛才聞到炸雞香，早已饞得吞了一肚子口水。

小妹妹自己也拿著一塊炸雞吃著。阿關邊吃，邊和小妹妹聊了起來。原來小妹妹叫作香香，七歲大，爸爸媽媽都忙著工作，每天都很晚回家，生活算是十分優渥。也因此香香早已習慣下課後自己料理自己的飲食，上小學後幾乎每天下了課，便買速食回家吃。

寶弟是香香一個多月前在路邊撿到的小野狗，剛帶回家時，香香的父母也未表示什麼，不知怎麼著，香香的父母漸漸變得易怒，也時常爭吵。

今天一早，寶弟咬爛了香香媽媽的鞋子，被香香媽媽狠打了一頓，丟到門外，要香香將寶弟丟得遠遠的。

香香當然不忍，帶著寶弟蹓躂了好久，直到寶弟體力不支，再也走不動，倒臥在這小菜攤一角。還好遇到騎著石火輪閒逛的阿關，這才讓寶弟撿回了一條命。

「阿關哥哥，我媽媽不讓我養狗，你幫我照顧寶弟好嗎？」香香張大了眼睛，懇切說著。

阿關苦笑了笑，搖著頭說：「這……我也有事情要忙，沒辦法照顧牠啊，但是只要寶弟不亂跑，我會每天來看看牠。」

香香有些失望，但還是輕拍著寶弟的頭，叮囑著：「聽到了沒，你不可以亂跑喔，要乖乖在這兒待著，大哥哥才能照顧你喔！」

寶弟輕吠幾聲，舔舐著香香的手，轉動黑黑大眼，向阿關蹭了兩下，像是道謝一般。

與香香告了別，阿關又回到鐵皮小破屋。他看了看紙箱裡的化人石，化人石的顏色更深，幾乎成了深褐色。

阿關觸了觸化人石，仍然感到裡頭傳來的陣陣心跳震動，便也放下了心。

又過了幾日，五部和月霜並未再和阿關見面，只是簡單以符令傳話，說是太歲身子已經好了許多，正和辰星在中部一帶興風作浪；偶爾扯扯鎮星後腿，打了就跑。主營也因此增派了兵力支援鎮星，還多了不少新面孔天將，卻不知從何而來。

阿關有些明白，太歲和辰星不讓自己跟著他們，除了月霜所言「不將雞蛋放同一個籃中」之外，另一層用意，應該也是一種對自己的保護。主營或許以為大小太歲都窩在一塊兒，而沒料到太歲正在中部打游擊，自己這小歲星卻靜靜藏匿在北部。

阿關白天有時會出去逛逛，化人石有伏靈布袋看著，自己在隱靈咒保護下，也不至於吸引惡靈攻擊。

有時阿關會去看看寶弟，寶弟身子健康，見了阿關便從小菜攤底下鑽出，搖著尾巴繞著阿關跑。

阿關注意到這幾天小市場似乎熱鬧了些，晚上人群更多了，卻也不知道為什麼。

這天，香香同樣帶了速食店炸雞，分給寶弟和阿關吃。聊了一會兒，阿關與香香道了別，正要離去，卻見到市場一角人潮更多了。

那小攤從前兩天開始人潮漸漸熱絡，卻不知道在賣什麼。

阿關百般無聊，湊了上去，人群吆喝聲越來越大。阿關擠過了幾個大叔，這才見到小攤前的景象，嚇了一大跳。

小攤中央用四面木板圍出了一個空間，裡頭兩隻像是雞的動物佇立兩方，互相對峙著。阿關愣了一陣才能看出那兩隻動物是「雞」，因爲其中一隻全身的毛幾乎都脫了，全身鮮血淋漓，左腳一跛一跛的；另一隻雞兩眼都給啄掉了，正發怒啼叫著，同樣全身傷痕累累。

阿關愕然，只見四周眾人鼓譟喧天，攤老闆拿著一根長杆朝著兩隻雞胡亂撥動。那隻跛腳的雞又朝瞎眼雞飛撲而去，瞎眼雞也發瘋似地奮力還擊，扭頭亂咬。

「哇……」阿關退了出來，想起剛剛吃下的炸雞，一陣反胃。

阿關轉身要跑，他感應到人群裡散發出了陣陣惡念。

阿關正要跨上石火輪，路邊有個婦人一把拉住阿關，紅著眼問：「先生，有沒有看到我女兒？」

「妳女兒？」阿關愣了愣，直覺想到香香，婦人已拿出了張照片。照片上的小女孩只有三歲大，但不是香香。

「沒有……我沒有見過……」阿關搖了搖頭，婦人絕望地走了。

騎過了幾條街，又見到一個中年男人牽著小男孩，神情著急沿街喊著：「阿蔓吶，妳上哪去了！」

阿關才覺得奇怪，怎麼一下子這麼多人失蹤，但也沒細想，只是看了那中年男人幾眼，便往鐵皮屋騎回去了。

天色有些晚，鐵皮屋附近瀰漫著不尋常的氣氛。阿關仔細感應著，發現這不尋常的氣氛與市場人群處那細微惡念有些不同，卻好似以往時常碰見的邪神、鬼怪身上的邪氣。

正納悶著，石火輪已經騎過了兩條舊巷弄，眼前就是鐵皮屋。

他遠遠便見到，鐵皮屋上頭攀著兩隻全身長滿黑毛的獨眼大鬼，樣子像是大猩猩般；鐵皮屋的門前也伏著一隻獨眼大鬼，腦袋是一片血污，張開嘴巴，舌頭游蛇似地滑動。

「喝——」阿關怪叫一聲，猛踩踏板，石火輪瞬間撞上門前那獨眼大鬼，將大鬼撞飛了老遠。阿關也跌下車，他立時掙起，鬼哭劍現於手上。

屋裡哐啷一聲大響，一隻缺了半邊腦袋的獨眼大鬼給扔出了鐵皮門，阿關連忙閃過。他衝進了鐵皮屋子裡，只見伏靈布袋盤旋空中，蒼白鬼手正抓著另一隻體型較小的獨眼鬼，新娘鬼手則豎著三指插進這獨眼鬼的胸口，兩隻鬼手一甩，又將這獨眼鬼甩出了門外。

鐵皮屋上的小窗閃過黑影，又有兩隻獨眼鬼張著大眼朝裡頭偷看，屋頂一陣轟隆隆，兩片鐵皮給扒開了，上頭也有兩隻獨眼鬼尖聲大叫著，像是在招呼同伴一般。

伏靈布袋竄得更高，要去對付那正在破壞屋頂的獨眼鬼，窗邊的獨眼鬼便嘻嘻笑了起來，縮著身子想要從小窗擠進。

只見體型猶如壯碩猩猩的獨眼鬼，此時像是變化戲法般當真從小窗子擠了進來。

阿關二話不說擲出鬼哭劍，正中那獨眼鬼臉上。獨眼鬼哇哇怪叫，身子縮出窗外，隨即摔落在地死去。

伏靈布袋中的大黑巨手一伸，將天花板上那鐵皮破口外的兩隻獨眼鬼都拉了下來，一拳一個，全又轟出屋外。

阿關猶自心驚著，卻不敢耽擱片刻，趕緊伸手拉來了一旁那大紙箱和地上一捆尼龍繩——都是這兩天四處蒐集來的。

那大紙箱展開後特別厚，裡頭加了兩層瓦楞紙，是阿關無聊時特別製作的箱子。阿關捧起裝有化人石的紙箱，放入這個特別紙箱中，竟然剛剛好。

尼龍繩粗細不一，有些地方是兩、三種顏色接在一起，連成好大一捆，也是阿關白天四處蒐集而來，在晚間接成的繩子。

阿關手腳迅速，拿著尼龍繩在紙箱上一道一道繞著，捆得紮紮實實；同時在紙箱其中一面打出了有如書包揹帶一般的結繩。

屋外尖叫聲四起，由遠而進逼來，數量十分多。阿關知道是那些被打出去的獨眼鬼的夥伴們來援了。

又有兩隻獨眼鬼攀上了屋頂，想從鐵皮破口往下跳。阿關抬腳踢開那逼來的獨眼鬼，跟著左右手穿進了紙箱上的尼龍繩結，像揹書包一般揹起了大紙箱。

阿關也不管鐵皮屋子裡的行李衣物，揹著大紙箱就要往外闖，還喊著：「鬼手掩護我！」

蒼白鬼手早在阿關出聲前，便將屋裡兩隻獨眼鬼抓裂。

阿關往門外衝著，竟卡在鐵皮門上，原來是紙箱搬入時，都是疊成一大片扁平狀，此時組成箱狀卻比門還寬了。

「哇！」阿關驚訝叫嚷，在明白箱子太大的同時，眼前曲曲折折的暗巷、四周的矮房屋頂上，紛紛跳下一隻又一隻的獨眼鬼，全張著血口往這兒殺來。四面八方的邪氣更盛，似乎有更多更多的妖邪鬼物來了。

阿關揮動鬼哭劍斬死了兩隻撲上來的獨眼鬼。這時，背後一陣巨響，原來大黑巨手發威，拉著鐵皮屋子門口使勁一扯，扯開了好大個洞；阿關順勢往前衝，這才揹著大紙箱衝出了屋外。

「幫我把行李拿出來！」阿關邊向鬼手下令，邊跨上了石火輪；伏靈布袋從鐵皮屋竄出，蒼白鬼手還提著阿關的背包，背包裡有錢和雙月小刀等重要東西。

四周好幾隻獨眼鬼嚎叫殺來，阿關一手接過背包往肩上一掛，便拉著車頭打轉，甩尾撞開那些圍上來的獨眼鬼；鬼哭劍凌空飛竄，伏靈布袋左右亂掄，總算殺退了這一波獨眼鬼。

前頭更多獨眼鬼逼了上來，阿關掉轉車頭，兩邊矮屋上圍了一隻隻獨眼鬼，全往下跳。阿關鼓足全勁向前騎著，以心意操使鬼哭劍飛梭衝鋒開路，伏靈布袋在後頭掩護，總算騎出了這小巷。

一上大街，阿關總算鬆了口氣，收回了伏靈布袋和鬼哭劍，猛力踩下踏板。石火輪瞬間竄出巷外，也不理吃驚的路人，一下子就穿過大街小巷，轉入遠處的偏僻暗巷。

騎著騎著，阿關還正喘著氣，不明白爲何獨眼鬼會找上鐵皮屋子，去襲擊化人石。

「翩翩……」儘管隔著紙箱，他仍感到了背後化人石中傳出的淡淡靈氣。阿關這才醒悟，自己身上的靈氣得以藉由隱靈咒隱藏，但化人石中的翩翩雖即將羽化爲凡體，身上仍帶著術法靈氣。

一想到這裡，阿關反手對紙箱施了幾道隱靈咒，同時對著伏靈布袋也施了幾道隱靈咒，卻也不知道這樣到底有沒有效果。

他在一處路燈旁停下，從背包中翻出了小記事本，上頭記著好幾處地點，都是阿關這幾日來四處蹓躂所記下來的地點，大都是些可供藏匿的破舊空屋、廢棄房舍等等。

其中一處是距離這兒挺近的舊樓樓頂，他沿著街燈找路，很快便找著了這處舊樓。

雖說這棟樓人少，阿關卻也不敢大意，小心翼翼脫下背後紙箱，捧著上樓，同時用心念操縱著石火輪跟在後頭。

到了樓頂，推開殘破鐵門。

樓頂有處極破舊的木頭建物，模樣像是廢棄的鴿舍。這廢棄鴿舍老舊到幾乎聞不出鴿味，本來應當有四面的木板只剩一面，其餘都讓雨淋爛了。

這地方是阿關三天前在市區高樓頂上，拿著望遠鏡四處張望時找著的。這望遠鏡是許久之前，他用從翩翩那兒拿到的第一筆酬勞買的，曾用來偷窺過順德廟裡的阿姑，之後便一直放在家中。

他在這舊樓附近觀察許久，舊樓的二、三、四樓都沒住人，四周的樓房也大都矮舊，他要是躲在這頂樓其實挺安穩。這是阿關筆記本上幾十處藏身地點中的前三大首選之一。

阿關將裝著化人石的紙箱放近破鴿舍深處靠牆那面，心想躲過了今晚，明日早上就去找些塑膠布來擋擋這三面放空的牆壁；家裡還有些衣物，偶爾拿些來換穿，也能撐上一陣子。但若不時碰上奇異鬼怪來找碴，要賣臭豆腐做生意也挺困難的。

這晚阿關將大紙箱當成書桌，歲月燭當成了檯燈，搔著頭想接下來該如何生存下去。伏靈布袋門神似地掛在鴿舍外頭木樁一根鐵釘上隨風飄動。

時間過得快，阿關趴在紙箱上睡著了。

天還沒亮，阿關讓一陣急促呼喊聲嚷醒：「阿關大人，俺是老土豆兒！」

「誰、誰！」阿關嚇得彈了起身，將紙箱上的歲月燭、筆記本，都撞得散落一地，掙起身來抓著鬼哭劍四處張望了好一陣，才又聽出是老土豆以符令傳話。

「阿關大人、阿關大人，俺是土豆兒！」老土豆的聲音呼喚重複了好幾次，這才切入正題：「太白星德標大人開恩，應允了俺這老兒的要求，應允了俺這老兒的要求吶！」

「猴孫泰和老太婆阿梅會於征討西王母行軍途中，與太白星爺一路分道揚鑣，北上去尋你。你若是還活著，也就留個音訊知會他們，或是……或是……」

老土豆的聲音還沒停，阿泰的聲音已經大吼起來：「幹！叫他打我手機啊！」

阿泰聲音還沒停，六婆的聲音已經響起：「死猴孫仔，阿關可能忘了你電話號碼啊……」

老土豆的聲音蓋過了阿泰和六婆的聲音：「阿關大人吶，俺能做的也只有如此了，俺寧願相信你讓辰星挾持去了，也不願相信你成了壞人吶！」

阿泰的怒吼聲再度沸騰：「我幹他祖宗十八代！壞人？有誰比紅鬍子還壞？」

阿關默默聽著，無法應聲。他聽見阿泰的聲音陡然變小，像是讓人摀住了口。摀住阿泰嘴巴的人自然是六婆，她怒斥著：「閉嘴！囝仔亂說什麼！」

老土豆聲音急促：「大人，不多說了，上老太婆阿梅那舊廟與他們會合，小心謹慎、小心謹慎吶！」

老土豆聲音斷了，阿關吸著鼻子，心中又是驚喜、又是欣慰。剛才阿泰的聲音聽來無誤，六婆的語氣也一如往昔。

看著滿布暗雲的天空，幾乎又要飄起雨來。

阿關呼了口氣，傳了符令給月霜，將方才老土豆的符令描述了一番。

月霜愣了半晌，似在和身邊其他同僚討論，好一會兒才說：「辰星爺和太歲爺在中南部的行動當中，的確有計畫要去『請』太白星爺來聊聊，像是我們當時『請』太歲爺和我們聊聊一般，但還尚未有所行動。」

月霜接著說：「你要知道，主營還有秋草妹子、黃靈、午伊等智將運籌帷幄，土地神傳給你的一席話，或者是個圈套也說不定。我們一致同意，你不應該去與他們會合，也絕不可以暴露你的行蹤。」

「我知道了……」阿關靜默半晌，又將自己昨夜讓獨眼鬼怪襲擊，搬了新據點的情形說明一番，這才結束了符令通話。

阿關在背包中翻了翻，將所有零錢紙鈔翻出，還有兩、三百塊，要是打公用電話給阿泰，應該可以講上一陣子。

他不是不知道這可能是主營的圈套，但阿泰和六婆的聲音聽來真誠，怎麼也不像是故意使詐。阿關不認爲阿泰和六婆有這麼好的演技，老土豆也不像有如此心機。

掙扎了好一陣，阿關朝掛在木樁上的伏靈布袋吩咐了一番，揹上背包，牽著石火輪下樓。

阿關騎著石火輪，到了六婆舊廟附近那幾條街，在小巷裡悄悄繞著，緩慢往舊廟靠近，觀察附近建築。他連續找了幾處樓房，進了其中一棟，往樓頂上走，在最高一層的樓梯間，拿著望遠鏡從窗戶往外看去，正好可以看見六婆舊廟的動靜。

這樓房距離六婆舊廟有一段距離，但望遠鏡可以清楚見到舊廟外廣場全部景觀，至少到了晚上，還能看出舊廟裡有無燈火。

阿關盤算一番，心想老土豆傳符令時，太白星或許正要出陣，要是阿泰、六婆中途脫隊，坐車北上，也要一整天的時間。他們或許會在舊廟待個兩、三天，只要每天早晚來看個幾次，應該不是問題。

做了這打算，阿關便返回藏匿地點——那舊樓頂鴿舍下。他坐在裝著化人石的紙箱邊，看著天空發愣。他將紙箱打開，讓化人石透透氣，化人石的體積並沒有繼續變大，然而顏色卻更加深了，幾乎就是一顆深褐色的大蟲蛹。

「翩翩，翩翩？」阿關靠在紙箱旁，靜靜休息著，時而向大蛹喊幾句話，但沒有任何回音；時而摸摸大蛹，只覺得大蛹更顯得溫熱，翩翩似乎隨時都有可能羽化出來。

一想到這裡，阿關便雀躍不已。他回想翩翩許多日子以來飽受綠毒之苦，要能夠以凡人肉身重生，回復從前美麗模樣，一定十分開心。

但轉念想想，大蛹裡頭的翩翩，是否眞的和本來的神仙樣貌一模一樣，卻又難說；翩翩是在受到綠毒侵襲的情形下化人，會否將綠毒帶入化人石中一同羽化，也說不準。

阿關胡思亂想著，將頭湊上大蛹，心想不知裡頭的翩翩有沒有穿著衣物。

他召出歲月燭，想從大蛹另一面映出裡頭的人形。那大蛹卻絲毫不透光，跟兩、三天前的半透明並發著光芒的樣子截然不同。

觀察了半晌，什麼也看不到，阿關呼了口氣，數著背包裡的錢，心想要不要替翩翩買些衣物，以免到時候羽化時竟是赤身裸體，撞見不免尷尬。想著想著，卻又覺得尷尬就尷尬，也沒什麼不好，要是翩翩生起氣來，就由她生氣好了。

「說不定也能羽化出衣服，反正我也不知道，到時候再說好了……」阿關做出了結論，繼續望著天空發愣。

□

黃昏，阿關牽車下了樓，往破舊市場前進，打算探探香香和寶弟，再去看看六婆舊廟有無動靜。

市場人聲鼎沸，阿關注意到昨晚的鬥雞場子竟又多了兩、三個，大概是附近店家見鬥雞場子生意興隆，都有樣學樣了起來。

阿關皺著眉頭，擠過身旁人群，覺得四周惡念更重了些，卻也不知該如何抓。在路上撿了垃圾還能丟進垃圾桶，在垃圾場撿了垃圾該往哪兒丟？

阿關見到那些人群中，還夾雜了一些看來像是家庭主婦的婦人，甚至還有個穿著制服的警員也在大呼小叫、嘶聲吶喊，替己方押注的鬥雞加油。

四周人群轟鬧，有個攤子前那小販站在板凳上，拿著擴音器叫賣，賣的是一堆破破爛爛的死雞，正是幾個賭鬥攤子鬥死的雞。

阿關覺得一陣反胃，抬頭看了看天，嘆著氣，推著石火輪往前走。

「你幹嘛打我的寶弟？」香香的聲音刺耳叫著，阿關連忙看向前頭十餘公尺處那小菜攤邊，有兩個男子圍住了香香。香香扠腰站著，寶弟則夾著尾巴縮在香香腳邊。

一名男子大聲斥責：「小妹妳幹什麼？狗又不是妳的！」

香香生氣反駁：「牠是我養的，是我養的狗！」

另一名男子一把推開了香香，伸手就要去抓寶弟。寶弟汪嗚一聲，卻不是逃跑，而是狠狠咬了那男人一口。

「操，死狗！」男人大怒，臉色猙獰，兩手大張就要撲向小土狗。香香尖叫著，卻讓另一個男人抓住了手臂。

「喂——」阿關一邊吃驚著，已經趕了上去，一把推開那兩個男人，攔在香香身前，氣憤地說：「你們幹嘛欺負小孩呀？」

兩個男人瞪著阿關大聲說：「你又是誰啊？」「這小狗亂大便，我要抓牠！」

「亂大便？」阿關愣了愣，看著前頭一處小攤邊，的確有一條狗屎，不免有些理虧。「牠拉在哪？我去清掉不就好了。」

「才不是！」香香拉扯著阿關的手叫著：「阿關哥哥，他們要抓寶弟去打架！」

「打架？」阿關愣了愣。「跟狗打架？」

其中一個男人搓著手：「媽的，你管什麼閒事？這隻狗在我做生意的地方大便，就要跟我的狗較量一下！」

「這是什麼道理？」阿關啞然失笑，仔細看了看前頭小攤。小攤是一張桌子，桌子後頭是店面，店面還挺大，裡頭昏昏黃黃、暗沉沉的，但人聲鼎沸，哄哄鬧鬧，聚了許多人。

那些人圍著一只大鐵籠叫囂吶喊著，吶喊聲中夾雜著尖銳的狗吠、打鬥聲。

阿關這才明白，那店裡是在經營鬥狗，那男人的小攤負責讓大家下注，下了注的就進裡頭觀戰。

在好奇心驅使下，阿關仔細瞧了幾眼，見到那店的大鐵籠裡是一群「黑黑紅紅」的狗扭鬥成一團，「黑黑」是狗的毛色，「紅紅」是狗兒的血。

「媽的，你別多事啦，總之……」那顧攤男人拍著阿關肩膀，一副「這兒我作主」的模樣；阿關二話不說，轉身一巴掌甩在那顧攤男人臉上，藉著抓住了他的臉，用力一使勁，一把抓出了一團惡念。

顧攤男人翻了個筋斗，倒在地上喘氣。

一旁的客人全圍了上來，有些看來都是老實穿著打扮，卻一副凶神惡煞模樣，紛紛起著鬨：「你怎麼動手？」「你竟然打人？」

顧攤男人摀著臉，錯愕地掙扎起來，神情茫然。回頭看看自己攤位，看看店裡慘烈景象，先是呆滯觀望了半晌，接著渾身發起抖來，哇的一聲大叫起來，抱著頭推開人群狂奔，奔得不見蹤跡。

店裡也起了騷動，有人將外頭的情形報進了裡頭，一個胖壯漢子有兩公尺高，一臉橫肉，撥開人群往店外走，後頭還有一票跟班和死忠客人。

那巨漢冷冷看著阿關說：「你有什麼事？為什麼打我的人？」

阿關打了個冷顫，後退兩步，他感到那壯漢身上厚重的邪念——比起尋常鬼怪、身染惡念的凡人，還要濃烈許多。

壯漢的眼色銳利，在阿關身上來回掃著。阿關不敢回話，心中盤算著這附近或許有主營神仙巡邏，又或是新崛起的大邪神本營。不論如何，他不想將紛爭擴大，引起無謂的注意。

幾個流氓模樣的人圍了上來，將阿關團團圍住。阿關還猶豫著該如何應變，幾個男人便對他拳打腳踢了起來。

阿關咬著牙不還手，尋常凡人拳腳打在他身上雖然疼痛，但不會受什麼大傷。他心想，自己身上還有著隱靈咒的效力，那巨漢或許感受不到自己身上的靈氣，挨個幾拳讓他們出出氣就沒事了。

「你要賠錢，拿錢出來！」幾個流氓吼著，四周的客人也幫腔罵著阿關。

巨漢沒說什麼，回頭走了，冷冷丟下話：「他沒錢賠就扒光他衣服，丟進來一起鬥，讓大家看狗鬥人。」

阿關抱著頭，一陣愕然，心想這還得了。正要還擊之際，就聽到後頭香香的大叫。

「你們不要打阿關哥哥，我有錢……」香香抱著寶弟，哭哭啼啼跑了過來，從大大的書包裡拿出了錢包，裡頭有好幾千元，她一口氣全拿了出來，交給了阿關身旁的流氓。

「嘩！」流氓們都住了手，大夥兒都驚訝這小女孩身上竟帶著這麼多錢，顯然是有錢人家小孩。

阿關拭著鼻血，無言地站直了身子。一個流氓還不罷手，惡狠狠朝他背上打了一拳。

阿關氣極，忍無可忍，回頭一拳打在那流氓臉上，將他打得翻了好幾個筋斗撞在小攤上，撞翻了那攤子。

另一個正數著錢的流氓還沒反應過來，手上鈔票已讓阿關一把搶了，挾著香香飛奔而去。香香大叫著，寶弟汪汪叫著，緊跟著阿關跑。

流氓們大吼大叫追著，阿關已經跑到石火輪前，一手摟著香香，另一手搆起衝來的寶弟，將鈔票和寶弟都塞進香香懷裡。

「抓緊！」阿關嚷嚷著，石火輪車輪泛出火光，幾個流氓還沒追上，阿關已經轉頭騎遠。一直騎了老遠，兜了好幾個圈子，阿關才在香香回家的路上，停下了車。

「阿關哥哥……你騎車……好快……」香香驚魂未定，發抖說著。寶弟也縮在香香懷裡，抖著身子。

阿關安慰著說：「沒事、沒事……妳以後不要去那市場了，那邊的人都很凶惡，只是，寶弟牠……」

阿關猶豫著，自己此時情形，實在無法再分身照料一隻狗。

「我……我還是把寶弟帶回家好了……」香香猶豫地說。

「妳不是說，妳媽媽不准妳養狗？」阿關問。

「我媽媽這幾天心情很好，應該沒有問題，我不想讓寶弟在外頭被人欺負……」香香這麼回答。

阿關還想說些什麼，卻見到香香已經抱著寶弟，轉身走了；這才想起自己對鬥狗老闆動粗的模樣，讓香香看見，大概也嚇著她了。

□

入夜，阿關回到能夠遠遠看見六婆老廟的那棟樓上。他伏在窗邊，拿著望遠鏡瞧了好久，終於見著老廟門緩緩推開，裡頭似乎有了動靜。

阿關下樓騎了石火輪，悄悄往六婆老廟方向前進，他一路上專心凝神感應著四周動靜。

他在老廟幾條街外猶豫不決，一會兒想著乾脆橫下心來，趕緊去與六婆、阿泰相聚；一會兒又擔心若眞的是主營爲了要誘出自己的計謀，貿然趕去那肯定完了。

他找著找著，找著一棟更靠近老廟的公寓。公寓有四層高，阿關抬著石火輪走上樓頂，悄悄推開了樓頂鐵門。

從這個方向能夠更清楚看到老廟動靜，阿關拿出望遠鏡往底下瞧，見到老廟裡果然亮著燈。

阿關脫下背包，在背包裡頭摸著，摸出一只彈弓、一袋彈珠、一支奇異筆和一疊廢紙。彈弓、彈珠、奇異筆都是阿關下午早已準備好的，廢紙卻是在巷角廢紙簍堆中蒐集來的。

阿關拿了彈弓，搭上一顆彈珠，瞄了好久終於鬆手。彈珠筆直往老廟射去，打在老廟屋瓦上，發出了「啪」的聲響。

等了一會兒不見動靜，阿關又射了一顆彈珠，接著再射了一顆。他不停射著，直到其中一顆彈珠打破老廟一扇窗戶，這才見到阿泰氣極敗壞衝出了廟外，在廣場上四處張望。

阿關召出了歲月燭，湊著燈火用奇異筆在廢紙上寫下「是我」、「阿關」的字樣。隨即將紙包覆在彈珠外頭，趁阿泰看向別處時，瞄準他的屁股將彈珠射出。

彈珠飛過了一條街，卻沒打中阿泰，而是落在阿泰腳邊，彈了個老遠，將阿泰嚇了一跳。隔著一條街，都聽見阿泰的大叫聲：「幹！是誰？是不是阿關啊？」

阿關見到阿泰雖注意到聲響，卻沒有注意到腳邊的彈珠，不禁有些氣惱，又寫了一張「是我沒錯！」射了過去。

彈珠打在地上又彈了好遠，阿泰只當是石頭，卻不仔細去瞧，反而張大了喉嚨：「我幹！是哪家小孩亂扔石頭！」

阿關躲在樓頂角落，緊張看著四周，盡量將身子縮緊，心想要是有神仙在空中巡視，可要發現自己了。然後一邊接連寫了幾張「我是阿關」、「我是阿關」、「我是阿關啦！」的紙條，全捆成一顆顆彈珠。

阿關將一顆顆包著字條的彈珠往老廟廣場射去。只聽見阿泰連連怪叫著，直到六婆也出了廟外，撿起廟門前一顆彈珠，阿關這才停下了射彈珠的動作，連忙取了望遠鏡偷偷看著。

只見到六婆揭開了包覆在彈珠上的紙條，大聲叫嚷著：「唉喲！是阿關啦！」

阿關從望遠鏡中看見阿泰像猴子般跳著，跑去搶下六婆手上紙條，接著又四處去撿附近地上那些包著廢紙的彈珠，每張上頭都寫著「我是阿關」。

阿泰扯著喉嚨怪叫：「你在幹嘛？還不快出來！你丟彈珠幹嘛？你在哪邊？」

阿關心中猶豫，又看了看四周，天上靜悄悄的，一點也不像有神仙埋伏。

他吸了口氣，又寫了張紙條：我沒有變壞人，太歲也沒有邪化，你們如果相信我，不要大聲嚷嚷，做動作給我看。

阿關將這紙條射出，射進了廟前廣場。阿泰連忙跑去，找了好久才找著彈珠；六婆也跟上前去，一同看著字條。

只見阿泰抬起了手，緩緩轉動著身子，轉到面朝自己方向時，阿關這才看了清楚，原來阿泰正比著中指。

同時，六婆也不停轉身，雙臂不停揮動，大聲喚著：「阿關吶！阿關吶！」

阿關紅了眼眶，一股暖呼呼的感覺油然而生，充滿了心中。

62 再次齊心出陣

阿關壓抑著心中激動，顫抖地在紙條上寫起字來——你們仍然是以前的阿泰和六婆嗎？

阿關將字條仔細包覆在彈珠上，往廣場射去。

阿泰和六婆聽見了彈珠落地聲，急忙四處找著。阿泰撿了字條，看了一眼就大罵起髒話，高舉著兩隻手，兩隻手都比起中指，不停轉著圈。

「阿泰——」阿關終於站起，大喊了一聲，也對著底下比了個中指。

「啊啊！你躲那麼高幹嘛，給我下來——」阿泰繞了三圈，這才見到阿關站在附近一棟公寓樓頂對自己比中指，不由得跳起來大叫。

阿關紅了眼眶，心情激動，抬著石火輪往下跑。心想，要是連六婆和阿泰都要設下陷阱逮他，那也認了。

公寓本來便離老廟不遠，阿關很快地騎到了老廟外頭的廣場。

六婆和阿泰一見阿關，都跑了過來，拉著他喊：「阿關吶！」「你搞什麼鬼啊？」

阿關苦笑著，說不出話。

阿泰一把勒住阿關脖子，大力拍著阿關的背：「這段時間你躲到哪裡去鬼混了？說——」

六婆則握住了阿關的左手，輕拍著說：「大家都在擔心你，你上哪去了？」

阿關右手還緊握著石火輪手把，他心中仍然抱著警戒，直到感到了六婆手上暖洋洋的，這才忍不住流下眼淚。

□

老廟裡亮著燈火，阿關坐在桌邊，六婆正盛了滿滿一碗餛飩，放在阿關面前。

阿泰則倚在門邊，呼著一口口煙。

阿關接過碗來，狼吞虎嚥吃著碗中的餛飩，一邊將太歲託話，一直到辰星劫囚的情形，都大概說了個明白。

「什麼？辰星沒有邪化，邪化的是主營裡的神明？」六婆驚訝問著。

「我就說嘛，幹！」阿泰扔了菸蒂走來，大力拍著桌子說：「那個紅鬍子熒惑星一定是邪化了，不然脾氣怎麼會壞成這樣？」

阿泰揮著手，義憤塡膺地說：「我不說你不知道，那紅鬍子像是吃了炸藥，脾氣一天比一天壞，本來福地是老白管的，紅鬍子去了之後，這也不滿意，那也不滿意，跟個土匪一樣！」

阿泰「幹」聲連連，也將福地上發生的事情說了個大概。

阿泰罵得憤慨，阿關起初聽不明白，漸漸才知道阿泰口中的「老白」是太白星，「紅鬍子」則是熒惑星。

原來熒惑星受惡念侵襲，脾氣日漸暴烈，領了部將前往福地，卻一天到晚找水藍兒手下海精麻煩，動輒拳打腳踢，已經打死了幾隻精怪，那螃蟹精也讓熒惑星打成了重傷。

這些情形太白星全瞧在眼裡，起初好言相勸，卻引起熒惑星更大的怒火，只當太白星和太歲交情好，更是恨屋及烏，幾乎要與太白星翻臉。

儘管如此，太白星卻不全然無應對之道，他將兩位王爺和水藍兒一干海精都遣出外海，吩咐他們在外巡守，目的也是希望這支海軍能遠離熒惑星暴風圈外，直接受太白星號令行動。

同時，太白星也擔心熒惑星遷怒於梁院長等一干凡人，便派了部將，將一干老爺爺和宜蓁、雯雯都送回中部那舊育幼院，葉元和大傻也跟著一同前去。

而這次六婆、阿泰能夠返回北部，雖然是經由土地神建議，卻也是太白星已經考慮許久的決定。

阿關又問：「那牙仔、阿火、癩蝦蟆、老土豆、綠眼狐狸他們情形如何？」

阿泰正要開口，六婆連忙打岔說：「我跟阿泰這次北上吶，就是想搞清楚到底是怎麼回事。要是你眞是好的，我們都會幫你，白石寶塔裡的精怪也都會幫你呀……」

阿關怔了怔，覺得六婆話中有話，卻聽不出是什麼意思。

阿泰嚷嚷說著：「幹，簡單來說，要是你他媽的不值得信任，我們很快就會離開；但要是你值得信賴，那麼太白星就會把寶塔還你，狐狸、樹精、蝦蟆、阿火都在裡面，同時也會派個空殼任務給我跟阿嬤，讓我們繼續留在北部，實際上就是暗中助你一臂之力。」

「太白星爺爺……」阿關回想那太白星和藹模樣，心中又是懷念、又是感激。

他咕嚕嚕吞著餛飩來掩飾激動情緒，問：「那……你們覺得我值不值得信賴？」

「幹！」阿泰無奈地攤攤手說：「你這傢伙值不值得信賴我是不知道，但至少我知道，要是繼續留在福地，總有一天會被紅鬍子那一票怪胎整死，他一定邪化了沒錯。」

六婆打了阿泰腦袋一記，對阿關歉然笑著：「阿關吶，不是老太婆不信你，但太白星大人吩咐我們要好好觀察你的一言一行，深怕沒看準吶！」

阿關這才明白，六婆心裡將神明擺在極重的地位，很難相信主營神仙都邪化的事實，非要自個兒好好「觀察阿關」一番，才敢下定論，也是人之常情。

阿關苦笑了笑，又問：「飛蜓他們呢？他們也變了嗎？」

阿泰氣呼呼地說：「他們幾個在你逃跑後，就被召回了主營，變成那兩個什麼備位的部下了。現在兩個備位都升官做代理太歲了，聽說之後其中一個會變成正牌太歲，是誰我就不知道啦。主營那邊的情形我們不是很了解，他們除了要抓你，也忙著要抓西王母和勾陳。」

阿關聽完，靜默了半晌，一想到黃靈、午伊奸計得逞，林珊、飛蜓一干歲星部將都要成了他們手下，十分不是滋味；再想到有朝一日，兩方終將要碰頭，昔日出生入死的夥伴成了對壘敵人，眞是難堪至極。

六婆拍了拍阿關肩頭說：「阿關吶，別想太多了，現在的情形只能走一步算一步啦。做人吶，問心無愧，盡力就好，神明有神明的旨意，如果天意要讓凡人劫數難逃，也是沒辦法的事啦。」

阿泰皺眉埋怨：「阿嬤啊，到現在妳還以爲神明最大啊？什麼劫數難逃，我才不信！」

「猴囝仔說什麼瘋話，囝仔有耳無嘴！」六婆敲了阿泰腦袋一記，斥了幾句。阿泰聳聳肩，沒繼續辯駁。

六婆又問阿關：「阿關吶，那你現在有什麼打算呢？」

阿關便簡單將他這些天在外遊蕩躲藏的經過略提了一遍，說：「我現在每天都在等太歲爺和辰星他們的新消息、等著翩翩復元，就像六婆妳說的，走一步算一步了……」

阿關接著花了一分鐘，將翩翩在化人石中成蛹，即將羽化的情形，簡單描述一遍。

「阿關吶，我看你將翩翩帶來咱這兒吧，老太婆我可以幫你看著，你一個人也好辦事。」六婆這樣提議。

「太好了！我總是不放心讓翩翩一個人在蛹裡，常常分身乏術。我回去整理一下，明天就將化人石帶來。」阿關雀躍說著，迫不及待要回去收拾，向六婆和阿泰道了別，往老廟外頭走。

阿關踏出老廟大門，抬頭看去，漆黑天空隱約可見暗紅色的斑駁雲霧，是那廣闊惡念布滿了天空，將星星都遮住了。

阿關吸了口氣，空氣中有著淡淡的黏膩腥味，是惡念的味道，這些日子來每日都是如此。

「等等——」阿泰在後頭嚷著，手裡抓了一包東西趕來，拋向正在牆邊牽車的阿關。

阿關接下那包東西，是用報紙包裹好的，打開一看，是一疊白焰咒，裡面還夾了一疊鈔票。

阿關愣了愣說：「唔……錢我不能收！」

「幹！」阿泰比了個中指說：「你忘了我還欠你二十萬嗎？我像是欠錢不還的人嗎？」阿泰不知什麼時候又點了菸，呼出一大口煙：「別想太多，回去睡一覺，那些錢你留著吃飯，去買新衣服。幹，你都不洗澡喔，臭死了……」

阿關這才想起自己好幾天才回家洗一次澡，衣服也是穿到不能再髒了才換。或許是這副狼狽模樣，香香每次帶著速食探望寶弟時，總是不忘替自己多買一份。

「謝啦！」阿關揮了揮手上白焰符咒向阿泰致意，跨上石火輪，騎出了老廟。

□

隔日天明，阿關伸了個懶腰，正覺得有些刺眼，抬頭一看，是久違的晴空。但仍清晰可見一塊一塊的黑紅色大霧，遠遠地高掛天際，仔細瞧了瞧，比前幾天似乎又降低了點。

阿關看了看身邊經過連日陰雨發潮的紙箱，正傷腦筋要上哪找些乾燥紙箱替換。突然拍了拍自己腦袋，從背包翻出那包裝著白焰符和鈔票的報紙包裹。

仔細看了看，百來張符咒中不只是白焰符，還有為數不少的捆仙符。想來應當是阿泰知道阿關將來或許會碰上不少難纏神仙而特地寫的。

那小疊鈔票數了數，竟也有兩、三萬。阿關吸了口氣，學著阿泰口吻罵了聲「幹」，心中卻感激不已。

中午，阿關上了大賣場，買了些衣服褲子，還買了個大塑膠置物箱。將置物箱稍微改造，在裡頭鋪了報紙和防潮劑，再將大蛹放進置物箱中，連同雙月、冰晶、歲月燭等閼閼隨身東西都放了進去；同時在箱子外頭結了繩索，好隨時揹著走。

一切準備就緒，阿關小心翼翼地檢視那置物箱繩索，試了試重量，覺得十分牢靠，伸手在額頭上抹了抹汗。

整理完畢，阿關躺在鋪著塑膠帆布的地板上，望著逐漸昏黃的天空，以及天上那些斑斑駁駁、廣大遼闊的紅黑色惡念，想起了昨天在那充滿惡念的老舊市場中，那渾身奇異氣息的大漢和那些凶惡流氓，心中可極不是滋味。昨天他孤身一人，還要守著化人石，自然是多一事不如少一事，但此時他已和阿泰、六婆相會，有了幫手，可不能再坐視一些壞傢伙趁著惡念降臨、神仙無道之際興風作浪了。

儘管阿關也不知道那些傢伙究竟是好是壞，但畢竟也沒別的事好做，到處巡巡，出一份力也好。

一想至此，阿關翻起了身，已有了盤算，打算照著昨晚計畫，將化人石帶去給六婆照看，自己則和阿泰一同去探探那市場怪象。

他將化人石的大箱子揹上了背，又將一些裝著日常用品的背包也掛在肩上，騎著石火輪，離開了這住了一小段時間的頂樓鴿舍。

先前的日子，他一心只想保護化人石，對周遭變化也並不特別在意，此時既然有了盤算，決定要有所行動了，便也更加注意街上人們的舉止反應。只覺得人們更加暴躁，四處都見得到爭吵打架的人，街上的車子也不時超速亂闖，瀰漫著一股令人難受的氣息。

阿關嘆了口氣，又繞了幾個圈，到了老舊市場，心想不知這兒又變成了什麼樣子。

他在離市場不遠巷子入口，遠遠便見到抱著寶弟的香香，正覺得奇怪，石火輪已經在香香身旁停了下來。

「阿關哥哥！」香香見到阿關，也沒注意到阿關身上又是大箱子、又是背包的，哇的一聲撲了上來，抱著阿關的腿哇哇大哭起來。

「媽媽不知道為什麼，又生氣了，說要打死寶弟，嗚嗚，寶弟牠無家可歸了……」香香哽咽說著，阿關靜靜聽著。這才知道原來昨日香香害怕，不願再將寶弟養在市場，但說要帶回家求媽媽，卻也始終鼓不起勇氣，將寶弟偷藏在樓梯間過了一夜，但還是讓媽媽發現了，不但換了一頓打，寶弟也再度被趕出家。

香香帶著寶弟上學，下了課卻不敢回家，想將寶弟帶回市場，但又害怕裡頭的人。

阿關嘆了口氣，老舊市場裡的那些人們漸漸不可理喻，香香繼續將寶弟養在那兒，一定會出事的。

「這樣好了。」阿關摸了摸香香的頭說：「我認識一個婆婆，她家有個大院子，婆婆人很好，我都叫她六婆，不如我去拜託她，請她收留寶弟好了。」

「咦？」香香怔了怔，還不知該如何反應。「婆婆？」

「哈哈！」阿關知道香香心裡害怕，趕緊說著：「要不然，我帶妳去看看那個地方，還有另一個大哥哥，人也不錯，只是愛說髒話就是了。」

「唔，好吧！」香香點了點頭，心中雖然有些擔心，但那老舊市場實在嚇人，說什麼也無法再讓寶弟待在那兒了。

香香吃力地擠上了車，扶著阿關背後那大箱子，阿關也小心翼翼地騎，騎了好半晌才到了六婆那老廟。

遠遠便見到六婆和阿泰正忙進忙出，打包著行李。

「阿關，是你啊！」六婆見阿關帶了個小女孩來，有些訝異。

阿關也覺得奇怪，不曉得六婆和阿泰在忙些什麼，便開口問了。

「是這樣的，太白星大人要我們幫助你，但這間廟終究是明顯目標吶。阿泰在這附近租了棟便宜房子，咱祖孫倆會搬到那便宜房子裡住著，以後你要找我們，可別來這兒啦，免得讓神仙見了，洩漏了祕密呀！」六婆解釋著。

「對呀，我都差點忘了。」阿關拍了拍腦袋，看著在院子裡逗寶弟玩的香香，又有些猶豫，不知該如何開口。

「那小女孩父母染了惡念，她養了隻小狗……」阿關比手劃腳著，說明令香香爲難的事。

阿泰將幾件行李捆綁好，咕噥一聲說：「你怎麼有事沒事就去招惹一些小弟弟、小妹妹啊？」

六婆哈哈笑著：「唉喲，那就讓她把狗養在這邊好了啦，這邊空地大，我們新家就在附近啊，在樓上就可以看見這邊了。小女孩下了課來看小狗，我在樓上也看著她，很安全啊。

老太婆平常散步，也順便帶點東西給狗兒吃啊。」

「香香快來謝謝六婆！」阿關一聽，喜出望外，趕緊喚了香香進來，將六婆的話重複了一遍。

「這邊和那個恐怖市場比起來，離妳家反而更近，寶弟在這邊可以跑跑跳跳，沒有人會欺負牠。妳下了課也可以來看看寶弟，六婆平時也會來看看寶弟。」阿關說明著。香香雖然還不熟悉眼前的老婆婆，但這老廟讓她感到安心，乾淨的大院子的確比那怪異市場要好多了。

「謝謝阿關哥哥，謝謝婆婆！」香香感激地朝六婆彎腰鞠躬著。

六婆哈哈笑著，招呼香香坐上椅子，問清楚這小女孩家庭情形，從行李包包中，拿了幾個熱騰騰的粽子出來給香香吃。

平時吃慣了速食的香香，津津有味地吃著六婆包的粽子，將兩隻手弄得油膩膩的，還撥了一小塊扔給在門口搖尾巴的寶弟。

阿泰從老廟裡翻出自己小時候做的狗屋，說是狗屋，其實是做給當時的小虎爺阿火住的，此時搬了出來，拍去上頭灰塵，比了比寶弟身子大小，倒是剛好住得下。

阿關和阿泰將這狗屋搬到廟外牆邊屋簷下，還倒了盆水擺在一旁。

「香香，其實小狗應該吃這些，狗吃多了人的食物，對身體不好的。」阿關打開路上買的狗罐頭，讓寶弟大口大口吃著。香香看著寶弟吃得狂搖尾巴，知道那些罐頭要比以前每天買的炸雞更好吃。

阿關看了看天色，已經漸漸昏暗，對著香香說：「嘿，走吧，妳該回家了。明天放學再來看寶弟吧，我送妳去坐公車。」

香香感激地看著阿關和阿泰、六婆，再看著本來無家可歸的寶弟，見牠一下子有吃有喝，有屋子住，還有個大空地可以跑，高興得捨不得走。在阿關催促下，這才依依不捨地和阿關走出老廟。

送香香坐上公車，阿關立時趕回老廟，和六婆、阿泰一同前往他們那租屋新家。

阿關啞然失笑，那新家正是當晚阿關射彈珠的破舊公寓，且正好是頂樓。

裡頭是三房兩廳的空屋，阿關將裝有化人石的大置物箱放進最小的房間裡，簡單整理一番，打開了置物箱蓋讓化人石透透氣。六婆、阿泰見化人石活像一個大蟲蛹，還發出溫熱，都看得嘖嘖稱奇。

阿關再度向六婆道了謝，摸著鼻子說：「六婆，我還有事，先走啦！」

「咦！」六婆正覺得奇怪：「阿關吶，你不跟我們住嗎？這樣凡事好照應吶！」

「要住在這裡的話，我還得跟辰星部將商量看看，他們還不知道我已經和你們聯絡上了。」阿關解釋著。

「待會兒我要去一個市場逛逛，找點麻煩。」阿關簡單將老舊市場經過說明了一遍。阿關說來輕鬆，但想起鬥狗攤那票流氓囂張模樣，心中還是恨得牙癢癢的。他哼哼地說：「寶弟有了家，香香不用再去那可怕市場，翩翩又能夠待在這兒，我沒有後顧之憂，要去報仇了。」

「走、走、走！」六婆顯得興致高昂：「老太婆陪你去鬧，幫你報仇，我倒要看看是什麼樣的壞傢伙，敢做這種壞事，讓我去教訓教訓他們！」

阿泰也闖了進來，大聲說著：「我剛剛在廟裡聽你說什麼『怪異市場』，我就知道有問題啦，我也想看看，我好久沒大展身手了！」

「不、不、不！」阿關連連搖手，對著六婆說：「六婆，那些大都是受了惡念侵襲的凡人，還有一些混混流氓，他們並不是惡鬼，法術對他們不管用的。而且，翩翩現在十分需要人照顧，她可能隨時都會孵化出來。」

六婆怔了怔說：「這種小事讓猴孫來做就行啦！」

「……」阿泰看著那大置物箱想了想，竟然沒有表示反對。「我是無所謂啦。」

阿關搖搖頭，苦笑說：「這……翩翩羽化時恐怕沒穿衣服，我跟阿泰都不太方便……」

阿泰搖手說：「有什麼不方便？我會好好幫你照顧仙子妹妹，你好好照顧那隻小狗，哈哈！」

六婆瞪了阿泰一眼，嘆了口氣說：「老太婆我懂了，阿關你放心去吧，我會好好照顧仙子的。」

「謝謝六婆！」阿關連連道謝，心中最後的大石終於落了下來。翩翩有了六婆照料，比起被藏在那破爛鴿舍可要安穩多了。

阿關下了樓，牽了石火輪，揉揉脖子，摸摸口袋的白焰符和伏靈布袋，一副要好好「活動活動」的模樣。在心裡回想這市場裡那批惡徒，幾個打他最是凶狠的混混，模樣還清晰烙印在他腦中。

「嘿，你忘了我啦！」阿關正要跨上車，阿泰的吼聲已經劈了過來。阿關回頭，阿泰也正在發動他那台嶄新的重型機車，這是他用在福地幾個月下來累積的「薪水」買的新車。

「咦，你要跟我去？」阿關有些猶豫，只見阿泰身上的戰鬥裝更顯威風了，墨黑色大衣，口袋還鼓脹脹的，當然是塞滿了他得意的精心自製伏魔武器。

「幹！我在福地每天閒閒沒事做，研究出了一些新玩意兒，都被那些神仙當白癡一樣，我這些法寶可都是好東西啊！」阿泰滿臉抱怨，發動著摩托車。

「好吧，但是你要節制一點，我們是去砸場子，不是去收妖。」阿關叮嚀著阿泰說：「不過，那場子也有古怪，你要小心一點。」

「誇張。」阿泰發動了車子，說：「老子東征西討，從老人院、玩具城，一路打到福地遷鼎，哪一次不是出生入死，幾個死老百姓我會放在眼裡？小子，你瞧不起我泰哥是吧！」

「哈哈哈——」阿關見阿泰說得認真，忍不住笑了起來：「你越來越像王爺爺啦！」

「幹！我會像那個老芋仔？」阿泰狂叫，不停催著油門，轟隆隆的引擎聲震耳欲聾。

「愛現，來比比看誰快。」阿關笑著，也跨上石火輪。

「比就比，我就不相信你的腳踏車比我這『無敵千里馬』還快。」阿泰不甘示弱，油門催得更大力了，突然搶先衝出，大聲喊著：「上吧，兄弟！喲喲——」

「喲喲——」阿關學著阿泰怪叫，也踩下踏板，石火輪立時竄出，緊跟在阿泰車後。

63 妖邪鬥狗場

阿泰那重型機車性能極佳，在大街上如入無人之境。他跟隨神仙久了，竟不把凡人法律放在眼裡，駕著重機左衝右突，直到阿關在後頭大聲嚷嚷，要他節制。同時石火輪銀光閃耀，閃電一般地向前飛去，輕易超越阿泰那重機，瞬間遠遠將他拋在後頭，又瞬間飆了回來，還在他身邊抬起了前輪示威。阿泰這才減緩了速度，認輸投降。

「幹！不公平，你那是神仙法寶！」阿泰大聲埋怨著。

「你這樣子跟我上次碰到的飆車雜碎有什麼兩樣！」阿關見四周駕駛全看著他倆，心中著急，將阿泰逼進了小巷子。

「別太招搖啊，笨蛋。」阿關停下石火輪，指著前頭那老舊市場幾條街。

「靠！囉唆！」阿泰熄了火，只見到四周凌亂喧囂，還有幾個小混混蹲在路旁巷角，不懷好意地看著他那台漂亮新車，阿泰不禁感到有些不自在。

「這裡人太多太亂了，我的『無敵千里馬』騎不進去，停在外面又怕被偷，怎辦？」阿泰連連搖頭，一臉憂慮緊張。但瞬間又變了個臉，嘿嘿地說：「但是別怕，我有這個——」

「啊啊！」阿關啊了一聲，見到阿泰從大衣裡掏出了個東西，是一座素淨潔白的小塔——白石寶塔。

「你帶著白石寶塔？寶塔不是在太白星那兒嗎？」阿關又驚又喜，又埋怨著：「老樹精他們也在裡頭？怎麼不留在六婆身邊呢？」

「別急、別急！」阿泰將重機騎進了更偏僻的小巷子中，搖了搖寶塔說：「老樹，幫我把車保管好啊，刮花了要你賠啊！」

阿泰話還沒說完，寶塔裡便竄出幾枝枯枝——正是老樹精的枯枝，枯枝立時便將阿泰那漂亮重型機車給纏進了寶塔。

「老實說，寶塔我們早帶來了。」阿泰掏了根菸點上，大大呼了口煙說：「阿嬤說，要我跟著你，如果你真的去打壞人，才把寶塔給你。你別在意，阿嬤年紀大了，有些固執，她很相信神明的，不過我比較信你，拿去吧。」阿泰說完，將白石寶塔朝阿關一拋。

「我怎麼會放在心上，我真的感激你們！」阿關激動去接。白石寶塔還沒到手，癩蝦蟆、老樹精、綠眼狐狸、小猴兒便已跳了出來，圍著阿關叫著：「阿關大人！」「好久不見你，呱呱！」「大家都想你吶！」「我是小猴兒，還記得我嗎？還記得小猴兒嗎？」

「我也好想你們！」阿關見了這些精怪好友，心情激動高昂。「我記得、我記得！」

「哈哈——阿火、鐵頭、小狂、你是……風吹，還有大邪跟二黑、二黃！」阿關哈哈笑著，只見到白石寶塔在手上亂顫，裡頭的獅子、老虎也跳了出來，在他腳邊蹭著。

「牙仔！」阿關見到牙仔也跳了出來，高興地將他抱了起來，在手上秤了秤。「你長那麼大啦，好重！」

此時的三小貓，比以前又長大了許多，身型已有路邊的小野狗般大小，不再是以前的幼犬大小了。

牙仔也胡亂吠著，在阿關身上蹭來蹭去。

「喂喂，節制點，小子。」阿泰咳了兩聲，他往巷子外頭看，有些經過的路人聽了阿關叫嚷，朝巷子裡看來。只見到阿關像是自言自語一般地手舞足蹈，像見了瘋子一樣，都笑著走了。

「我和阿泰現在要去跟人打架，你們乖乖在寶塔裡看好戲。」阿關這才想起了自己此番前來的任務，將一干精怪、虎爺又召回寶塔，同時將石火輪也收了進去。

癩蝦蟆進寶塔前，還不忘提醒說：「阿關大人，要毆打凡人前別忘了叫我，我好想試著打一、兩個凡人看看，呱呱！」

出了暗巷，阿關和阿泰往老舊市場走去，市場的氣氛更顯古怪，四周各式各樣的怪異攤子都擺了出來。

一股股奇異的味道瀰漫在整條市場巷子裡。

一個小攤前人聲鼎沸，那是個小吃攤。攤前有個大鍋，正生著火，冒出陣陣香氣。

「先吃東西再說！」阿泰聞了香氣，肚子咕嚕叫著，忍不住湊了上去，正奇怪到底是賣什麼來著。

「這裡的東西最好別吃……」阿關苦笑，正要出聲阻止，阿泰早已擠進了人群往裡頭看。不看還好，一看可嚇出了一身汗，只見到人潮後頭，小攤那沸騰的大鍋邊綁了一頭羊，原來是賣藥燉羊肉。

那頭羊給綁得死緊，兩條後腿只剩骨頭，卻還沒死，發出了咩咩哭嚎。

阿關和阿泰瞪大了眼睛，看著四周人聲起鬨叫囂著，一個男人似乎喊了「老闆來一碗」。

那攤老闆立時舉著尖刀，在羊前腿狠剮下了一塊肉，毛皮都還沒清，就扔進一只空碗，順手從那冒著香氣的大鍋裡，舀了一大瓢滾燙熱湯，倒進碗裡。

隨著那羊痛苦嘶嚎，圍觀的客人同時歡呼鼓譟著。

碗裡的血淋淋羊肉讓滾燙熱湯澆上，立時熟了三分。老闆隨手將這羊肉湯遞給那點菜客人，客人接過了碗，也不怕燙，狼吞虎嚥吃了起來。

「喝！幹！」阿泰駭然，連連後退，撞著了其他擁上來的客人。

阿關也退了出去，兩人只覺得一陣反胃。他們見到那些湯碗裡除了帶著毛皮的羊肉外，還有些雜料，卻也提不起勇氣去看那大鍋湯裡加的是什麼料了。

「現在都這樣吃羊肉嗎？」阿泰定了定魂，大聲怪叫著：「太恐怖了，這些人怎麼回事？」

「所以才是怪異市場吶，其實說穿了也不奇怪，就是惡念。」阿關低聲說著：「這些日子來一天比一天嚴重，一開始打架、爭吵的人變多了，跟著慢慢出現這些奇怪攤子。大家越來越殘忍，不把活生生的動物當一回事，四周都瀰漫著惡念……」

「喝……」阿泰心中駭然，不敢再說什麼，轉頭看著四周。他感應不到惡念，但卻明顯感受得出，四面八方聚集的人潮都是那麼暴躁、冷血。

阿關領著阿泰，往市場深處走，去找那鬥狗攤子。

四周攤位五花八門，扣除那些血腥殘忍的攤子，也有些莫名其妙的攤子。有些老闆傻愣愣地將些不值錢的家當擺出來賣，也不標價，拉了客人就要他們買，一言不合就大打出手。好幾處攤子周邊、商店裡，都傳出紛爭吵鬧的叫罵聲音，有些人在激動地打架，旁觀的人全在鼓譟起著鬨。

越是往這老舊市場深處走，兩人心中的驚愕更漸加重。阿關想起了許久之前的那場夢，太歲爺讓他見過惡念降臨之後的模擬地獄景象。

「我靠，來之前我還覺得奇怪，市場裡會有什麼傢伙那麼囂張，現在看來每一攤都古裡古怪、噁心巴拉。嘿，你要砸哪一攤？」阿泰無奈地攤攤手，問著阿關。

「就是那裡！」阿關指著前頭那異常擁擠的幾處小攤，圍觀的客人將附近其他攤位都擠得七零八落。

那些讓眾多人群擠得無法好好做生意的小攤販們，儘管也露出怨懟的神情，但似乎也莫可奈何，他們都感受到了那來自鬥狗攤位後頭店面裡傳出的暴烈、殘酷氣息。

人群瘋了似地吆喝吶喊，幾票人馬各自聚集著。阿關和阿泰費力擠過人群，往最吵鬧的地方擠去，很快發現那些圍觀的人群中，不少人也牽著狗。

有個模樣像是暴發戶般的矮胖男人，牽了隻雄壯大黑狗。大黑狗吐著舌頭，還不知發生了什麼事。

一個上班族模樣的高瘦男人，抱了隻體型嬌小的鬈毛小型犬。那小犬咧嘴吠著，情緒高昂激動，像是隨時要躍過人群、大開殺戒的樣子。

還有個婦人，腳邊伏了條大狼犬。狼犬神情不安，全身不停顫抖。

阿關、阿泰伸手撥著身旁的人，想要往更裡頭深入。

阿關在阿泰耳邊吩咐著：「外面這些都是一般人，受了惡念侵襲。攤子後面的店面裡，應該才真有古怪，我們想辦法混進去。」

兩人擠過了擁擠人潮之後，見到那鬥狗攤前有一小片淨空地帶，好幾個彪形大漢和獐頭鼠目的小流氓，圍在一張桌子四周，桌上擺著一疊疊鈔票。一旁還有幾個小流氓，正專心數著零散鈔票，以橡皮筋捆綁成一疊一疊。

桌前坐著的，正是先前那顧攤老闆。

老闆捲著袖子，吆喝著：「張先生的狗輸了，王老闆的大狗連勝十一場，還有沒有人要挑戰？」

四周的人群激動，那暴發戶胖男人、上班族男人、婦人，都抓著他們的狗往這兒擠，吆喝著要挑戰。

「喝？又是你！」鬥狗攤老闆見了阿關和阿泰兩人混在人群中張望，很快認出了阿關，大聲嚷嚷起來，一旁幾個流氓立時上前將阿關揪了過來。

「你又來，你之前被打得不夠？」小流氓大聲喊著，用手拍著阿關的臉。

「我們是來鬥狗的！」阿關皺眉反駁，他胸前外套不停抖動，似乎真有隻小狗在裡頭掙扎。

「幹！藏一隻小狗也想來比賽，你知不知道我們裡面是什麼狗？」小流氓見阿關胸前外套亂顫著，心想頂多是隻剛出生的小狗，不由得哈哈笑了起來。

「幹！老子有錢，能不能比？」阿泰大聲嚷嚷著，從大衣口袋摸出一疊鈔票，在小流氓眼前晃動著。

「哼，他們想比就讓他們比吧，有錢幹嘛不賺？」顧攤老闆見了阿泰手上那疊鈔票，便揮了揮手。一旁兩個小流氓領著阿關和阿泰往攤子後頭的店面走去。

「哼哼！」顧攤老闆撇了撇頭，看著阿關、阿泰走進店裡，便向身邊一個手下使了個眼色，吩咐：「通知老闆，有肥羊來了。」

後頭幾個也想參賽的人客大聲鼓譟起來：「爲什麼那兩個小子可以插隊？我們也排了好久啊！」

顧攤老闆不耐煩地說：「人家有錢，你有沒有？」

那暴發戶大吼著，一把從屁股褲袋掏出了只大皮包，打開來裡頭滿滿鈔票，又扯開領口，不停搖晃他那閃亮金鍊子，氣憤地說：「你瞎啦！我才是眞的有錢，那兩個小鬼算什麼！」

上班族男人也大叫著，拿著一疊像是房契一樣的文件，嚷嚷著：「我的『阿美』也不簡單，可以殺光這裡所有的狗！」

「我的大才最厲害！」婦人尖叫著，用力拖著腳邊發抖的大狼狗往前衝，用力扯下了手指上的戒指，不停揮著，尖喊著：「讓大才比賽，咬死那些臭狗！」

「別急、別急！」顧攤老闆笑得合不攏嘴，又招來手下，暗暗吩咐著：「今晚肥羊真多。跟裡面講，通殺。」

顧攤老闆吩咐完畢，哈哈笑著指揮手下，將那些抓著狗兒、爭著往前衝的客人，一一領往店裡。

而那些圍觀的人群裡，更多的是沒帶狗的人，他們要下注。顧攤老闆大聲招呼，下注的鈔票登時撒了滿桌子都是。

□

阿關和阿泰隨著那小流氓往店裡走。店裡的燈光昏黃，且面積十分寬敞，卻相當雜亂，牆邊幾面大木櫃擺了瓶瓶罐罐的跌打酒，模樣倒像是一家國術館。四周幾個大籠子血跡斑斑，有些狗屍來不及清理，都堆在一塊兒。

「今晚人太多啦，位置不夠，外面太吵，老闆在二樓擺了擂台，大家上去打。」小流氓領著阿關、阿泰，以及那粗魯暴發戶、上班族男人、婦人等參賽者，先是登記姓名，供外頭賭客下注，接著便領他們往那黑黑髒髒的木樓梯上走。

阿泰讓店裡濃烈嗆人的血腥味熏得受不了，忍不住點了根菸，在心中暗暗罵著。

阿關連日來見到天上紅黑惡念、不時聞到惡念氣息，此時反而不像阿泰那樣難受。他靜靜拍著胸前那突起的外套，在他懷中亂動的東西，是從外套裡的白石寶塔探出頭的小牙仔。

上了二樓，裡頭也不少人，但不像外頭那樣擁擠。大廳堂的中央擺了只好大的大鐵籠子，有個小房間那麼大，似乎是以數個大籠拆散拼裝而成，鐵條和鐵條的連接處十分粗糙，那些突起岔出的細鐵條和拼裝用的鐵絲上全染了血，有些還帶著肉屑。

大鐵籠裡一隻粗壯的短毛大黃狗全身浴血，尾巴沒了、只剩一眼，一張口，那嘴尖牙長得嚇人，凶惡至極。

「這就是王老闆的哈利！」幾個像是主持這殘忍鬥狗的男人，向阿關等新上來的客人介紹著。大廳中其他客人，有些是老闆模樣、有些是主婦模樣，紛紛帶了自己鬥敗的狗屍，黯然往樓下走。

這大籠子裡的狗主人是市場街裡一家電器行的王老闆，這天領著他那凶惡大黃狗來打擂台，連贏十一場，將其他賭客的狗都咬死了。

「王老闆的狗眞是厲害！」鬥狗場子小流氓附和恭維著。

王老闆則得意洋洋地說：「別抬舉我了，你們場子裡自己也有幾隻厲害的狗，都派出來贏其他客人錢，今天看了我的哈利這麼厲害，都不敢派出來了？」

鬥狗主持人笑著說：「前陣子鬥的人少，我們自己的狗就下場鬥；這陣子鬥的人多，讓你們互相鬥，鬥贏的，再來挑戰我們的狗！」

「王老闆，不是我說，你的哈利夠凶，但只能和樓下那些大叔大嬸的狗鬥鬥，和我們場子裡的狗還有點差距吶！」鬥狗主持人忙碌地整理著那些敗退賭客的賭金，分了一部分給王老闆，還不忘出言激激他。

「放屁、放屁！」王老闆一臉不服。「快把你們的狗牽來，我已經贏了，現在就要挑戰！」

「等等，等等……」主持人陪笑指著上來的阿關等新賭客說：「還有幾隻狗等著，你的哈利鬥贏了牠們，再來挑戰。」

鐵籠子裡的獨眼哈利一瞧見上來幾個賭客都帶著狗，眼睛更是射出凶狠的目光，喉嚨嘶啞低吼著，像是隨時要衝出籠子咬碎那些競爭者。

阿關向四面看著，這才知道這鬥狗場子不但讓客人帶狗互鬥、讓賭客下注，且自己也養了狗，不時下場來個通殺。

「時候不早了，我看這樣好了！」主持人看看時間，見今晚賭客比平常更多，提議著：「新上來的客人的狗，一起放進籠子裡，我們場子也放一隻狗進去，最後留下來的就算贏。要是我們場子的狗留下來，就是通殺啦！有沒有意見？」

王老闆抽著菸，點點頭，表示同意。

那新上來的暴發戶牽的那大犬也十分凶惡，不停朝著籠子裡吠。暴發戶嚷嚷著：「就這樣說定啦，快開始，別浪費時間了！」

「比就比，一場定輸贏！」上班族男人也起著鬨，搖晃著懷裡的小型鬈毛狗。小鬈毛體型雖小，但凶惡不輸暴發戶的大黑狗，身子一蹦，已經跳出上班族懷抱，一溜煙衝到了大鐵籠子旁。鐵籠子前幾個男人立刻開了籠門，小鬈毛便跳進籠子裡，和王老闆那凶狠大黃狗對峙著。

「快、快、快！」主持人情緒激昂大聲喊著：「其他人也快把狗放進來，通知樓下客人，開賭啦！」

二樓大廳情緒近乎沸騰，暴發戶手一鬆，用腳踢著自己帶上來的大黑狗，將牠也趕進了籠子。

另外那個婦人賭客，則死拖活拖著那賴在地上不動的狼狗，硬是將牠推進籠子裡。大狼狗唉唉叫著，在籠子邊發著抖，用腳不停扒著鐵籠子。

「好啦、好啦！」王老闆催促問著主持人：「你們場子自己的狗呢？快牽出來！」

「就來啦！就來啦！」主持人向身旁跟班使了個眼色，跟班往後頭一間房跑去，很快牽了隻灰色大狗出來。只見那大狗兩眼通紅，嘴角還流著黑褐色的汁液，體型比起王老闆、暴發戶的兩隻大狗還要更大了些。

幾個賭客見了，不由得緊張起來，不住搓著手。大鐵籠子裡的幾隻狗，除了婦人的狼狗害怕地縮在籠邊外，都互相吠著，幾乎就要拚鬥起來。籠子外頭幾個男人還得用附著繩圈的長竿拉住這幾隻狗。

此時場子這地主大灰狗一出，籠裡幾隻狗登時安靜下來，都露出了不安的神情。

大灰狗殺氣騰騰，背上隆起的肉塊使牠看起來不像一隻狗，更像頭怪獸。

大灰狗也進了籠子，本來十分大的大鐵籠，一下子擠了五隻狗，顯得十分擁擠。

「小子，你的狗呢？」阿關身旁的小流氓推了阿關一把。阿關向前一撲，輕拍了拍外套，外套裡亂動的東西撞了出來，在地上打了個滾，是牙仔。

不等阿關下令，牙仔已迫不及待往前頭的大鐵籠跑去，也進了籠子裡。

「你那隻是狗嗎？」小流氓指著小虎爺牙仔狐疑怪叫起來。牙仔此時體型差不多就是小隻野狗大小，一身白毛底色，本來淡淡的灰色虎紋加深許多，接近黑色，白底黑紋十分俐落。

「不是狗是什麼？」阿泰隨口說著，指著籠子裡那隻凶惡的大灰狗說：「你們的狗長得不是更奇怪！」

「全都到齊啦——」主持人興奮喊著，一聲令下，幾個男人抽回套索長竿，裡頭的狗沒了繩索拘束，開始走動起來。

小牙仔晃著，跳到婦人那隻發抖的大狼狗腳邊，拍打玩弄著那大郎狗的耳朵。

另一邊，上班族男人那隻小鬈毛率先發難，怪吼怪叫地往暴發戶的大黑狗懷中跳。大黑狗發出激烈吠聲，和小鬈毛纏鬥起來。

又一邊，王老闆那十一連勝的大黃狗哈利，撲上了鬥狗場子的大灰狗。只聽見一聲哀號，哈利頭子讓大灰狗咬住，大灰狗的下頷肌肉隆得嚇人，喀吱一聲已經咬碎了哈利的頸子。

「哇！這些狗鬼上身啦？」阿泰輕聲問著。

阿關搖搖頭，打量四周。「這地方有些房間傳出妖氣，他們不是用一般方法養狗，你在這邊看著牙仔，我四處走走。」

阿關說完，將白石寶塔交給阿泰，趁著圍觀賭客激動叫囂之際，往後頭退著。

大灰狗咬死了哈利，黃老闆一聲哀號，一晚上贏來的錢，又全輸了個精光。他不服氣地叫著，推著場子裡那些人，大聲抗議：「你們故意等我的狗連打了好幾場，沒力氣了，才派你們的狗出來，不公平吶！」

本來對王老闆好聲好氣的主持人一下子變了臉色，一點也不理睬王老闆。身旁幾個跟班立時行動，打開了二樓窗戶，架起那大吼大叫的王老闆，將他扔下了樓，朝樓下喊著：「王老闆的『哈利』輸了！」

樓下街上起了騷動，押王老闆的狗贏的賭金，登時被鬥狗場子殺了，賭客們喊聲震天。那王老闆摔在地上翻了好幾個滾，腳骨都摔得斷了，哀號著逃了。

阿泰深深喘著氣，覺得有些頭昏。這市場、這鬥狗場、這些人，似乎和他是不同世界的人，完全不可理喻。

大鐵籠子裡血花四濺，上班族男人的小鬈毛讓暴發戶大黑狗甩下了肩，轉身去追牙仔。牙仔搖著尾巴跑，跑到了大籠子邊，瞬間閃開。小鬈毛轟隆一聲撞在鐵籠子上，摔落下地，牙仔一記虎掌打在小鬈毛腦袋上，當場將牠打暈在地。

鬥狗場子的大灰狗和暴發戶大黑狗對壘，瞬間分出了勝負。灰狗大口一張，那牙齒又粗又尖銳，一口咬下，竟咬去了暴發戶黑狗的半邊腦袋。

黑狗身子軟倒，立刻死了。

暴發戶嚎叫著，也發起脾氣，結果和那王老闆一樣，被扔出了窗。

「張先生的『大呆』輸了！陳先生的『瑪莉』也輸了！」場子主持人大聲喊著，外頭街上的賭客騷動更大，賭金全入了場子口袋。

鐵籠子左側和右側，是癱倒的兩條狗屍。小鬈毛還暈著，被牙仔從鐵籠子的縫隙推出了籠子外頭，這才張開了眼睛。凶烈的灰狗，眼睛殷紅如血，啃了啃兩個手下敗將的腦袋，很快又將目標轉移到大狼狗身上。大狼狗體型雖大，但性情和善，早被嚇得縮起身子發出嗚嗚聲，也不理睬背後主人的聲聲叫罵。

大灰狗扭了扭脖子，朝大狼狗走去。

牙仔身形靈巧，蹦到了大灰狗和狼狗中間。

大灰狗瞅著這一身銀亮白毛襯著黑色虎紋的小牙仔，張口狠狠咬來。牙仔靈巧閃到大灰狗側邊，舉起一雙虎掌，尖爪都蹦了出來，打拳擊似地照著大灰狗腦袋重重扒了好幾下。

大灰狗讓牙仔虎掌拍得眼冒金星，一聲大吼，轉身猛然一撲，又撲了個空。牙仔早已躍上半空，轉了個圈落在大灰狗頸子上，虎掌連發，一記記往大灰狗腦門上敲。

「嘩！那小傢伙好厲害！」「大狗打不過小狗！」二樓圍觀的賭客們起著鬨，鬥狗場主持人臉色難看，雙手交叉閉口不語。

大灰狗哀號一聲，幾次轉頭想咬，都咬不著。牙仔虎掌猛攻一輪，竟將大灰狗敲得暈了。

「孫先生的小狗贏啦！」二樓賭客們大吼著，消息傳到了街上，圍觀的賭客大聲歡呼。

原來這鬥狗場有分單鬥和群鬥：單鬥時二押一，押中了一賠二；群鬥時地主狗參賽，賭客只能押其他的參賽狗，地主狗贏了便是通殺，地主狗輸了，便是通賠。

底下那顧攤老闆聽了，連忙喊著小跟班上來確認。只見到牙仔還坐在昏了的大灰狗腦袋上，兩隻前爪大張，像是接受眾人的歡呼一般。

鬥狗場主持人完全沒有料想到己方大灰狗會落敗，好不容易才反應過來，臉色難看。

模樣。

「輸了？」二樓一間房裡走出了一個高壯巨漢，後頭還跟著幾個跟班，一副凶神惡煞的模樣。

巨漢緩緩走到鐵籠子旁，朝裡頭看了兩眼，目光掃向阿泰。

阿泰打了個冷顫，只覺得這巨漢身上瀰漫著不尋常的氣息。他不安地望著四周，卻已不見阿關。阿關說要自個兒晃晃，此時不知晃到哪兒去了。

「這傢伙是你的？」主持人聲音不自在地問著阿泰。

阿泰點點頭，裝出得意模樣，回答：「是，怎樣？我贏了，錢呢？」

主持人看了那巨漢兩眼，巨漢冷冷地說：「給他。」

主持人手一揮，一個跟班捧了一小疊鈔票上來。阿泰伸手接了，竟有方才下注的數倍之多，有十幾萬。

「哇！幹——」阿泰接了鈔票，笑得合不攏嘴，心中的不安一下子掃了個空，大聲喊著：「接下來呢？還有沒有狗？」

主持人清了清嗓子，大聲問著：「樓下還有沒有人帶狗？」

「等等！」巨漢低沉聲音打斷了主持人說話：「讓我們的狗跟他比。」

巨漢語畢，後頭幾個跟班眼睛無神，轉進了後頭房間，又牽出了三隻狗。一隻全身無毛，皮膚是棗色的大狗，兩隻眼睛閃閃發亮，耳朵豎立；一隻是黑色狼狗，身上長了一個一個的大腫瘤，有些腫瘤還淌著血，黑色狼狗的爪子異常大，和尋常狗爪完全不一樣，像是掌上生出五柄小刀一般；最後一隻是癩皮狗，全身皮膚鬆垮難看。眾人都發出了驚呼，癩皮狗那難看皮膚上頭竟布滿了細細小小的肉刺。

這三隻狗眼光都異常銳利，阿泰立時感覺出這些狗已經不是狗了，反倒更像是妖怪。

本來還坐在大灰狗身上的牙仔，此時也全身白毛倒豎，惡狠狠地跳下大灰狗的身子，朝那三隻妖魔般的狗發出一聲聲低沉的威嚇虎吼。

「你有沒有膽子，和我的三隻狗比比？」巨漢冷冷瞧著阿泰。「我們對賭好了，其他客人可以出去了。」

巨漢這麼一說，幾個賭客都察覺出不尋常的氣氛，有些不情願，但主持人吆喝著手下，將他們全趕了出去。

「為什麼不敢？賭就賭，你有三隻，我還有另外兩隻！」阿泰哼哼地答應，他心想這巨漢或許已看出牙仔不是尋常小狗。巨漢這副神態語氣，顯然不只是要鬥狗對賭，而是要「處理一下」了。

「三對三好了！」阿泰剛剛從阿關手上接下的白石寶塔就放在口袋裡，此時他搖了搖口袋裡的寶塔，大衣登時也亂竄鼓動起來，又跳出兩隻小野狗尺寸的傢伙，是鐵頭和小狂。

「你這小子，身上還藏著什麼？」「哪裡變出來的怪東西！」小跟班們叫囂著，有的指著全身黑黝黝的鐵頭說：「這東西哪裡是狗，你玩什麼花樣？」

「別說我欺負你，輸的人一賠十，我全押了！」阿泰強作鎮定，隨手掏出剛剛贏來的鈔票，有十幾萬，這輸贏之間可超過了百萬賭金。

「很好。」巨漢冷冷地說：「乾脆也別進籠子了，人都走光了，直接來吧……」

巨漢此話一出，主持人接過阿泰押注的鈔票，領著一票小跟班都連連往後頭退著，往牆邊靠。那三隻凶烈惡犬，則一步步往鐵籠子逼去。

鐵籠子的門是開著的，大狼狗和小鬈毛早已隨著主人跑了，剩下牙仔和三隻惡犬對峙著。

□

阿關躡手躡腳地往樓梯上走，在剛才鐵籠子裡數條狗正鬥得激烈之際，他早擠出了人群，趁著小跟班全聚精凝神看好戲的當下，找到了樓梯口往三樓走去。因爲他除了在二樓感受到幾間房裡傳出了邪氣之外，還感應到一股更爲強大的邪氣自三樓傳下。

他輕悄悄地往上走，樓梯盡頭有扇鐵門擋著。阿關從鐵門的欄杆向裡面看去，三樓隔成了一間間的小房間，走廊上的燈昏黃黯淡，看不清楚走廊盡頭有些什麼。

阿關摸了摸鐵門，鐵門由反面鎖上了。

「幫幫忙，替我打開它。」阿關掏出了伏靈布袋，塞進鐵門的門縫間。蒼白鬼手伸出來，很快地抽去鐵門的門栓，打開鐵門。

阿關推開了門，走進三樓走廊，突然感到一陣厭惡。三樓瀰漫著一股十分難聞，但卻很熟悉的味道，那是什麼味道？

味道自離他最近的一間房裡漫出，阿關躲在走廊緩緩伸長了脖子，往裡頭看去。有兩個小混混還在房間裡不知忙著什麼，其中一個便是曾在外頭打過他的小混混。

「呵呵……」阿關踮著腳尖走進房間，還是讓耳尖的小混混聽見了動靜，轉過身來一見阿關，就要斥問：「你是什……」

那小混混還沒說完，已讓阿關一拳打在下巴上，整個人騰空離地，兩眼上吊，落下時已經昏去；另一個小混混則瞪大了眼睛，整個人懸在空中，想叫卻叫不出聲音。他的嘴巴讓一隻黑色大手捂住了，又有另一隻手掐著他的肩頭，將他提上空中，那手只有三指，皮膚粉紅。

原來伏靈布袋在阿關揮拳之際，已然竄出，阿關打一個，布袋便去對付另一個，讓小混混沒有時間開口叫嚷。

蒼白鬼手也鑽出了布袋，在小混混眼前晃呀晃的，慢慢往小混混臉上逼近。小混混喉嚨發出咕嚕嚕的聲音，尿了一褲子，嚇得暈了過去。

鬼手們將那兩個昏死的小混混扔在角落，盤旋在阿關身後高處。三隻鬼手都沒有收回布袋，反而大張著手指，像是護衛一般，鬼手們也感到了這裡的濃重邪氣。

阿關在房間裡看了看，只見到這間房裡有好幾面藥櫃，還有張桌子，桌子上擺放了一瓶瓶液體，像是調製到一半的藥水。

還有一只小碗，小碗裡有幾張符，一旁還有個火柴盒。

阿關感到一陣緊張，他知道這是什麼東西了，他甚至曾經喝過——這是阿姑的符水。

「老妖婆真是陰魂不散！」阿關低聲罵著，看了看這四周，難聞的味道令他有些頭暈，胃正翻騰著。

阿關出了這房間，走道上走來幾個聽見打鬥聲音而趕來查看的小混混們。

阿關趕緊向後退，又躲回房間，但卻讓趕來那兩個小混混逮個正著。

「啊！你是誰？這裡不准上來！」小混混快步走來，阿關已退入了房間。小混混急急忙忙地追進房間裡，抬頭就見到一只口袋懸浮空中，鬼手張揚大舞。

兩個小混混嚇得轉身要跑，兩顆腦袋卻迅速靠近，碰地撞在一起，是蒼白鬼手和新娘鬼手按著他們的腦袋互撞。

只撞了兩下，兩個小混混便昏了過去。阿關急忙喊停，收去了伏靈布袋，只見到兩個小混混腦袋腫了好大一個包，也不知有沒有危險。阿關有些猶豫，對著小混混腦袋施放出輕微的治傷咒，且將他們拖入房間深處，接著出了房門，將門帶上。

他進了另一間房間，裡頭也擺放著瓶瓶罐罐的液體，有些不像是符水，而是國術館裡本來就有的跌打藥酒。

「眞會挑地方。」阿關越看越是驚奇，心想，神仙妖魔在中南部惡鬥好長一段時間，這阿姑竟也能挑上這地方，緩緩地發展勢力。

「不對……」阿關隱約覺得有些不對勁，有股不安縈繞上心頭，前頭幾間房間溢出了好濃好重的邪氣。

三樓靜悄悄的，除了那四個昏死的小混混之外，應當沒有其他人了。

阿關又推開了一扇門，隨即退出來，靠在牆邊喘氣。房間裡是好腥好濃的臭味，地板上擺放著一堆狗屍。

狗的屍體已經腐壞，上頭淋了那黑色符水，不知擺放幾天了。

「噁！」阿關強忍著噁心和怒氣，不知道阿姑爲什麼要玩這些把戲。他開始狐疑想著，阿姑是否就在這附近，同時擔心起樓下的阿泰不知道是否會碰上危險。

但他想阿泰帶著白石寶塔，寶塔裡綠眼狐狸等精怪久經惡戰，還有那三小貓、三大貓等獅子、老虎，應當很安全才對。

阿關將這房間的門關上，又打開另一扇門，裡頭同樣是一堆狗屍。不同的是，這些狗屍被分作好幾堆，有些三三兩兩擺在一堆，有些則單隻、單隻地擺開；有些狗屍身上貼著符咒，有些則灑上了符水。

他仔細一看，那三三兩兩堆疊成的狗屍，身子是相連著的。

「原來是在煉妖怪！」阿關總算知道，這鬥狗場子是做什麼用的了。

「該怎麼辦？放把火燒了這裡？」阿關猶豫著，正想喚出伏靈布袋鬼手，將這些將被煉成凶惡妖怪的狗屍堆毀了，還是要繼續查探下去才好。

阿關咬咬牙，決定繼續探查其他房間。

後頭還有兩間大房間，打開了其中一間房門，裡頭有幾張作法用的神桌，神桌上擺放了一些黑色小偶。

「唔！」阿關陡然警覺，要是這神桌是阿姑的作法之地，那麼她很可能隨時會回來。此時的阿關已能夠稍微操縱黑雷，也能隨心所欲操縱鬼哭劍，阿姑不再是那麼可怕的敵手了。但瞧這陣仗，阿姑很可能還帶著其他鬼怪爪牙。

阿關退出這間房，同時感應到更爲濃重的邪氣從對面那破舊不堪的木門傳出。

「還有什麼噁心東西?」阿關推開門，瞪大了眼，不敢置信這房間裡的景象。

裡頭有一隻高壯如小山的狗形巨獸伏在牆邊，這巨獸粗壯的身子明顯看得出是由數十隻狗屍堆積、相連而成的，身上還有著許多狗腦袋，各種品種都有。

光是巨獸一顆腦袋上，就還有好幾顆狗腦袋。巨獸兩隻眼睛有小碗那麼大，又圓又大，直直瞪著阿關。

巨獸見了阿關，身子挺了挺，就要站起，他的腦袋幾乎要頂著天花板。

「哇——」阿關傻愣在房門前，不知該和這巨獸打，還是要逃。

正猶豫間，巨獸速度飛快，伸長頸子、粗壯大腳一把扒來。

阿關趕緊往後頭一跳，閃過這記抓擊。巨獸瞪著大眼，神情激動怪異，似乎少了什麼……仔細一看，原來沒有嘴巴。

阿關靠在牆上，見巨獸不再逼來，才發現原來他身上綁著許多條鐵鍊子，鐵鍊子上頭附有法術，使巨獸無法掙脫。

這巨獸是由凶死的狗煉成，卻沒有嘴巴，無法吠叫。阿關心中愕然，對這阿姑的邪惡殘酷術法更加厭惡。

阿姑藉著這鬥狗場，誘使周遭街坊帶著狗兒上門來鬥，鬥死的便都成了煉這些妖怪的良好材料。

只見這狗形巨獸不停扭動身子，亟欲吠叫，卻無嘴可以叫，身上的狗頭們嘴巴動著，都叫不出聲來。

阿關召出了鬼哭劍，嘆了口氣。

巨獸給鐵鍊鎖著，兩隻眼睛充滿了怨毒惡氣，要是掙脫了鎖鍊，領著一票妖邪狗怪闖了出去，這老舊市場必然成爲煉獄。

狗兒何辜，無緣無故給帶來這醜惡煉獄，受盡痛苦而死，死後成了凶惡鬼怪，但也不能任其害人。

「我會替你們報仇的。」阿關說了這句，鬼哭劍脫手飛出，往巨獸身子竄去。

四周紫光閃耀，鬼哭劍在空中彈開，幾張紫色符籙現於空中，發出的光陣震開了鬼哭劍。

「唔！」阿關接著了反彈回來的鬼哭劍，只見到那幾張紫符飛揚空中，後頭神桌發出了嗡嗡的刺耳聲響，房間中的紫符結成了一個符陣。巨獸受了符陣刺激，難受地掙扎起來，仰起頭卻吼不出聲，憤恨怨毒、難受至極。

阿關這才知道，紫色符陣是用來禁錮巨獸的法陣，受了鬼哭劍刺激，展現出來，卻反而使巨獸更加痛苦難受。

「糟糕！」阿關陡然一驚，心想這下弄巧成拙了。

這巨獸猛撞著牆，四周都傳出了轟隆聲響，樓下那些傢伙必然聽見樓上騷動，他得下去幫忙阿泰才行。

他才剛想轉身，四周不但有轟隆聲，還傳出一陣陣狗吠。

□

「幹！這招眞屌！」阿泰哈哈大笑著，揮動著拳頭，大口吸菸。

小狂一個翻身躍上半空，凌空打了個滾，落在那棗色皮膚的無毛大狗身上，張開爪子一陣亂扒，將那大狗扒得怪吼連連。

另一旁牙仔則狠狠咬住黑色狼狗身上一顆腫瘤，頭一甩將那腫瘤扯破，黑血灑開一地，痛得黑色狼狗連聲慘嚎。

虎爺本是廟前神兵，專責驅趕惡鬼。剛才那大灰狗只是受了邪法操縱的惡犬，仍是生靈活物，因此牙仔手下留情，只用爪子打牠腦袋。然而此時三隻妖犬便是阿關在樓上見著的狗屍回魂，在邪毒法術控制下成了凶烈妖怪。三小貓便也不再留情，使出全力搏殺。

鐵頭身子一扭，堅硬腦袋轟在那身上帶刺的癩皮狗身上。癩皮狗身上的尖刺一點也沒能刺進石獅鐵頭身上，反而讓鐵頭腦袋一輪猛撞，身上尖刺斷的斷、落的落。

擂台主持人驚異莫名，一幫小混混個個瞧得目瞪口呆，他們想破頭也想不到，己方這些凶猛惡犬竟會碰上剋星。

他們當然不知道，儘管己方犬怪凶惡，但畢竟是新煉出的生手妖怪，和尋常狗兒打鬥像是大人打小孩，但碰上了身經百戰的虎爺、石獅子、風獅爺，這些新生狗怪當然不是對手了。

小狂吼叫一聲，緊緊咬住棗色大狗頸子，咬得那棗色大狗撲倒在地。小狂一陣扭頭亂甩，從棗色大狗的頸子咬下一大塊肉，紫紅色的血自破口流出，棗色大狗一動也不動地死了。

這頭，牙仔也咬破了黑色狼狗的腦袋；而那癩皮狗，則讓鐵頭撞碎了頭軟倒死去。

「哈哈、哈哈！」阿泰怪笑著，將菸蒂扔在地上，大步走去，向那主持人伸出手要討錢。「願賭服輸，一賠十，拿來。還有沒有狗呀？」

主持人憤然舉起拳頭，一班小混混圍了上來。

阿泰漫不在意，吹了聲口哨，牙仔、小狂、鐵頭立時蹦了過來，對著那班混混齜牙咧嘴。

混混們見那三小貓輕易咬死己方惡犬，知道這三隻小怪狗實在凶惡莫名，可不敢輕易對阿泰動手，反而都連連後退。其中有個小混混指著牙仔，嚷嚷地說：「你、你、你這傢伙作弊，這根本不是狗，怎麼看都像老虎！」

「對啊！我們賭鬥狗，你怎麼能帶老虎來呢？」主持人也跟著後退，連連說著：「不算……這不算……」

阿泰嘿嘿笑著，將鈔票放入口袋，扭了扭頸子，在大衣裡掏出了雙截棍，哈哈一笑，呸的一聲說：「幹！你老子我本來就不是來賭博的，我是來砸場子的，嘿——」

小混混們起了騷動，個個橫眉怒目，有的伸手抄起凳子，有的舉起那用來壓制狗兒的套索長竿，卻都不敢搶先動手，生怕成了三小貓攻擊的對象。

有個混混站得較後頭，擲出手中一個玻璃瓶子，大罵：「別怕，上，打死這傢伙！」

玻璃瓶破空飛來，牙仔一個翻身咬住玻璃瓶子，喀吱一聲咬碎。咬了一嘴玻璃碎片在口裡嚼著，再將碎片全吐出，吐在地上砸得劈里啪啦響，接著仰起脖子，烈吼一聲。

比起前幾個月，牙仔的吼聲已不再是幼貓的嘎嘎聲，而是雄烈尖嘯的虎吼聲。

眾小混混本來要一鼓作氣衝上，這時可讓牙仔這嚇人動作和凶猛虎吼嚇著了，又連連往後退。

「喲？小傢伙就嚇著你們啦？」阿泰嘻嘻笑著說：「我本來還想再多比幾場，真正厲害的還沒出來呢！」

「阿火，讓這些癟三見見你。」阿泰得意地搖了搖白石寶塔。

阿火踩踏著艷紅烈火躍出寶塔，落在地上猶如天神降臨一般。

「哇——」「真是老虎！」「怪物啊！」小混混們一見這水牛大小的赤紅老虎平空現出，都嚇得腿軟，你推我擠地往樓下逃竄。就連那主持人也顧不得老闆巨漢子就在一旁冷眼看著，也急急忙忙地和一票小混混一起逃，還不忘喊著：「老闆，快……快逃啊……」

那巨漢並沒有動作，粗壯的手仍然互相交叉，身後還有幾個跟班；但這幾個跟班比起先前那票還會講粗話的混混，神情似乎顯得冰冷陰沉，感覺不像是人。

「好了、好了。」阿泰揮了兩下雙截棍，望著那巨漢說：「給你個機會向孫大爺我道歉，要是賠我個一百幾十萬，我可以幫你驅驅邪、壓壓驚！」

「原來也是同道中人。」那巨漢終於開口說話：「我還以為是哪裡也有這法術，原來是從廟裡拘來的下壇將軍。」

「幹你還裝冷靜，害怕就說！」阿泰比著中指，大聲叫著：「你以為你長得大隻，我就沒辦法打得你叫媽嗎？」

「看我的厲害！」阿泰知道那巨漢可不是尋常凡人，想搶個先機，便怪叫怪嚷地揮著雙截棍帶頭殺上。

雙截棍照著巨漢腦袋猛然砸下，巨漢避也不避，眼睛都不眨一下，阿泰反而有些害怕，他那雙截棍十分堅硬，生怕這一棍子打出人命。卻只見巨漢腦袋給雙截棍打出了個小破口，暗褐色的血漿淋漓流下。巨漢卻一點表情也沒有，仍扠著手冷冷站著。

「幹！你到底是不是人吶？」阿泰怪叫著——他跟著六婆在福地好一陣子，也聽六婆述說了許多各地的奇異法術，知道那些奇異法術的某些徵兆和那股特殊邪氣。

原來這巨漢和阿姑一樣，都是妖怪鬼物附上已死的凡人身軀作惡。

但此時這巨漢卻和阿姑又有些不同，身上還帶著濃重人氣，不知為何流出的血卻是暗褐色的。

「小子……」巨漢還要開口，卻聽見樓上傳來了異樣的聲音，神情陡然大變，一臉橫肉全抖動起來，張大了口，利牙都突了出來，一隻粗手在空中揮動，憤怒指揮著：「上樓——樓上有人，法術被破壞了，那些狗會亂，快上樓！」

巨漢身後的幾個跟班臉上這才出現了表情，全都憤恨地衝向樓梯口，往樓上殺去。

「哈！是阿關！」阿泰聳聳肩，他知道阿關有太歲力護體，和邪神都打過了，幾個小嘍囉為難不了他的。當然，阿泰並不曉得阿關無意間破壞了三樓的法術結界，因此樓上幾間房中，上百隻煉到一半的凶烈惡犬全醒了過來。

「你們兩個打哪兒來的？為什麼要和我作對？」巨漢原本冷靜神情一下子全變了樣，一張臉變得深紅，兩隻眼睛像是要噴出火來，轟隆隆地逼近阿泰。

「喂喂，生氣啦？哈哈……」阿泰不停往後退著，嘴巴卻一點也不示弱。他又退兩步，伸手從大衣一抓，抓出一把貼了符咒的鐵筷子。

「看我千里穿雲箭！」阿泰呼嘯一聲，擲出那把筷子。筷子在空中翻滾飛竄，朝巨漢飛射而去。

「喝！」巨漢倒沒有料到阿泰還會放暗器，連忙舉起那雙粗壯手臂擱在頭臉前。筷子打上巨漢身子，炸出一陣陣閃耀光芒。

光芒退去，巨漢身子上滿布灼傷、衣服碎裂，露出了濃厚的體毛，像隻人猿。

「喝——」巨漢嗥叫一聲，朝阿泰跨步衝去。阿火猛然撲上，撲倒了巨漢，正要張口咬下，巨漢一個轉身將阿火摔開老遠，顯然力氣異常之大。

二樓後面幾間房也發出了陣陣狗吠，十來隻凶烈惡犬衝出了房間，殺進戰圈。

「你有瘋狗隊，我有傻瓜兵。」阿泰得意洋洋，哈哈笑著，大力揮動著白石寶塔，喊：「大王有令，嘍囉們出陣——」

黑影躍出，紫霧飛揚；狐狸精、老樹精、癩蝦蟆、小猴兒、黑虎爺大邪、風獅爺風吹、虎爺二黑二黃……全都躍出寶塔，在阿泰身前列成一隊。

「哇啊啊，嘩哈哈——」阿泰興奮大吼：「怕了沒？怕了就跪下叫我一聲『泰哥』！」

「這猴孫太囂張啦，竟然叫我們『傻瓜兵』，呱呱！」癩蝦蟆呱呱叫著，用後腿踹著阿泰。

「他以為他是阿關大人，他以為他是阿關大人！」小猴兒掄動著鐵棒，也和癩蝦蟆一同踢著阿泰。

「幹！讓我過過癮會死嗎？你們造反啦！」阿泰怪叫罵著髒話。這是他第一次拿著白石寶塔指揮裡頭的精怪、虎爺出戰，他早就想體驗一次了。

「給我咬死他們——」巨漢咆哮著，後頭十數隻狗妖狂嘯著衝來。

紫霧漫起，幾隻狗妖衝進紫霧中，撞成一團。綠眼狐狸輕盈跳著，又吐出了一團紫霧，罩住了另幾隻狗。

老樹精枯枝捲動，也捲上了一隻狗，將那狗捲得裂成兩半。

綠眼狐狸等精怪本便都有百年道行，幾次大戰下來，法術也越漸熟練，尋常鬼怪早已不是他們的對手了。

□

「哇哇！」阿關怪叫著，踢翻眼前一條惡狗，更多狗從房間擠來，有的往樓下竄，有的往阿關衝。

伏靈布袋在空中旋動，大黑巨手伸手一撈就是一隻狗，一捏就將這狗妖捏了個碎；蒼白鬼手和新娘鬼手也左右突擊，抓死了許多撲上來的狗妖。

阿關揮動鬼哭劍開路，劍上還微微閃動電光，斬倒一隻隻狗妖。

樓梯踩踏聲漸漸逼近，那些巨漢差使的手下全殺上三樓，其中有兩個領了一票狗妖下樓助戰，另外四個則往阿關殺去。

「你們……」阿關見那四個神情冰冷的跟班衝來，以為是人，不敢用劍砍，只得拳打腳踢，一拳拳打在一個跟班身上。那跟班像是不會痛一樣，掐住了阿關脖子，張口就要咬。

「喝！」阿關一手抵著那跟班下巴，低聲一吼，手上突然閃起了黑雷，炸上那跟班的臉，將他彈開老遠。

「糟糕！」阿關有些愕然，心想可不能殺人。儘管他對這些人深惡痛絕，而這些活人的所作所爲，比起許多惡鬼更壞上百倍不只，但阿關心中總是有所顧忌，他只殺過惡鬼，可沒殺過活人。

「你們喝了符水？還是中了阿姑邪術？」阿關怪叫著，心想這些傢伙或許也喝入阿姑的迷魂符水，這才變成了爪牙，要是如此，那便更不能殺了。

正這樣想著，蒼白鬼手已經抓碎了一個跟班腦袋，爆出來的是黑森森的漿汁，原來這些跟班同樣也是厲鬼藉著死屍活動。

「原來不是活人呀！」阿關鬆了口氣，鬼哭劍凌空飛去，立時射爆一個跟班。剩下兩個雙雙撲向阿關，後頭伏靈布袋竄來，蒼白鬼手和新娘鬼手一手一個，摘下了那兩跟班的腦袋。

阿關沒了顧忌，鬼哭劍亂斬，黑雷時而靈時而不靈，有一下沒一下地放出。

後頭轟隆隆大響，牆壁出現了裂痕。

阿關一個冷顫，心裡有數。一回頭，那狗形巨獸已經擠碎了房門出口，身上的狗頭全張開眼睛，憤恨地咧著嘴巴，卻仍叫不出聲，積壓的怨氣全爆發在牆壁上。

巨獸向前衝擠著，將兩側牆壁擠得碎裂傾塌，還踩死了不少其他狗妖。

「哇，拆房子了！」阿關怪叫著，更奮力地向前衝殺，殺到了樓梯口，又將兩個跟班踢下樓梯。

「底下也打起來啦？」阿關衝下了樓，只見二樓也殺得激昂，隨著方才兩個跟班領下來的狗妖增援，戰況更加激烈。

儘管這些狗妖眾多，但阿火、大邪、風吹這三隻大虎爺，張口揮掌就打死了兩、三隻狗妖；三小貓和二黑、二黃左右衝突，也殺得游刃有餘。虎爺們這次大戰狗妖，倒是戰得輕鬆愉快，那巨漢雖然暴烈，但比起邪神魔將仍差得遠了。

阿泰吆喝著，又掏出了一把符，撒了滿天都是。符像是長了眼睛，全往巨漢身上飛竄。巨漢身上沾著了符，燃起烈火。

「看我的小紙人！」阿泰從口袋摸出一疊小巧的人形紙疊，往地上一撒，成了一堆活蹦亂跳的小紙人。每隻小紙人只有二十公分高，一個個亂衝亂竄，抱住了那些凶惡狗妖、啃咬著他們的身子。

「呱呱！」癩蝦蟆笑著說：「怎麼這樣小的傢伙？比起六婆的紙人，你差多了！」

阿泰嘿嘿一笑，繼續喃唸咒語。只見靠他較近的小紙人一一燃出光火，化出一陣陣符術光芒，讓紙人纏上的狗妖們，讓這些還會冒火的紙人燒得亂蹦亂跳，紛紛不支倒下。

「這是我的新發明！」阿泰得意洋洋。「火紙人！」

「你們到底是何方妖孽？」那巨漢兩隻大眼目光灼灼，臂上肌肉不停突起隆動，舉起大拳頭揮向身前的綠眼狐狸。

綠眼狐狸一個翻身躍上空中，在那巨漢臉上甩了一巴掌後落地，有些吃驚地說：「還有人氣，這大妖和人同化了……不，應該是個成了妖的人！」

「聽不懂你說什麼『妖人』、『人妖』的！」阿泰不解地叫。

「我在山中百年，見過不少讓妖邪惡鬼上了身的凡人，漸漸讓妖魔蝕心；卻也見過一些主動與妖邪爲伍，甘願成魔的惡人。這傢伙雖然一身妖力，但人氣也旺，不像是被附體，倒像是心甘情願爲妖邪效力，做其爪牙！」綠眼狐狸見識廣，滔滔不絕地說。

「有這種事？」阿關遠遠聽了，一時也搞不清楚這些細節分別，只知道這殘酷鬥狗場，必然和阿姑有所關聯了。他又聽見背後一陣一陣轟隆隆的聲響，伴隨著喀啦啦的牆壁破裂聲，趕緊高聲提醒：「大家小心，更凶的要來了。」

先是更多的狗妖撲下了樓，失控亂衝，甚至互相殘殺起來。這是因爲三樓後幾間房裡的狗妖尚未完全煉成，還無法分辨誰是主人。

「有一隻大的！有一隻大的！」小猴兒蹦蹦跳跳，掄動鐵棒又打死了一隻狗妖，指著三樓樓梯口大喊：「哇！好大、好大！」

大夥兒看去，只見三樓樓梯口擠出一團黑糊糊的東西，塞滿了整個樓梯口。

樓梯口兩側的牆壁開始崩裂，三樓傳出了撕裂傾塌的轟隆聲響。

仔細一看，那黑糊糊的大東西，撐出了大前爪和一顆腦袋，是三樓那巨大狗獸——巨狗獸兩隻眼睛滿懷怨毒，激烈掙扎著。

「可恨，你們搗亂了我的計畫——」巨漢激動咆哮、憤恨罵著，唸著咒語往樓梯口跑去，朝那龐大的巨狗獸不停比劃施術。

阿關見巨漢那方陣腳已亂，便領著己方虎爺、精怪一陣大殺，將騷動亂竄的狗妖殺得潰不成軍，四處亂逃。

樓梯口突然傳出一聲慘嚎。

巨漢的咒術鎮不下那數十隻狗妖糾結成一塊的龐然大獸，巨獸一爪踏出，踩在大漢身上。那巨漢身型粗壯，但讓大狗獸一踩，雙腿仍全斷了，被壓在大爪子下頭不停慘叫。

「啊呀！」阿關陡然想起綠眼狐狸所說，那巨漢還是個凡人，想也不想，鬼哭劍已經飛竄脫手，擊中巨獸腦袋上那碗口大的眼珠子。

鬼哭劍竄入狗獸腦袋，在裡頭飛旋翻動。巨型狗獸登時激烈震動，四周牆壁震動崩裂得更重了，有一面牆壁漸漸垮下。

「我靠！房子要倒了！」阿泰怪叫揮動著白石寶塔，精怪們拉著那些還欲追擊狗妖的獅子、老虎們，全往寶塔裡跳。

巨獸身子崩裂，一條條四分五裂的狗屍伴著惡臭炸出，黑色漿汁瀉了一地。

「你……」阿關跳到了那大漢子身前，朝狗獸前爪揮了幾劍，斬散那由幾條狗屍結成的粗壯大腳。

大漢子兩隻腿都給狗獸踏得稀爛，慘不忍睹。

「你是不是在幫阿姑做事？」阿關拎著那大漢領口，將他半抬起身，賞了幾巴掌，大聲問著：「是不是阿姑！她在哪裡？」

大漢咬著牙不吭一聲，讓阿關又打了幾巴掌，直到癩蝦蟆和小猴兒跳來，一邊一個踩踏著他的斷腿，痛得眼淚都落了下來，總算才連連點頭說：「我……我……我是聽一個大王的號令，全都是她要我搞這些的……我……我只是想多賺點錢……」

「什麼大王？」阿關搖著大漢腦袋，大聲問著：「是不是阿姑？」

癩蝦蟆和小猴兒在大漢斷腳上跳得更大力了，也學著阿關問：「是不是阿姑？」

「我不知道！是個老婦人……是個老婦人！」大漢哭叫起來。

「你也會哭啊！你個頭這麼大一個，也會怕痛，也會哭啊！呱呱！」癩蝦蟆呱呱叫著。

小猴兒也怪叫著：「好端端地爲什麼要將狗兒變成妖魔？殺了可憐，不殺又不行！不殺又不行！」

阿關問著：「你的大王躲在哪？」

「不知道！」大漢哭嚎說著：「我不知道，大王還有其他事，大王只教我以狗煉妖……她自己以人煉妖！我想……她在人多的地方，在人多的地方……」

大漢還沒說完，阿關已按住他的腦袋，用力一抓，抓出好大一把惡念，全讓鬼哭劍吃了。

「好了、好了，別鬧了！」阿關趕跑了癩蝦蟆和小猴兒，將他們趕回寶塔。

「爲什麼放了那個惡人？」小猴兒和癩蝦蟆大聲抗議著：「阿關大人處事不公，邪化的精怪便一劍斬死，惡人卻放過！」

綠眼狐狸提議：「應當帶回去好好審問，我看他有很多話還沒說。」

「只要知道是阿姑，有個提防就好。」阿關搖搖頭說：「帶回去也麻煩。這傢伙身上還有一丁點法術可以讓他保命，他身子殘廢，就讓他自生自滅吧。」

阿關對這以殘暴手法煉狗妖的大漢深惡痛絕，先是在他臉上打了兩拳，但見他雙腿已廢，四周狗妖也讓虎爺、精怪殺得幾近全滅，三樓施法房更讓大狗獸毀壞，這大漢應該已無法再為惡了。

癩蝦蟆和小猴兒還想抗議，但崩塌聲更激烈了，阿泰已站不穩，拿著白石寶塔晃蕩著大喊：「走不走啊！房子要倒啦！」

綠眼狐狸搶過了寶塔，將阿泰推了進去，向阿關說：「阿關大人，你也進來吧，讓我施法衝出。」

阿關點了點頭，也進了寶塔。綠眼狐狸叱了一聲，口鼻噴煙，震碎了窗戶玻璃，拿著寶塔跳出窗子。

底下圍觀的人群紛紛遠離，只見那鬥狗場子轟隆隆響著，外牆還看不出什麼，但裡頭已經坍成了一堆。

綠眼狐狸飛竄跳著，跳了好遠，閃進了暗巷，這才停下了勢子。阿關、阿泰隨即跳出，也取出了石火輪和重型機車，遠遠看著騷動中的鬥狗攤子。

「哇幹，我的虎爺贏了，他沒賠我錢，裡頭還有我的本金啊——」阿泰不停摸著口袋，才想起剛剛將十幾萬塊鈔票交給那主持人，但一陣混亂，主持人早已逃得不知去向，氣得哇哇大叫。

「走吧。」阿關看著市場街裡，眾人們圍觀起鬨著，不停地打鬧、不停地叫囂，心中茫然難過，催促著阿泰一起回去找六婆。

64 邪氣大樓

「啥咪？」六婆將手上茶杯重重地放在桌上，氣沖沖地說：「又是那個老姑婆？」

「那些黑符水的味道，化成灰我也記得；而且鬥狗場裡的傢伙已經承認了，幕後主使者應該就是阿姑沒錯。」阿關苦笑地點頭，他和阿泰返回六婆公寓之後，便和六婆討論起剛才一戰。

阿關想起雪山主營劫囚大亂中，有不少邪神逃出了主營牢獄，包括順德大帝在內。而這鬥狗場堂而皇之地鬥狗、蒐集狗屍、修煉狗妖，這樣大張旗鼓的搞法，的確很符合順德大帝以往風格。

那鬥狗場巨漢曾說他的主人還有其他要事，這表示阿姑的煉妖計畫恐怕不只一處。如此急切地招募兵馬，或許是想趁著主營將重心放在捉拿叛逃太歲，以及追擊勾陳、西王母之際，再次迅速發展勢力，趁機東山再起。

「要是老姑婆的背後還有那個什麼順德碗糕的，倒也麻煩吶……」六婆摸了摸臉上皺紋，這麼說著。

阿關想了想，說：「那個順德，其實本身並不特別厲害，他最厲害的時候，應該是在舉辦千人法會、吸收了千人信徒精氣的那陣子。之後他在主營大牢被折騰得很慘，魔力應該已經衰弱很多。」

六婆說：「話是這樣說沒錯，但是老姑婆那些傢伙手段都毒辣，又沒天良，你們今天砸了她一個鬥狗場子，別的地方很可能還有好幾個什麼亂七八糟的煉鬼場子咧。」

阿關點點頭說：「這樣好了，明天開始我帶著精怪們四處去探探，看能不能探些情報出來。再等個幾天，等翩翩羽化成人，再一起商量下一步該怎麼走。」

阿關向六婆和阿泰解釋著，化人石能保存翩翩原本的法力和身手。他心中隱約感到這次鬥狗場子的背後勢力，恐怕比他原先想像中要大上許多。

化人石大蛹終究需要分心看顧，這也是他沒有繼續追究那鬥狗場巨漢如何和阿姑聯絡、如何施術煉狗妖等等細節的原因，阿姑或順德很可能及時趕到，反將他們一軍。在翩翩羽化成人之前和阿姑全面開戰，似乎有些不妥當。

「這倒是……」六婆點點頭說：「要是有翩翩仙子在，什麼順德大帝、阿姑、官將首的，都不用怕了。」

深夜的討論結束了，阿關和阿泰吃完了六婆的甜湯宵夜後，便各自回房休息。

阿關在那放置化人石大蛹的房間裡，緊鄰著大置物箱旁鋪了張毯子躺下。此時已是初春，天氣漸漸轉熱，不像以往寒冷，他很快地入眠了。

□

翌日黃昏，阿關待在房裡，守著他的化人石。

他燃了符令，向月霜回報消息，將與阿泰、六婆相會一事，簡單說明了一遍，並解釋著自己信任阿泰、六婆的原因。

月霜聲音聽來疲憊無力，像是受了傷。

就這樣一來一往地傳了幾道符令，阿關得知辰星部將們在中南部的行動並不順利。

辰星部將們連日來四處騷擾游擊，一方面暗中聯繫落難各方而尚未邪化的小精怪、小山神們，希望能發動更大範圍的游擊戰，使得主營兵力分散，讓主營顧此失彼、首尾不能照應，再伺機劫鼎。

但這戰略計畫難度頗高，西王母和勾陳已經式微，大多精怪、小山神都知道主營玉帝一方已經取得了最大優勢。且太歲鼎已經造成，一些本來還有些許勢力的小山神們，都藏匿起來，有些甚至已經投誠，嚷著要新任太歲趕緊替他們抓出邪念，不必終日喊打喊殺。

辰星部將們因而分身乏術，幾乎再無閒暇顧著阿關，只能囑咐要他自求多福，靜靜等待。在這樣的計畫中，阿關的身分仍然只是備位。

阿關用掉了最後一張符令，不得不結束和月霜的對話，他嘆了口氣，心中有些茫然。

阿泰在廁所看報，大聲嚷嚷著最近這個月的凶殺案竟高達一百四十八件。

阿泰還吼著說，報紙上將各類凶殺案分門別類列成表格，選出了「十大凶殺手法」、「十大凶器」等等名號，而報上排名第一名的凶器是菜刀。

除此之外，報紙還大篇幅報導那些慣於使用菜刀的凶手訪問稿、一幅幅斷手斷腳的慘屍照片，甚至開闢專欄介紹十餘名殺人狂使用菜刀劈人時的劈砍手感和斬人心得，以及逃過一劫的被害者的被砍心得、被害家屬親人離世的感言等等怪奇軼事。

阿關聽著阿泰不間斷的怪吼叫嚷，知道這些亂象都是惡念使然。他探頭看了看窗外，天空是那樣地褐紅嚇人，惡念覆蓋住了整片天空。

他不解地想著，既然主營已取得最大的優勢，也掌握了太歲鼎，接下來還想要做什麼？要是按照正神以往立場，主營此時應當已由太歲領著眾備位們，在太歲鼎上收納四方惡念了。

但此時惡念不斷降下，凡人生靈們正慢慢轉變性情，掌握了太歲鼎和絕對優勢的主營，下一步會做什麼？

儘管他始終深信天上的惡念終將會讓太歲鼎收盡，密雲的背後必會露出曙光，但當前情勢卻一再往邪惡那方傾倒，樂觀的盼望空洞虛無得難以實現。

地獄似乎即將到來。

□

「唉喲！那不是香香嗎？」六婆端了鍋雞湯上桌，來到陽台伸了個懶腰，瞧見了不遠處老廟廣場上那小小身影，正是香香。

阿關聽了六婆叫喚，走出房間，來到陽台和六婆打聲招呼。空蕩蕩的客廳中央那張木桌，擺了滿滿的油飯和菜餚，還有一大鍋雞湯，瀰漫著濃濃的香味。

「阿關吶，快來看看，怎麼怪怪的？」六婆嚷嚷著，指著遠處老廟廣場。

「什麼怪怪的？」阿關望去，只見到香香揹著個大書包，在老廟門前，安安靜靜地蹲在寶弟狗屋前，伸手逗弄著寶弟。

「狗仔怪怪的……」六婆看得出神，說：「我說吶，香香這小妹挺可愛吶，女孩也好，聽話懂事，不像我那猴孫，潑猴亂跳。」

「死猴囝仔，不會用湯匙啊！」六婆邊說，轉頭罵著那剛出廁所便伸手在桌上湯鍋裡抓出一隻雞腿啃的阿泰。阿泰嘴裡還叼著一根菸，和雞肉全攪和在一起也不介意。

阿泰抓著頭髮，大口嚼著雞腿，還不停喊燙，一旁的癩蝦蟆等精怪也吃得津津有味。

阿關也拿了碗油飯吃，回陽台嚷著要六婆一起來吃。

他和六婆、阿泰住在一起，似乎隨時都有種暖洋洋的感覺，不同於先前那樣冰冷無助。

「狗仔怪怪的……」六婆仍佇在陽台不走，皺眉仔細看著老廟廣場。「會不會生病了？」

阿關扒了口油飯，不解地問：「生病？」

六婆喃喃地說：「狗仔沒精神，一動也不動的，我記得牠昨天一直繞著小妹跑。」

阿關回房，從房間背包裡拿了望遠鏡出來，朝老廟望去，果然見到寶弟大半個身子縮在狗屋中，只探出了個腦袋讓香香撫摸。

「不對，不是狗仔怪怪的，是小妹怪怪的。」六婆搶過了望遠鏡，望著香香說：「她的眼睛怪怪的。」

「不會吧。」阿泰喝著雞湯，呑著菜餚，也來到陽台湊熱鬧，胡亂開著玩笑：「阿嬤，妳又疑神疑鬼了，哪有什麼奇怪，小女生來月經啦，哈哈！」

「死猴孫仔說話沒個分寸，小妹才幾歲！」六婆重重地在阿泰手臂上擰出了一個黑青，痛得阿泰嘴裡的雞湯都噴了出來。

「眞的怪怪的！」六婆十分堅持，將望遠鏡遞還給了阿關，說：「你看，小妹臉是不是青青的？腳是不是踮了起來？」

「嗯？」阿關調整望遠鏡的放大倍率，這只以天界酬勞購入的昂貴望遠鏡性能極佳，儘管離老廟廣場有些距離，但還是清楚看見香香的一舉一動，甚至臉上表情神態。

在六婆提醒下，阿關果然見到香香的臉色有些發青，且蹲姿十分不自然，整個身子似乎有些僵硬。

「我看不太清楚……」阿關不敢肯定，將望遠鏡遞給阿泰。「你看看。」

阿泰揉著臂上的黑青，接過了望遠鏡，大發議論著：「再不然就是交男朋友了啦……」

「好像眞的有點怪怪的。」阿關凝神看去，隱約感覺到有些異樣的氣息瀰漫在香香左右。這是他第一次相隔這麼遠的距離，去感受一個人身子四周散發出來的氣息。

「講那麼多幹嘛，小妹妹就在附近，直接去看看不就行了，原來凡人很笨吶，呱呱！」癩蝦蟆呱呱地和綠眼狐狸閒聊。

「走走，去看看——」六婆催促著，卻自顧自上房間翻著，拎出兩個大包袱，在身上交叉揹著，還提了個紙籃，嚷嚷著帶領大夥兒就要下樓。

「六婆，妳先吃飯啊。」阿關苦笑，加快速度將碗中油飯扒完，抹抹嘴說：「我去看看就好了，順便把香香也帶回來喝雞湯。」

「不對勁、不對勁！一起去、一起去！」六婆一點也聽不進阿關的話，一味地想往樓下跑。

阿泰也拎起自己掛在椅子上的戰鬥大衣，他昨晚回來，早已補齊了衣服裡的符籙和各式武器。阿泰悄悄在阿關耳邊說：「阿嬤偷偷學我，也準備了許多自己的戰鬥武器，一包是符、一包是法器，籃子裡的是紙人，哈哈！」

阿關苦笑，朝著癩蝦蟆吩咐著：「我和六婆、阿泰去看看香香，你們在這兒保護翩翩。」

癩蝦蟆領了命令，乖乖吃著雞湯，坐在圓板凳上望著白石寶塔，對寶塔說話：「呱呱！現在換我癩蝦蟆大人當總指揮了，一堆大貓、小貓全都給我聽好，小心守著翩翩仙子，聽到沒有，呱！」

□

阿關、阿泰各自騎著自己的車，很快來到了老廟，繞著曲折的巷弄往老廟走去，遠遠地便聽見狗吠聲。

是寶弟的哀聲。

阿關和阿泰互看一眼，加速趕到老廟三合院前那空蕩蕩的小廣場。

遠遠望去，老廟門前，香香嘻嘻笑著，像是要教牠跳舞一般，兩手抓著寶弟兩臂，將牠拎著在空中打轉。

狗兒的關節構造不同於人，這麼抓法使得寶弟發出了痛苦的哀鳴。

「香香、香香，妳怎麼沒去上學？」阿關跳下石火輪，朝香香跑去。此時他已清楚地感應出香香身上散發著妖異邪氣。

阿泰也停下了車，六婆下了後座，跟在阿關後頭跑，一面大叫大嚷著：「我說的沒錯，小妹給邪東西上身了、上身了！」

香香轉頭一見阿關、六婆，便朝他們猙獰地做了個鬼臉，將寶弟重重一摔，一把推開了廟門。

昨晚六婆臨走前，老廟廟門並沒上鎖，儘管如此，讓香香一推，卻轟然打開，顯然此時香香的力氣異常巨大。

阿關追進老廟，只見到香香站在供桌上，大聲地尖吼，朝阿關吐口水，將神桌上的香爐、燭台等，全踢下了桌。

「可惡的鬼怪！」阿關也跳上了桌，一把就抓到了香香，手一用力，以捉拿惡念的方式，去逼迫著香香體內的邪靈。卻又不知該如何拿捏力氣，擔心弄傷了眼前這小女孩。

香香見阿關只是抓著自己，卻沒有下一步動作，便舉腳踩踏阿關的鞋，張口咬住了他的手臂。

「哇！」阿關痛得大叫，要是尋常鬼怪這樣咬他，早召出鬼哭劍捅下去了，但此時卻連甩手揮拳都得再三考慮。

「讓我來——」六婆嚷嚷著衝了進來，一把就搭住了香香胳臂，從包袱裡取出幾張符，往香香腦門上一抹。

幾股橙黃煙霧自香香口鼻中漫出，香香有些失神，眼一翻白便倒了下去。

六婆又從包袱中抓出一把符，往天上一拋，符像是長了眼睛般，在空中遊晃飛揚。

那若隱若現的人形煙霧左衝右突，卻始終逃不出六婆符陣包圍。

符陣圍得更緊，一張張沾上煙霧人形——是那附上香香身子的邪靈。

「抓到他了，是隻野鬼！」六婆叫嚷著，一把揪下那讓符籙貼滿了身子的邪靈野鬼。

野鬼讓符籙法力鎮得難受，在地上打滾，拚命扒著臉，看來痛苦不堪。只一會兒，野鬼已經讓符陣鎮得化成了灰燼，留下一股燒焦的臭味。

「香香、香香！」阿關將香香抱下神桌，放在地上，輕輕拍著她的臉頰。

「好端端的，怎麼會讓鬼上了身呢？」六婆抓著腦袋，也輕拍著香香的腦袋。香香總算睜開眼睛，神情茫茫然的，一句話也說不出來。

「小妹吶，妳知道妳剛剛做了什麼嗎？」六婆問著。

香香愣了好久，只是搖搖頭，一點也不明白自己爲什麼突然會在老廟，會縮在六婆懷裡。

然後香香神智漸漸清晰，突然一陣痙攣，身子弓起，伏在地上嘔吐起來。

吐出來的，是漆黑且濃稠的漿汁。

漿汁中還有些符紙碎塊。

「猴孫吶、猴孫吶！去倒水！」六婆尖叫起來，阿泰也慌了手腳，趕緊上廚房倒水出來，一邊憤怒咆哮痛罵：「幹！是阿姑——」

「原來是我想錯了。」阿關捏緊了拳頭，憤恨地說：「我一直以爲香香的父母是受了惡念影響，所以脾氣才發生變化，現在看來，又是阿姑在作怪……」

香香還不斷嘔著，喝了幾口水，又繼續嘔吐起來。

「小妹吶，吐沒關係，把水喝下，把髒東西都吐出來！」六婆拍著香香的背，恨恨罵著：「那個老姑婆，到底要害多少人她才甘願？」

香香又吐了一會兒，全身疲軟無力，卻已不像先前那般痙攣抽搐了。六婆抱著香香進了房間，將她擺在草蓆木板床上。

「香香，妳家裡最近發生了什麼事嗎？」阿關跟進了房間，這麼問著。見香香不明所以，便又換了個方式問：「妳爸爸、媽媽有沒有吵架，或是罵人什麼的？」

香香點了點頭，虛弱地說：「爸爸……媽媽……變得很嚇人，都沒有去上班……鄰居也很奇怪，我不敢回家……爸爸……要我喝黑黑的湯……喝了……一整天都會很奇怪……」

六婆輕輕拍著香香的臉說：「小妹可憐吶，妳先躺一下，喘口氣，待會兒阿嬤帶妳上阿嬤家，有雞湯喝，吃頓飯，好不好？」

香香一臉疑惑，還想說些什麼，但全身軟弱無力十分難受，也沒有回答，昏沉沉地閉上了眼。

六婆出了房間，大廳裡阿關神情凝重，和阿泰竊竊私語。

「六婆，香香也得麻煩妳照顧一下了，我知道香香家在哪，我去看看。」阿關這麼說著。

阿泰也答腔：「嗯嗯，我也去看看。」

「唉呦，你們兩個又要自個兒行動，留我一個老太婆看小孩啦。」六婆埋怨著，拍著身上捆著的兩大包袱，似乎還意猶未盡。

「阿嬤啊，妳年紀這麼大了，我和阿關是擔心妳啊！」阿泰碎碎唸著。阿關則取出了伏靈布袋，遞向六婆。

六婆訝異地搖搖手：「唉呀，阿關吶，這不是你的收妖法寶嗎？你留在身上比較安全！」

阿關笑著搖頭，召出了鬼哭劍，故意使劍凌空打轉，得意地說：「我有鬼哭劍，現在還學會放黑雷，這布袋六婆妳一定要帶在身上，或是掛在門上，這樣我和阿泰就更無後顧之憂了！」

六婆推辭了半晌，阿關仍然堅持，阿泰抖了抖那件大衣，也幫腔說著：「阿嬤，沒關係啦，有我在阿關身邊，什麼牛鬼蛇神都難不倒我們的啦，我們是凡間最強二人組合。」

「小白、大黑、小紅，你們聽著，好好保護六婆和翩翩。」阿關朝袋口吩咐著，不給六婆再有推辭的機會，將布袋一拋。

阿關話才剛說完，只見伏靈布袋飄呀飄地升起，果然飄到了六婆腦袋上空，緩緩盤旋著。

「走喔！」阿泰吆喝著，拉著阿關往廟外頭走。

六婆嘆了口氣，看著兩個囝仔打鬧著去牽車，心裡又是擔心、又是不服氣地說：「兩個猴囝仔瞧不起老太婆喔，想當年我一個打十幾個小流氓都不手軟哩。」

六婆拿了掃把和水桶，清理著大廳地上那灘黑色嘔吐物。黑色漿汁瀰漫著惡臭，六婆一面掃，一面罵著阿姑喪盡天良。

伏靈布袋飛旋下來，大黑鬼手伸出，竟一把搶下六婆手上的掃把，自告奮勇地掃起地來。

「唉喲喂呀，笑死老太婆了喲——」六婆見伏靈布袋胡亂抖動著，大黑鬼手拿著掃把、蒼白鬼手拿著畚箕、新娘鬼手拿著抹布，互相碰撞清理著那灘穢物，不由得呵呵笑了起來。

□

阿關、阿泰一前一後，往一處僻靜社區騎去。

「你知道香香住哪？」阿泰問著。

「香香跟我提過她家大致位置，這附近只有幾個社區，繞一圈，很快就知道是哪裡了。」阿關解釋著。

約莫二十分鐘後，阿關和阿泰已經繞過了三處大樓社區，都沒有發現異樣。當他們前往第四處大樓社區時，阿關遠遠便已經確定前頭那由數棟土色高樓組成的社區，就是香香住處。

他見到那社區大樓高處，隱約瀰漫著一股濃重的氣息，但不是惡念。淡淡的惡念在每一處社區、鬧區、鄉鎮都微微瀰漫著，但這土色大樓社區圍繞著的妖異邪氣，卻像是刻意設下的法術，在這社區大樓附近還有不少野鬼徘徊，大都臉色慘白，失神遊晃著。

「嘿，你別開口，我就已經知道，就是這裡！」阿泰搶先煞車，重型機車漂亮地打了個橫，停在離那社區大樓大門十數公尺遠的街燈下。

阿關也停下了石火輪，朝社區大樓中庭看去。此時是下班時分，許多住戶回家，在他們肩上都蹲了隻小野鬼，陰慘慘的。

阿關喃喃自語說：「我還以爲那鬥狗場子已經很誇張了，想不到阿姑這次這麼絕，直接對一整個社區的活人下手。」

阿泰長時間和神仙相處、與鬼怪相鬥，又向六婆學習了不少驅邪術法，也感應出這兒的異樣氣氛，裝模作樣說著：「陰氣果然很重吶！隊員阿關，跟著隊長前進！」

「你什麼時候變成隊長了？」阿關白了阿泰一眼。

「我是隊長，你是隊員一號。」阿泰呼哈兩聲，用誇張的動作從身上抽出兩只符鏢，用食指和中指夾著。夾鏢手勢也像是特別練習過，看來還挺帥氣。

阿泰一手捏著符鏢，一手插在大衣口袋裡，緩緩往社區大門靠近，還不忘提醒阿關：「跟上來，隊員阿關！」

「喂！」阿關從後頭一把抓住了阿泰領子，將他拉住，低聲斥著：「別鬧了，你這副樣子太醒目了，不要說鬼怪，你連警衛室都沒辦法通過！」

阿關邊說，邊指著大門那打著盹的管理員。

「這倒是……」阿泰搔了搔頭，將符鏢收回口袋，又取下了墨鏡。

阿關唸了隱靈咒，往阿泰後頸拍了拍，往自己身上也拍了拍。「這樣我們就不會特別引起鬼物們的注意了。」

兩人裝作沒事，趁著那上了年紀的大樓管理員一個不留神，跟在進入社區的住戶們後頭晃入了中庭。

「幹，都是有錢人住的。」阿泰埋怨了幾句，這兒是高級住宅區，裡頭的住戶大都是有錢人家。

「喝！」阿泰低呼一聲，拉了拉阿關後頸領子，暗暗指了指中庭一處花圃方向的幾棵大樹。

大樹上吊著密密麻麻的小野鬼，全都赤裸著上身，穿著破爛小短褲，攀著那幾棵大樹，冷冷向下看著。有時會飄落下來，蹲在返家的住民肩上。

仔細數了數，這社區大樓由六棟差不多高矮的大樓組成，圍成一圈。

阿關仔細感應著，發現這六棟大樓之中，其中一棟的第十二層，帶著更強烈的邪氣。這棟大樓四周的邪氣，似乎都是由那層樓散發出來的。

「別開口，我也感覺出了，老妖婆就躲在那裡！」阿泰搶先開口，指著那散發著邪氣的十二樓。

「記住，低調一點，別引起四周小鬼注意！」阿關這樣提醒著阿泰。

他倆身上下了隱靈咒，氣息比一般凡人還弱，似乎引不起小野鬼的注意。在確定了目標後，兩人很快地進入該棟大樓電梯，往樓上前進。

阿關進入電梯，不安地轉頭四顧，他曾經受困在電梯天障中，對於電梯有些不好的印象；但他隨即想起自己也曾受困在樓梯天障裡，走樓梯未必安全。

兩人在電梯中看著數字不停爬升，也閒聊起一些瑣事。

阿泰的手機響了兩下，是通簡訊。

阿關探頭去看，竟是宜蓁傳來的簡訊，上頭寫著：猴子，你在北部可好？小心別死掉。

「喔！你和小護士在交往！」阿關驚訝問著。

阿泰反而有些不好意思，揮手說著：「沒啦，只是出去吃了幾次飯，看了一次電影而已，不算是交往啦。」

原來阿泰和宜蓁在福地仍然時常打鬧，福地裡一票凡人都是上了年紀的老人，就只有阿泰和宜蓁年紀相仿，打著打著也熱絡了。兩人嘴上雖沒表示些什麼，但也趁著空閒的時候，在太白星同意之下，渡海上了城鎮蹓躂蹓躂；但兩人個性相差甚遠，幾次相約出遊都少不了吵嘴。

「你喜歡她嗎？」阿關沒來頭地問。

「幹，那個娘們規矩眞多，又不准抽菸、又不准罵『幹』，誰喜歡她啊！她看我帥，老是纏著我說話，老子不跟她說話，她就發脾氣，這種女人誰敢要啊！」阿泰又抽起了菸，手放在背後亂按著手機按鍵，回覆宜蓁的簡訊。

電梯門打開，一陣濃重邪氣衝進門裡。

阿關伸手在臉上拍了拍，打起精神出去，阿泰也叼著菸跟在阿關後頭。

「隊員阿關，左右兩邊都是門，聞出是哪一間沒有？」阿泰深深吸了口菸，將菸在電梯旁的金屬垃圾桶捻熄。

「還沒有。」阿關專心凝神，左右兩邊的通道都瀰漫著濃濃的邪氣。一共八戶住戶，卻分不清邪氣是從哪一間散發出來的。

「嘖！應該帶狐狸他們來的……」阿關往前走著，走廊陰森森卻又沒什麼動靜。兩旁住戶鐵門鎖得緊實，一點也無法得知裡頭動靜，要是綠眼狐狸等精怪在，早就隱身進去了。

「按電鈴好了，一間一間敲門，門一打開總看得出裡頭動靜了吧。」阿泰這麼說著：「要是沒人在，我們就破門而入。」

「破門而入，這怎麼行？」阿關正猶豫著，後頭電梯又打開，兩個婦人走了進來，手裡還分別捧著罐小瓶子，裡頭是黑色的液體。

「快快，快回家準備，夜裡師姑要來，快準備些東西，免得對大帝不敬。」胖婦人催促著，瘦婦人也急急忙忙地掏出鑰匙開門。

瘦婦人在阿關和阿泰身旁那間屋子開了門。阿關和阿泰順勢探頭向房裡偷瞄幾眼，只見到客廳似乎貼了些符籙，其他一切正常。

「阿美、阿美！」胖婦人一邊開著自己家門，一邊敲著隔壁家的鐵門，鐵門打開一角，是個眼眶深陷的婦人。

胖婦人指著另一間住戶鐵門，問那黑眼圈婦人：「林嫂還沒回來吶？記得打電話催她，夜裡要聚會吶。」

胖婦人問完，看了佇在外頭的阿關、阿泰兩眼，也沒說什麼，自個兒進屋去了。

「我知道了。」阿關想了想，悄聲將阿泰拉到了角落，向他解釋：「剛才胖大媽說的『林嫂』那間住戶，是那些信徒的聚會場所，她們說夜裡『師姑』會來，應該就是阿姑。我們埋伏在附近，阿姑一來，我就用鬼哭劍射死她。」

「哇幹！」阿泰問著：「你不怕那老妖婆帶著手下？」

「我不怕啊。」阿關想了想說：「我只怕順德大帝也跟著來，要是他來，我們可能對付不了；他不來，我們就找機會殺阿姑！」

「好，就採納隊員阿關的建議。」阿泰伸了伸手臂，深深打了個哈欠，做出結論：「暗殺阿姑。」

兩人商議完畢，退到了樓梯口，低聲討論著哪裡可供埋伏。

只見到底下熱熱鬧鬧，又上來了好幾個中年信徒，三女兩男，手裡都拿著瓶瓶罐罐的符水，有些神情呆滯，有些清醒點，還會出聲交談。

「咦？你們是？」一個穿著長袖襯衫、戴著眼鏡的斯文男人，見了阿關、阿泰靠牆交談，便湊上去問：「你們是這兒的住戶？怎麼沒見過你們？」

阿關有些手足無措，胡亂說著：「我嬸嬸帶我們來參加什麼大帝聚會，她自己還沒來，我們不曉得那聚會在哪邊，找不到啊。」

「咦？你嬸嬸叫什麼名字？」斯文男人和幾個婦人聽了，全湊了上來，有的熱情招呼起來：「原來是自己人，一起上來吧，就在上面，師姑快要到了。」

那斯文男人較謹慎，推了推眼鏡問：「你們叫什麼名字？」

「我也姓林，名祖恭。」阿泰搶著回答，又拍了拍阿關肩頭。「他是我弟，林祖瑪。」

「呃……」斯文男人有些發愣，一堆大嬸已經簇擁著阿關、阿泰往前頭那聚會住家走去。

「林嫂！」「林嫂！」兩旁的住戶聽見了聲音，也紛紛打開了門，有些打著招呼，有些準備妥當，也帶齊了符水出門。原來這批上樓的信徒中，那位「林嫂」就是這次聚會住家的主人。

林嫂年紀五十來歲，矮矮胖胖、模樣和藹，掏出鑰匙開了門，客廳乾乾淨淨沒有什麼奇特之處。

阿關、阿泰湊在人群之中，和大叔大嬸們有一搭沒一搭地聊著。

林嫂端出了水果拼盤，招呼著信徒朋友。十五分鐘過去，進來的信徒越來越多，阿關、阿泰佇在角落，打量著這住家四周。

客廳裡越漸熱鬧，信徒們彼此打著招呼，互相寒暄問候，談些家常瑣事。阿關對這情景倒不陌生，他記得幾個月前家裡也曾有過這番景象。那時他讓幾個大嬸合力逮著，給澆淋了一身惡臭符水。那時他躺在椅子上裝死，幾個鐘頭都聽那些信徒們談些生活瑣事，不時夾雜幾句「大帝法力無邊」之類的廢話。

「喲，張先生、張太太！」一個阿伯向那斯文男人大聲打著招呼，那斯文男人身後還跟了個婦女，兩人像是夫妻。

阿伯問著：「怎麼今天沒帶女兒來？女兒在補習啊？」

婦人眼神茫然，說不出個所以然；斯文男人則揮了揮手說：「不知道跑去哪裡玩了，回來我會好好教訓她。」

阿關遠遠聽了，和阿泰互看一眼，伸長了脖子更仔細聽，只聽見婦人低聲問著：「香香跑去哪了？」斯文男人則甩著手說：「她玩膩了自然就回家了，別慌、別丟人現眼，有大帝保佑，還怕香香出事嗎？」

阿關吸了口氣，原來香香的父母也是這聚會的忠實信眾，要是任憑阿姑繼續作亂，香香可能回不來了。

大夥兒繼續聊著，阿關注意到窗外有些白影晃動，他拍了拍阿泰，一同看去，是那些小野鬼。小野鬼們掛在窗上，飢腸轆轆地往裡頭看。

「別讓他們發現我們在注意他們。」阿關低聲提醒。

電鈴聲響起，門外傳進交談聲和誦咒聲，信徒們騷動起來，爭相往門口擠去，大聲嚷嚷著：「師姑來了、師姑來了！」

阿關、阿泰不約而同地緊張起來。

阿關拉了拉阿泰說：「阿姑見過我，但是沒見過你，你在客廳守著，我找地方躲起來，找機會偷襲她。」

阿泰還沒反應過來，就見到阿關假裝找著廁所，閃身往後退入牆後，還探出一點頭往客廳偷看。

阿泰也拍了拍大腿替自己打氣，試圖驅走緊張心情。他雙手插在口袋裡，緊緊握著符咒。

鐵門打開，外頭好幾個信徒紛紛進門。只見到阿姑居中，一身素色錦袍，打扮得像是個和藹婆婆，手上還掛著一圈圈的念珠。

信徒們圍著她，不停喊著：「師姑、師姑！」

「請問，廁所有人嗎？」阿關躲在牆後廁所旁，這兒靠廚房也近，也有幾個信徒忙著洗水果，進進出出。阿關不想讓他們起疑，隨口問著裝作是要上廁所。

「林嫂的女兒在裡頭，你很急嗎？要不要去敲敲門？」一個大嬸這樣回答。

「不，我不急，我等等好了。」阿關搖搖頭，又小心探頭看了看客廳。見到阿姑進來，立時凝神準備，甩了甩拳頭，靜待時機，準備召出鬼哭劍，一舉擊殺阿姑。

「小弟，你是新來的？怎麼沒見過你？」阿姑在眾人的簇擁下，來到客廳，見了阿泰傻怔怔地佇在一角，便開口叫他。

阿泰暗暗抖了一下，胡亂應答：「不，我嬸嬸……她還沒來，我打電話催她……」

那些一同和阿泰上來的信徒們，有些搶著回答：「兩個小弟來找嬸嬸，嬸嬸還沒來！」

「來、來、來。」阿姑朝阿泰招著手：「新朋友來，讓我替你灌頂祝福。」

信徒們一陣歡呼，鼓譟起來。

阿泰愕然，看了看阿關。阿關躲在牆後，探頭出去，向阿泰點了點頭。

阿關手心出汗，反覆地握拳又鬆開，要是阿泰以符術出其不意地攻擊阿姑，更能增加鬼哭劍突擊成功的機率。

「大哥。」一個溫柔女聲在阿關耳邊響起。阿關怔了怔，回頭只見一個十五、六歲的漂亮少女，用溫柔尖細的嗓音對他說話，一股香風吹上臉頰。

「你要用廁所嗎？」少女白嫩嫩的手挽住了阿關後頭，將他往廁所拉去。阿關有些恍神，腳步踉蹌地隨著那少女往廁所去，隱隱約約只知道這少女自稱是這屋主林嫂的女兒。

「大哥，我可以抱你一下嗎？」少女將阿關拉到了廁所門邊，雙手圈上了阿關頸子，嘟著嘴巴就要湊上去。

阿關突然覺得從小腹至胸口有一股亮白的光芒熱氣升起。他定神看了看，眼前哪裡是什麼可愛少女，搆著他雙肩的，是一個皮膚黑皺、幾乎分不出性別的枯老乾屍。

乾屍張開了口，舌頭露在口外，朝阿關親了上來。

「喝！」阿關一把抵住了乾屍下巴，不讓乾屍嘴巴逼近。

「哇啊！」客廳裡，阿泰也陡然尖叫，他本來就要掏出符咒了，那些推著他前進的大叔、大嬸卻突然變了副樣子，一隻隻乾枯的手抓著他的手臂、他的大衣、他的肩頸，將他往阿姑那兒推。阿姑仍然和藹笑著。

阿泰只叫一聲，突然不叫了，神情恍惚呆滯，口水都落了下來。

「小弟，口渴不渴？」阿姑柔聲問著。

「我渴……」阿泰點點頭，一旁一個同樣神情呆滯的信徒，已捧著大杯符水，遞了上來。

「阿泰！別喝——」阿關讓那乾屍搆著，糾纏到了牆邊。見到阿泰恍神，奮力掙脫，雙臂激出黑雷，將那乾屍電得彈開。

鬼哭劍凌空現出，倏地射去。

那信徒手拿著符水，在湊上阿泰嘴唇之際，讓鬼哭劍射爆杯子，濃黑符水炸了一地。

阿姑轉了頭，朝阿關微微笑著。

「呃！」阿關腦袋一片空白，只覺得大不妙，他隱約感到自己這次計畫，犯下了嚴重的錯誤。但在這瞬間，他無法思考太多，鬼哭劍飛旋突刺，將那些抓著阿泰的乾屍一一刺倒。

「哇幹！」阿泰跌倒，也回了神，見到身邊幾具乾屍倒下，又有兩、三個乾屍撲來，急急掏出鎮魔符籙，朝天一撒，紅光四射，幾具乾屍全讓這陣紅光射退倒下。

「阿姑——」阿關大叫著，往客廳衝去，接回鬼哭劍，跳著要去斬阿姑。

阿姑仍微笑不語，四周還有許多信徒，有些驚愕說不出話，有些茫茫然地搖頭晃腦，包括香香的父母在內，都緩緩退到了牆邊。

「這是陷阱！」阿關大叫，揮劍斬向阿姑。阿姑身子輕飄飄地飛上了天，在天花板亂竄，笑得誇張恐怖，身子散發出一股股黑煙。

那些信徒們吸入了黑煙，紛紛倒下昏睡。

阿泰怪叫著，連忙掏出幾張符，唸了咒語，一會兒往鼻子抹、一會兒塞入口裡嚼，這才抵擋住了阿姑的迷魂術。

阿關則一點事也沒有，他體內的太歲力越趨成熟，不怕這樣的迷魂術。

四面窗子震動起來，外頭的小野鬼全張大了嘴巴，怪吼怪叫著敲擊窗戶。

門口也騷動著，一隻隻小野鬼從門口擁了進來，更有不少小野鬼直接穿牆而入，將阿關和阿泰團團包圍。

阿姑什麼也不說，只是一味地笑。

「老妖婆，別小看我！」阿關大聲叫著，掏出了白焰符唸咒，銀亮閃光四射，一道道白焰流星似地亂打。

整個客廳炸出一陣陣閃光，擁入屋內的小野鬼讓白焰炸得倉皇亂跳。由於阿泰寫符更爲熟練，白焰符的威力也似乎更厲害了，幾乎要和最初太歲放入伏靈布袋中，那幾張一炸便炸去鬼新娘半邊身子的白焰符同樣厲害了。

阿泰也沒閒著，抓出一把用鎮魔符咒折成的符鏢和一把捆了符的鐵筷子，用他自認爲最帥氣的姿勢，朝四面飛扔擲射。

阿姑俯衝而下，要抓阿關後背。阿關閃過兩次，阿姑仍不停俯衝來抓。

阿關怔了怔，直覺有些不對頭，卻又說不上來。突然想到了妙計，在阿姑第四次飛下抓他肩頭時，故意緩下動作，讓她抓住自己肩頭。

阿姑的手才剛碰上阿關肩頭，就見到阿關手臂閃耀出陣陣黑雷，尖叫著要放手已來不及，黑雷順著阿關手臂，轉上阿姑手臂。

「哈，妳想不到吧！」阿關喊著，一把反抓住阿姑手臂，更大一波黑雷順勢放去。阿姑動彈不得，全身炸出黑煙。

阿關一點也不手軟，鬼哭劍順勢送去，捅進阿姑小腹。

只見阿姑嗥叫一聲，軟倒墜下，癱在地上不停掙扎，身形慢慢變化，變成了一隻和四周小野鬼長相差不多的慘白野鬼，已然死去。

阿關怔怔地看著地上的野鬼屍骸漸漸化爲灰燼，突然臉色大變，大聲喊著：「這不是阿姑，阿泰，我們中計了！」

阿泰曾經在討伐順德大帝一戰中的竹林裡，見過阿姑指揮著官將首大戰家將團的模樣，此時聽了阿關叫嚷，也登時醒悟，掏出雙截棍亂揮著，往門口衝，一面大叫：「幹！這是調虎離山，快回去、快回去！」

就在兩人奮力往門口衝的同時，大門轟然關上。

阿關搶到了門前，猛拉鐵門門把，卻打不開門，卻聽見門後頭吱吱喳喳的聲音十分吵雜響亮。這才知道應當是小野鬼們知道鬼哭劍的厲害，合力拉著鐵門，不讓他們出去。

「他們在拖延時間，我們快走！」阿關腦袋轟隆作響，終於明白這聚會只是個幌子，實則是個捕捉他倆的陷阱。

「阿關，我們跳窗！」阿泰大吼著，又發出一陣符術，大衣一抖，從內袋抓出一疊小紙人，然後大聲唸咒，整疊小紙人最上層的紙人開始浮動。阿泰到了窗邊，將那手舞足蹈的紙人放在窗沿上，大聲吩咐著：「小子，給我抓緊！」

阿關聽阿泰這樣吩咐，也立刻明白阿泰要做什麼，趕緊一個箭步跟上，握著鬼哭劍朝窗子搥去，將玻璃敲碎。

阿泰抓著紙人，紙人串飛揚浮動，每張小紙人的手都緊緊互握、一張牽著一張，在空中飄浮。阿泰抓著其中一截，已經踏上了窗沿，阿關也跳上窗沿，同樣抓住紙人串其中一截。

「這穩不穩？」阿關問著。

阿泰將紙人串在自己身上繞了兩圈，又在阿關腰間繞了兩圈，回答：「穩！」

逼近殺來的小野鬼們，則全讓飛竄的鬼哭劍擊碎。

抵住鐵門的小野鬼們見沒了動靜，也紛紛穿出了牆，見阿關、阿泰要跳窗，都憤怒地飛了過來。

阿關、阿泰互看一眼，身子一躍，從十二樓往下跳去。

「哇——」兩人在空中緊抓著紙人串，下落的勢子極快，上頭突然鬆動，抓著窗沿的紙人讓小野鬼給扯碎了。

但紙人串並沒有墜下，因為紙人串上每一隻紙人都以一手抓著一人，另一手則騰出來亂抓，抓著掛在外頭的電線，搆上其他樓層的窗沿，或是牆上的突起物。千百隻紙人一同施力，雖然還在下墜，但已減緩了勢子，反而像條大蜈蚣在牆上攀爬一般。

阿關和阿泰鬆了口氣，紙人串繼續往下滑動，在二樓處，阿關便已解開紙人，跳進底下的花圃中，阿泰也在接近一樓時跳了下來。

「死老妖婆心機好重！」阿泰憤怒喊著，和阿關拚命往外頭跑，四周的小野鬼全追了上來，一接近阿關身邊，便讓飛旋的鬼哭劍刺死。

「香香被附身也是誘餌，阿姑早就知道那小鬼會被我們抓出來！」阿關恨恨吼著，醒悟整個夜探大樓計畫如此順利，原來根本是個圈套。

是阿姑的調虎離山之計。

《太歲　卷五》完

番外　緩緩轉動的風火輪

「東宮陷啦！」

「情勢混亂，分不清誰好誰壞，該如何是好？」

神仙們的嘶嚎聲此起彼落，四處宮廷燃動著烈焰熊熊，一座座大宮裡遍是斷垣殘壁，鮮血濺滿了整片地，處處是斷肢殘骸、神仙的屍首。

「二郎護著玉帝，正在南天門前準備往凡間撤；勾陳大人攻陷了東宮，正往這兒進軍！太上師尊、西王母娘娘、紫微大人皆下落無蹤！」一個天將急急報著。

太子掩著面，滿臉困惑地坐在一名神將的屍身邊，火尖槍直直捅在那神將心窩上。

「太子大人……」天將看了那神仙屍身，竟是巨靈神，一下子驚訝得說不出話，好半晌才能開口：「巨……巨靈將軍也邪了？」

「唔？」太子抬了抬頭，無神望著那天將，緩緩開口：「我……我也不知……我見那傢伙舉著大斧，像是要奪我性命。我一怒便和他打了起來……打著、打著，不知怎地，他中了我一槍，便……便這樣了……」

巨靈神是他的摯友。

太子搗著腦袋，方才酣戰巨靈神的畫面，一幕幕浮現在他腦海中——

他只記得本是清靜寧澈的夜，不知怎地四處冒起了大火，上百道符令交錯傳報，整個天庭混亂不清。

勾陳說，玉皇掌權已久，迂腐無道；紫微說，勾陳領兵造反，四處濫殺；西王母急急召集神仙同袍，要去守護那新太歲鼎。天庭各座大宮都傳出了神仙的求救號令。

龍王佔領了神心殿，碧霞奶奶攻陷了煉仙宮，太陰奪得了丹藥閣，勾陳和太陽領兵驅殺玉帝一軍，還不斷放出「邪玉帝想要獨吞太歲鼎」的符令。

玉帝指揮著眾神殺進歲星宮，搶出了太歲鼎，一路退到南天門前，同時也不停發出符令向諸神求援。

太子和巨靈神倉亂之際，領兵出陣、四面救援，鎮壓那些發狂神仙。接到了玉帝號令，一路趕去支援，卻讓太陰逼進了這西側大宮。

不知怎麼著，大夥兒越來越心浮氣躁。

巨靈神領著的天將，和太子中路軍在宮裡推擠著、嚎叫著，大夥兒都說要殺敵，但一時之間也不知該幫哪邊，大夥兒搞不清誰是敵人，嚷著、吵著竟然自相推擠了起來。

巨靈神舉著大斧吆喝，要大家靜，吼聲劈天裂地，刺得太子耳朵生疼。

巨靈神吼不下騷動的兩方兵馬，氣得一斧斬落了身旁一個太子中路軍的天將腦袋。

「你斬我手下？」太子陡然無名火起，也挺槍戳倒巨靈神身邊一個叫囂不止的神將。

巨靈神怔了怔，隨即也轉身斬倒己方另外兩個鬧事天將；太子卻不手軟，接連三槍捅倒巨靈神那方天將。

巨靈神憤慨愕然，高舉大斧，斥罵：「怎你只刺我手下？」

太子卻不知自己爲何那樣生氣，只覺得本是好友的巨靈神，此時向自己叫囂的嘴臉看來可惡至極，心中憤恨像是烈火一般狂升不止，手上火尖槍閃耀光芒，一槍正中巨靈神右肩。

殺戮的開始。

太子的中路軍和巨靈神一支神兵在宮中殺著、咬著、推擠著、嚎叫著，神情之凶殘暴烈，不像是神仙戰神仙。

倒像是魔殺魔。

巨靈神大斧威武狂斬，卻敵不過太子那時而靈巧輕逸、時而暴如迅雷的火尖槍。巨靈神連連敗退，身上不停增加新的窟窿。

太子眼睛猛然一紅，左手混天綾捲碎了巨靈神的右膝，右手火尖槍已竄進了巨靈神胸口心窩，登時鮮血狂噴，濺了太子滿臉。

「啊！」太子陡然回神，一見巨靈神身上那數十處深深血洞，連忙鬆開了握著火尖槍的手，退開幾步跌坐在地上，不敢相信好友這身慘烈樣子，竟是自己親手殺出的。

環顧四周，同樣怵目驚心，太子的中路軍和巨靈神的天將幾乎全滅，有些殘兵殺到了外頭還猶自死戰著，雙方神情都是那樣怨毒，明明不久之前還一同協力抗敵……

直到那天將報來消息，太子這才回神，低頭喃喃自語：「是那巨靈先惹我的……是他先惹我的……」

天將讓太子的神情嚇得說不出話，只能扯開話題，說：「太子大人，太陰已在外頭喊話，要咱們五營軍歸順勾陳，一同討伐玉帝。另外，大宮後方西王母娘娘也傳來了符令，說要助我們戰太陰！太子大人，你看該如何？」

「當然要戰太陰，護玉皇！那勾陳邪了，你不知道嗎？」太子回了回神，拔起他那柄插在巨靈神心窩上的火尖槍，怒聲問著：「西王母娘娘在哪兒？領我去見她！」

天將一聲遵命，領著太子爺往大宮後頭飛。飛出了這宮殿，便見到西王母率著幾個奴婢和一票天將，靜靜佇在大宮角落。

「太子，見到你我便心安了。」西王母嘆著：「太歲鼎崩壞，眾神一夜大亂，你仍理智可是萬幸呀，咱們一同對付太陰，去守護新太歲鼎。」

「好！」太子抱怨著：「歲星澄瀾究竟去了哪兒？太歲鼎壞了，他都不管事？」

西王母苦笑說：「澄瀾他也慌了手腳，四處去抓那些邪化神仙的惡念，抓了一個又邪了三個。一干神仙根本分不清誰是敵人，符令一張張無頭蒼蠅似地亂打，眾神們打了好多場冤枉戰，都以為對方邪了！」

太子陡然一驚，心想剛才和巨靈神那場廝殺，算不算西王母口中的「冤枉戰」？

「好了，咱們趕緊召集兵馬，一同去護衛新太歲鼎，可別讓邪化的神仙奪了新太歲鼎！」

西王母催促著，伸手一招，後頭幾個天將都舉起了武器。

「好！」太子只想將方才無端殺了巨靈神的罪惡感驅散，下令吩咐天將去召集四散的五營軍。天將領命飛去。

太子抖擻了精神，唸咒一召，腳下銀光閃耀，變化出兩個火焰輪子。前頭大宮裡兩個神將竄了出來，拿著長槍大斧，都是太陰手下部將。

太子二話不說，只一縱身，腳下風火輪如同迅雷閃電，一下子竄到那兩部將身前。火尖槍揚起，瞬間刺落一名太陰部將，接著揮動混天綾劈裂另一名太陰部將。

「太子，你這幾樣法寶眞是厲害，你身手不在二郎之下，若你助我，必可戰勝那勾陳！」西王母眼睛閃動異光，柔聲說著。

「妳說什麼？」太子讓西王母瞧得心慌，生怕在這兒逗留久了，讓西王母知道自己剛才在大宮裡和巨靈神自相殘殺的事情。

「別耽擱了，趕緊去援玉皇！」太子腳下兩個風火輪一轉，火光四起，就要飛天。

西王母領著天將緊跟在太子身後，飛往南天門的途中，一旁那莊嚴肅穆的陰司殿大門一開，飛出了一個黑袍閻王，是卞城王。

卞城王領著幾個手下，在西王母身前停住勢子，拱了拱手。

「十殿閻王意下如何？隨我還是隨勾陳？」西王母問。

「十殿閻王各有盤算，我卞城王已決定效忠娘娘您。」卞城王拱手答。

太子在天上聽了西王母和閻王說話，正丈二金剛摸不著頭緒，一見東營元帥領著東營軍遠遠飛來，立時發怒罵著：「五營軍便只剩你一軍？其他都邪了？」

東營元帥驚慌搖頭，解釋著：「咱們受大人的命令，四處援護尚未邪化的神仙，我接了中路天將符令，才趕來援大人你的。」

「我不管這些，快將其他五營軍全集合起來，全力攻那太陰，擒下那反叛勾陳！」太子嘶吼著。他頭痛欲裂，方才巨靈神慘死模樣仍深深烙印在腦海裡，揮之不去。

「放肆！五營軍才是邪了！」幾聲巨吼自陰司殿傳出，除了卞城王之外的九殿閻王，領著鬼使神差、手下部將全飛出了陰司殿，將太子團團圍住。

「你們想幹嘛？你們也要造反？」太子一手摀著欲裂腦袋，暴怒吼著。

初江王隨手一扔，扔出了個全身受縛的狼狽將軍，是太子五營軍中的西營元帥。

秦廣王也揪著全身捆著鎖鍊的南營元帥和北營元帥，高聲怒斥：「太子，你使五營軍攻我陰司殿，你究竟想如何？」

「放屁——」太子暴吼著，腦中轟隆隆響著，一片混亂，根本不知發生了什麼事。

那給扔下地的西營元帥，掙扎起身，吐了幾口血，勉力說著：「太子大人，南營和北營不受控制，自個兒起了紛爭。我領著西營調解，一路鬧到了陰司殿。南營落了下風，往陰司殿裡逃，北營也追了進去。我怕出事，領西營去救，陰司殿裡已經大亂。十殿閻王不分青紅皂白，也不聽我解釋，趁咱們自相殘殺之際，將咱們全擒了……」

「太子大人，天庭……天庭……究竟怎麼了？」西營元帥受傷極重，說完便倒了下去。

「你們這些傢伙，快放了我手下！」太子兩眼發紅，憤怒暴吼，手上火尖槍泛出陣陣焰火，殺氣騰騰。

「有話好說，閻王們，快放了五營元帥！」西王母高聲喝著。

秦廣王這才將兩個元帥扔了下地，指了指後頭說：「其他的都在陰司殿裡。」

太子怒眼一瞪，就要殺進陰司殿。

「太子！」西王母急忙喊著：「你做什麼？你無法控制自己心神嗎？」

太子陡然一驚，發紅的眼回復了些，怔怔看著西王母。

「下來，好好說。」西王母向他招手。

太子想起了巨靈神，警覺自己的暴怒，見了西王母慈藹面目，一下子紅了眼眶。腳下風火輪隱去，落到了西王母腳邊，哽咽了起來：「西王母娘娘，我……」

西王母笑了笑，笑容極其親切，伸手拂著太子頭髮，柔聲說：「好孩子，你能自制，已是不易，天界動亂，總得有神仙出來撥亂反正。」

「閻王們，你們意下如何？」西王母抬頭，環顧十殿閻王。

十殿閻王齊喊：「願隨娘娘共圖大業！」

太子怔了怔，抬頭望著西王母說：「娘娘，我們不是要去援玉帝？護新鼎？」

「對一半。」西王母微微笑著說：「是去殺玉帝，護新鼎。」

太子正驚愕著，想要說些什麼，西王母已經開口高喊：「玉帝邪化，搶了那尚未完工的新太歲鼎，想退去凡間。咱們不能讓他得逞，咱們要奪下新鼎、擒下澄瀾、戰勝勾陳，拯救天庭，共圖大業！」

「不，西王母娘娘！」太子猛一起身，卻覺得頭頂靈光閃耀，西王母的手緊緊按在他腦門上，艷紅光芒一陣陣竄入他腦袋。他那頭痛立時加劇了數倍，只覺得兩手一緊，幾個閻王團團圍上，紛紛出手，抓住了太子雙手雙腳，同時施法鎮住太子身子。

「太子，我需要你的力量……」西王母喃喃唸著：「拯救天庭，圖大業……」

「太子大人！」東營元帥高聲喊著，領著東營軍俯衝下來，要救太子。十殿閻王幾聲令下，陰司殿全軍齊出，鬼使神差、閻王部將們全圍住了東營元帥一陣亂打。

太子狂吼著，頭痛使他發不出力氣，手上的火尖槍落下地，讓閻王搶了，混天綾、乾坤圈一個個也給奪去。

他召出了風火輪，卻已無力脫逃，兩腳一蹬，將那風火輪蹬得遠遠的。

「逃——」太子一聲嘶吼，是耗盡全身力氣發出來的。「五營殘兵，稟告玉帝，西王母邪了，太子無能——」

太子這一聲淒厲大吼，吼得天驚地動，將四周石板地上飄浮的雲朵震飛好遠。

東營將士們聽了太子號令，有一半開始撤退，另一半仍拚死去救太子。

一個東營天將戰得全身是傷，拾了太子那風火輪，朝南天門方向飛逃。回頭看了看，西王母揚著手和閻王合力，施出了法咒，捆上了太子全身。

東營天將慌亂逃著，四面都是火，四處都是竄逃廝殺的神仙。

南天門前戰得慘烈，玉帝已退下凡間，勾陳大軍佔據了南天門周遭那大片廣闊空地。

那東營天將在一處廢墟大宮裡，隱密處躲藏了許久，過了許多天，總算找著了時機，趁著勾陳守衛和西王母追兵衝突時，逃出了廢墟，飛竄出了南天門，往下落去。

天將耗盡心力，快速墜落，看了看手上的風火輪，兩個輪子緩緩轉動著，輪上閃耀著銀亮光火，竟像是掛念著往昔主人。

〈番外　緩緩轉動的風火輪〉完

番外 教訓不完的壞傢伙

「進去，別叫！」一個猥瑣漢子，一手勒著年輕女子的頸子，一隻手拿著尖刀，抵在年輕女子的雪白頸子上。

「身上的錢全拿出來。」又髒又臭的漢子曖昧笑著，兩隻眼睛不停在女子身上打轉。

年輕女子不過二十來歲，嚇得不停發抖，眼淚在眼眶裡滾著，儘管心中不願意，也只能乖乖地將皮包裡的錢全掏出來。

她在返家途中，被這不知打哪來的髒臭男人，持刀押到這廢棄空屋。

「錢全給你，我……我可以走了嗎？」女子怯怯問著，眼淚已滴答落下。

猥瑣男人咕嚕吞了口口水，吸了吸鼻子，揮動手上尖刀，嘻嘻地說：「不行耶。」

「你想幹嘛？」女子後退兩步，心中十分惶恐。

「裝什麼蒜啊。」猥瑣漢子曖昧笑著，往前逼近幾步。「妳猜猜我想幹嘛？妳猜中了，我就放妳走。」

「我……我怎麼知道你想幹嘛……」女子連連後退，嗚咽哭了起來。

「我給妳機會，讓妳猜我想做什麼吶！」漢子笑得更大聲了。「妳不猜，那我就直接來了，妳猜對了，我就放妳走啊。」

女子退無可退，緊靠在牆壁上，這廢屋裡空無一物，只有張破神桌，上頭擺了尊破神像。

「你想……你想……」女子緩緩往那神桌靠去，神桌上頭的燭台，似乎是這間屋子裡唯一可以用來反擊的東西。

「你想脫我衣服？」女子壓根不信猥瑣男人的話，便慢慢說著，想拖延時間。

「錯！」猥瑣男人哈哈大笑，又往前逼近了幾步，神情更不像人，倒像是隻畜生。

「你想……」女子伸手按在牆上，慢慢往神桌摸去。

「哈哈！」男人看見了她手動作，二話不說，撲了上去。

女子還沒摸到燭台，就讓男人壓倒在地，急得亂踢亂打。

男人哈哈笑著，揮手打了女子幾巴掌，尖聲罵著：「叫妳猜妳不猜，快猜，我想要幹嘛，猜中了我就放妳走，快猜呀，快猜呀！」

猥瑣男人壓在女子身上，不停打著女子巴掌，同時也伸手脫她衣服。

女子哽咽哭著，一邊照著男人要求，連連說出幾個讓自己感到極度羞愧憤恨的詞句。

男人這才停下了手，想了想，哈哈大笑：「猜對了！」

「你不是說猜對了就放我走！」女子絕望吼著。

「哈！」男人怪笑著，口水都要滴了下來：「我騙妳嘛！哈哈哈——」

女子抵死不從，奮力抵抗，兩隻手讓男人手上那尖刀劃出了好多道口子。

兩人激烈糾纏打鬥，男人吃了一巴掌，氣得揪住了女子頭髮猛撞神桌，將那神桌撞得轟隆作響。

哐啷一聲，破神像倒了下來，滾著滾著，滾下了神桌，正好落在那男人腦袋上。

「幹！」男人怪吼一聲，一把拾起那滾到地上的破神像，恨恨罵著。他天不怕地不怕，這也不是他第一次做這事，先前已經幹了好幾票，搶了不少錢，還殺了兩個女人。

「什麼破神像，老子才不怕神鬼！」男人吼著，將那神像朝牆一摔。

碰的一聲，男人仍壓在女子身上，手卻停下了動作，眼神呆滯，不發一語。

女子頭給撞得又痛又暈，嗚咽哭著。一見男人停下了動作，還不知發生了什麼事。

男人站了起來，丟下了尖刀，伸手在身上摸著。

男人摸著摸著，摸出一包菸，扔在地上；摸出幾張鈔票，也扔在地上；又摸出了個打火機，這才咧嘴笑了起來。

「冷……好冷……」男人打了個顫，恍恍惚惚往神桌走去。兩只燭台上各有半截蠟燭，男人點燃了蠟燭，拿了起來，竟往自己手臂燒去。

「呼！暖和，暖和……」神情猥瑣的漢子嘿嘿笑著，又將蠟燭往身上湊去，將衣服脫了下來，點燃了衣服，還將身子靠火堆極近，近到身子都灼傷了。

女子瞪大了眼，不敢置信，趕忙掙扎起身，拉了拉衣服奪門逃出。

男人越燒越是開心，衣服燒完了便脫褲子，脫得一絲不掛，全丟入火堆。

「是哪裡的烤乳豬？是哪裡的烤乳豬？」一陣聲音由遠而近，又一個男人捧著大堆食物，闖進了這廢棄空屋，一見裡頭有個人在放火燒自己，嚇得叫著：「哇，不是烤乳豬！是燒活人吶！」

「哪裡來的惡鬼！膽敢如此作孽！」捧著食物的男人大叫，突然身子一抖，暈死過去。幾道煙霧從他口鼻竄出，煙霧凝聚成形，現出眞身，是個青袍大漢。大漢手裡拿著根短木棒，往那放火男人竄去。

放火男人也是一震，倒了下去，摔在一旁，身上滿是灼傷，口鼻也噴出煙霧，煙霧在空中綻出光芒。

「寒單爺？」青袍大漢怔了怔，從那放火男人身子跑出來的灰袍神將，正是寒單爺。

「你是哪個？」寒單爺瞪著大眼，手按著腰間彎刀，威風喊著：「報上名來！」

「嘿，我是有應公。」有應公停下了勢子。有應公是地方偏神，受凡人香火供奉，卻不受天界管轄，位階倒要比這寒單爺小了些。此時只能唯唯諾諾應著，指著一旁那倒在地上的男人說：「我……肚子餓，見這壞傢伙在欺負百姓，我便上了他身，用他的錢買了些食物，想塡塡肚子……聞到了烤肉香，給引過來，想分一杯羹，沒想到……」有應公撿了方才那大袋食物，緊緊抱在懷中，似乎怕讓寒單爺給搶了。

「寒單爺，你……」有應公瞪著那在地上呻吟的放火男人，不解地問：「想來你也是肚子餓，想烤個凡人來吃？」

「放屁！」寒單爺斥了一聲，大步走去，將有應公附身帶來的男人也扒了個精光，把他衣服褲子全點火燒了。

「我覺得天冷，生點火取暖！」寒單爺指著那伏在地上因灼傷而疼痛呻吟的放火男人，怒斥：「這畜生作惡多端，我沒一刀斬了他，已是手下留情。他要能活著走出去，便是他命大，要是死了，那叫作罪有應得！」

有應公聽寒單爺說清來由，這才放下心來。在袋裡摸出了食物，自顧自吃著，還順手將吃過的包裝紙袋，也扔入了火堆，加大火勢。

「你和其他神仙可有聯繫？」寒單爺問。

有應公大口吃著，連連搖頭說：「沒有、沒有，我還要問寒單爺你呢。我只是個地方小神，根本不知發生了什麼事，只聽說各地出了好多惡神，聲勢頗大吶，我可不敢和他們打交道，只求避避風頭！」

寒單爺點點頭，見火光漸漸小去，不由得又發起了抖，竄回那破爛神像中，動也不動了。

有應公也不理睬，繼續吃著。

□

一晚上過去，陽光照進了空屋，神像動了動，寒單爺現了出來。只見四周空蕩蕩，兩個凡人都不知上哪兒去了，有應公還在一角，身邊又堆了大包小包，仍吃個不停。

「你從昨晚吃到現在？」寒單爺瞪眼斥著。

「昨晚我見你不動了，便將那兩個臭東西扔回街上，又找了幾個壞傢伙，用他們的錢買些東西吃……」有應公回答。

「你倒好心。」寒單爺哼了哼：「昨晚那畜生傷得可重，你將他扔上街，讓其他人發現，反倒救了他一命。那傢伙死三次也不足惜，要是再讓我見了那樣壞的人，我可要直接殺了！」

寒單爺這麼說的時候，兩眼發紅，牙齒都尖了起來。

有應公扔了包東西過來，寒單爺接過一看，大喜若狂，竟是一袋木炭。

「現在不知怎地，四處都有些惡神。我這小偏神，讓許多惡神欺壓，只能四處流浪，這兒挺好藏身，我看你也挺正氣，我想和你一同躲這，你不介意吧？」有應公說著，又將一包火種、幾盒火柴扔給寒單爺。

「你這有應兄弟倒挺夠意思！」寒單爺身子發著抖，燒了一袋木炭，和有應公有一搭沒一搭地聊著。

□

「你看這些傢伙怎樣？」有應公指著一處大橋底下那一群人——

實際上，應該是兩群人。其中一邊停了數輛機車，有男有女，都穿著垮褲嘻哈裝扮，臉上處處是鼻環、耳環、舌環，手上都持著棍棒、刀械；另一邊人同樣有男有女，有數輛機車和一輛轎車，人人穿著花紋襯衫、黑色長褲、夾腳拖鞋，嚼著檳榔抽菸，同樣也抄著金屬水管、汽車大鎖，甚至武士刀。

「冷……」寒單爺抱著膝，緊縮著身子，不停顫抖，口中呢喃自語著：「冷死我了，是不是天上那廝偷懶呀，冷死我啦……」

「現在是夜裡吶，寒單爺……」有應公和寒單爺遠遠蹲著，望著前方橋下這十來人。他說：「食物都吃完啦，今兒個得找點壞傢伙教訓，搶光他們的錢，扒光他們衣服。這樣咱們才有錢買東西吃，買炭給你取暖呀。」

「好、好！」寒單爺連連點頭，高聲說：「搶、搶！」他這麼說，立時就要站起，神情凶惡，一副要殺人的模樣。

「等、等等！」有應公連忙攔下寒單爺，說：「是你說咱們只能教訓惡人，不能傷及無辜凡人呀，這些傢伙看來像是要拚鬥打架，不過還不確定哪些是壞人，哪些沒那麼壞呀……」

「嗯……」寒單爺愣了愣，點點頭，又蹲了下來，抱著身子哆嗦。

那頭，兩邊人的交談聲越來越大，各自帶頭的傢伙早已高高舉起手上的武器，一副要開打的模樣。

「那餅看起來很好吃的樣子……」有應公望著嘻哈裝扮那群人中，兩個濃妝女孩正分食著一塊披薩，不禁連連吞著口水。

有應公哼哼一聲站起，喃喃地說：「我看吶，這些人應該都不是什麼好傢伙。」

「幹！」那花紋襯衫裝扮帶頭老大一棍子揮去。

嘻哈裝扮帶頭老大連忙向後閃開，一串髒話登時迸發，接著是兩邊人馬此起彼落的髒話叫罵聲、女孩們的尖叫聲，以及喊打喊殺的叫陣聲。

「哇，打起來啦……」有應公怪叫一聲，瞪大了眼睛想找出哪個是壞傢伙。他看了半晌，只見混亂中，兩個嘻哈女孩將手上的披薩也當作武器扔出，還隨地撿著石塊擲擊。有應公呀地大叫一聲：「浪費食物，壞傢伙！」他這麼叫，身子倏地竄出，上了那女孩的身。

「嘿嘿！」有應公附著那女孩，大聲尖笑起來，撲在地上撿起那片披薩，大口吃了起來。

「妳這賤貨——」花紋襯衫那方的兩個女孩衝了上來，一把揪住了被有應公上身的嘻哈女孩一頭鬈髮，劈里啪啦地打她巴掌。

「壞娘們！」有應公手上的披薩給襯衫女孩打落在地，氣得怪叫，反手一巴掌將那襯衫女孩搧得撲倒在地，暈死過去。接著一肘頂在另一個襯衫女孩肚子上，頂得她嘔的一聲，跪在地上不停嘔吐。

「哇！」襯衫這邊的男人見了己方女孩給打得這麼慘，吆喝揮動鋼鐵水管殺來。有應公一個翻身，便又摺倒兩個殺來的襯衫男人。

「哇，妳怎麼這麼厲害？」另一個嘻哈女孩驚訝叫著，跟了上來，笑著要和有應公擊掌慶賀。卻讓有應公一巴掌搧倒在地，還唰的一聲扒去了她身上穿著的絨毛背心，往後頭一拋。「寒單爺，這衣服很暖的樣子。」

「喝——」寒單爺早也竄了上來，卻沒接那絨毛背心，他挑中了襯衫幫那方一個男人，那男人內裡穿著花紋襯衫，外頭卻罩著件厚重外套。寒單爺上了他的身，卻還是怪叫怪嚷地暴跳如雷。「還是很冷，怎麼不暖？怎麼不暖？」

寒單爺一邊跳，一邊揮拳亂打，打倒了好幾個自己人。襯衫人馬立時陣腳大亂，怪叫成一團，還不知道爲什麼己方那傢伙突然發瘋打自己人。

嘻哈人馬也好不到哪兒去，有應公一陣亂打，擊倒了一片己方或是敵方。

便這樣，不到五分鐘，兩邊三十二人，一下子全給寒單爺和有應公擊昏或是擊倒在地。跟著，兩個神仙七手八腳地扒光了這兩方人馬的衣服褲子，連女人也不放過。

有應公將他們的錢包一一排好，將錢全取出；寒單爺放了把火，燒著這些人的衣服，然後暖呼呼地湊在火堆前，這才呵呵笑了起來。

有應公也不附人了，直接化作一陣煙，倏地飛去街上的便利商店，用法術迷昏了店員，私自取了大批食物，又隨手抓了些搶來的鈔票放在櫃台。欣喜地回到橋下，和寒單爺分享。

「這些傢伙怎麼辦？」有應公吃著便利商店的火腿麵包，指著後頭嘟嘟囔囔說著。那些被他們打倒在地的兩批混混們，還被下了昏睡咒，此時都光著屁股，排成一列，沉沉睡著。

「這些凡人拿著刀子廝殺，我們是勸架，反而保全了他們性命。」寒單爺讓火堆烤得喜孜孜的，神智也清醒了些，試圖找些理由替自己辯解。

「是啊、是啊，這些錢只算是小小懲戒。」有應公點頭附和，還大口吃著食物，跟著又說：「不過天氣冷，要他們光溜著身子捱到早上，可能會死哩……雖說打殺不好，不過……」

寒單爺又哆嗦起來，衣物堆的大火漸漸小了。他望了望兩邊停著的汽機車，說：「這些傢伙看起來就不是什麼好東西，凡人裡不是有些傢伙會騎著車胡亂闖，還會拿刀亂砍其他無辜老百姓嗎？」

「是啊，還有個名堂，叫什麼『飆車族』來著。」有應公點頭附和。

「把他們的車燒了。」寒單爺指著那些車。「燒起大火，最好來個大爆炸，驚動其他凡人派出官差，這不就發現這些壞傢伙躲在橋下睡覺嗎，正好救了他們性命，也算好事吧。」

「是嗎？」有應公有些遲疑，不過還是同意寒單爺這番推論。他倆便又將這兩邊混混的機車、汽車全搬到了衣服火堆旁，砰地扔下兩台車，看著火燒車。

「怕火燒太大，炸到這些壞傢伙，扔遠點好了。」有應公還將三十來個兩邊混混全踢到了更遠的垃圾堆旁。

轟的一聲，一輛機車油箱炸開，大火沖天。

「嘩——」寒單爺躍入火海，高興得手舞足蹈。「好暖、好暖！」

又應公則拿著食物，開心地在火堆旁跳起舞來，應和著火光中寒單爺的歡呼聲，也跟著唱著歌，不時還多扔幾輛機車進去大火堆裡。

深夜，這橋下此起彼落的爆破聲和沖天烈焰，可驚動了附近居民。

直到警笛聲響亮響起，消防車一輛輛殺到，澆熄了機車火堆，寒單爺和有應公這才心滿意足地帶著搶來的錢和食物飛遠離去。

那些昏睡不醒的「壞傢伙」們則全被抬上了救護車，一個個運走。他們會睡上十幾個小時，且醒來之後，大概會更加訝異、駭然。他們不但車給燒了，衣服錢包和證件也給燒了，便連頭髮都給寒單爺剃下燒了，這批混混大概會安分好一陣子了。

寒單爺和有應公接下來的日子幾乎都是如此度過，趁著黑夜四處飛天閒晃，找著了惡霸土匪便上他們身痛懲一番，更奪了他們的錢，購買木炭和食物。

但隨著日子一天過去，兩個落魄神仙體內染著的惡念更多了，腦筋也越漸不清楚了，性情也更是暴躁古怪。

□

「臭笨蛋……臭笨蛋……竟敢打我！」這天下午，有應公在屋子裡打著轉，神情凶狠暴戾。這些天來，他神智更漸恍惚，挑著惡人上身，也時常誤判。

早上他見一個男人說話大聲了點，便上了他身，用頭撞牆，撞得滿頭血。

當時寒單爺見了，將他揪了出來，甩了他幾個巴掌，還把他趕回家來，不讓他在外生事。

「臭寒單！臭笨蛋，竟敢打我！」有應公恨恨罵著，一邊啃著饅頭，大吼大叫：「臭笨蛋自己還不是一樣，莫名其妙四處打人，還上了個少年的身，燒他的手……氣死我了、氣死我了！」

有應公正埋怨著，只聽得窗外震動，玻璃碎了一地，寒單爺全身是血撞了進來。

「你回來得可好，白日你敢打我，當我好欺負？」有應公跳了起來，抽出腰間木棒，二話不說撲上去打了寒單爺幾棒。

寒單爺倒在地上，也不還手，卻是連連咳血。

「唉呀——」有應公回過了神，見寒單爺傷重，便將他扶了起來。

「發生了什麼事吶？」有應公急急問著，一邊施法替寒單爺治傷。

寒單爺聲音微弱，眼神卻十分凶狠，恨恨看著天花板說：「不知……有些怪傢伙……擱了我……要我……做他們手下……我不從……他們便打殺……」

「怪傢伙？」有應公愣愣地問：「是壞傢伙吧？哪個壞傢伙這樣壞？告訴我，讓兄弟去替你報仇！」

有應公咬著牙，恨恨罵著，兩隻眼睛瞪著窗外，瞪了一夜，就等著那些壞傢伙上門來。

又過了幾天，寒單爺恢復了力氣，說起話來嘟嘟囔囔，更不清楚了，兩隻眼睛還不停閃著紅光，脾氣比老牛還暴烈。和有應公吵了幾架，更打了幾架，越打越凶，但兩個傢伙總是偶爾會回回神。

幾天下來，寒單爺和有應公換了不少藏身處，那被他們稱作是壞傢伙的勢力，似乎在搜尋著兩個瘋神，同時也四處抓精怪，逼問些什麼。

「這地方不錯！」有應公拍手叫好，他倆這天又找著了一個無人空屋，打算再躲上幾天。

寒單爺摀著手，上午才和壞傢伙勢力幾個爪牙打了一陣，殺了不少，也受了點傷。此時眼淚鼻涕流了滿臉，抱著身子直喊冷，冷得受不了了，竟發起狂來，朝著有應公大吼大叫：「你這混蛋……好冷，怎麼這麼冷？你這混蛋快去找火……冷死我了……」

「臭笨蛋，你冷了就罵我？看我不打你！」有應公被罵急了，抽出了短棒就往寒單爺臉上摜。寒單爺不甘示弱，握拳回擊。

「等等、等等……」有應公和寒單爺扭打了半晌，指著窗外說：「你瞧！是壞傢伙！」

「什麼？」寒單爺一聽，眼泛怒光，看向外頭，什麼妖魔鬼怪也沒見到，只見到一個老人牽著一個小女娃，女娃還抱著個大熊娃娃，走過樓下巷子。

「混蛋，什麼也沒有！」寒單爺一怒，又要發作。

「不是那些壞傢伙，是凡人中的壞傢伙，去上他們的身。」有應公嚷嚷著說：「你瞧，老頭不安好心，騙小女孩兒吶，是壞傢伙！」

「你這笨蛋，可別冤枉了好人呀！」寒單爺皺著眉說。

這些天他們有時發起狂來，時常將無辜的人當成是壞傢伙，清醒時，也不禁懊悔。

「不、不……」有應公理直氣壯地說：「你瞧，那凡人老頭一臉壞樣，還戴著壞眼鏡，穿著壞衣服，留著壞白頭髮，一看就很壞……」他邊說邊舔舔嘴唇，「我們打壞傢伙，罰他們的錢，才有錢去買凡人食物……之前不是說好了，咱們可不能直接搶東西，那樣就變成壞傢伙啦……這兩天到處躲，都沒吃東西，好餓……兄弟你也沒燒火暖身子了不是……」

「嗯……」寒單爺聽有應公這麼說，低頭望去，也覺得那老頭越看越壞。一陣風吹來，冷得他直打哆嗦，怒氣一來，拍窗大喊：「壞老頭果眞很壞，看我教訓他——」

一股腥風從破窗吹下，梁院長怔了怔，神情變了個模樣。

「我看小女孩也不是好東西，啊呀，還偷人家娃娃！」有應公攀在窗邊拍手叫好，打量著底下雯雯，還喃喃罵著：「哼，我看那娃娃也不是什麼好東西，身上還有股邪氣。哼哼，壞傢伙、壞傢伙……全都是壞傢伙……」

〈番外　教訓不完的壞傢伙〉完

國家圖書館出版品預行編目資料

太歲 卷五 / 星子 著.——二版. ——
台北市： 蓋亞文化，2021.01
冊； 公分. ——（星子故事書房；TS024）
ISBN 978-986-319-513-9（卷5：平裝）

863.57 109015639

星子故事書房 TS024

太歲 卷五（新裝版）

作　　者 星子（teensy）
封面插畫 葉明軒
封面裝幀 莊謹銘
責任編輯 盧琬萱
主　　編 黃致雲
總 編 輯 沈育如
發 行 人 陳常智
出 版 社 蓋亞文化有限公司
地址：台北市103大同區承德路二段75巷35號
電話：02-2558-5438　傳眞：02-2558-5439
電子信箱：gaea@gaeabooks.com.tw
投稿信箱：editor@gaeabooks.com.tw
郵撥帳號 19769541 戶名：蓋亞文化有限公司
法律顧問 宇達經貿法律事務所
總 經 銷 聯合發行股份有限公司
地址：新北市新店區寶橋路二三五巷六弄六號二樓
電話：02-2917-8022　傳眞：02-2915-6275
港澳地區 一代匯集
地址：九龍旺角塘尾道64號龍駒企業大廈10樓B&D室
電話：+852-2783-8102　傳眞：+852-2396-0050
二版一刷 2021年1月
定　　價 新台幣299元
Published and printed in Taiwan

ISBN / 978-986-319-513-9

GAEA

GAEA